NF文庫
ノンフィクション

新装解説版

最後の関東軍

佐藤和正

潮書房光人新社

はじめに

この物語は、関東軍の戦史を基にした〝戦史小説〟である。ソ連軍が昭和二十年八月九日午前零時を期して怒濤のごとく満州領内に進撃を開始したが、これに対する関東軍は各地で大激戦を展開し、とりわけ満州東部の国境地帯での抵抗はすさまじいものがあった。

その間の経緯は、伊藤正徳氏の名著『帝国陸軍の最後＝終末篇』にくわしいが、私がとくに目を奪われたのは、ソ軍が二日間で七〇〇〇トンもの砲弾を注ぎこんで総攻撃をかけたにもかかわらず、なお屈することなく、じつに終戦後の八月二十六日まで地下陣地に拠って一歩も退かず、ソ軍を悩ましつづけたという勝鬨陣地の記述であった。これは同氏の大部な著書の中で一ページしか収録されておらず、また防衛庁戦史室刊行の『関東軍〈2〉』には、ほんの一二行しか記録されていない。それだけに私は、いっそう興味をそそられたのである。

関東軍の国境守備隊は、終戦を知らずに、なお戦闘を継続していたところが多かった。海拉爾《はいらる》では十八日から二十日にかけて自発的に停戦したが、綏芬河《すいふんが》では二十日まで抵抗して玉砕、虎頭《ことう》では二十六日までに全員玉砕という激闘をつづけている。その中で、最後まで勝利の戦闘をつづけ、ソ軍の進攻を一歩も許さず、ついに彼に頭を下げさせたのは、関東軍七五万の中で勝鬨の独立歩兵第七八三大隊、約一〇〇〇名の将兵だけである。このことは、敗北を重ねてきた関東軍の中で、ひときわ大書してしかるべきものだろう。

今次大戦では、日本は負けるべくして負けた。このことは論をまたない。そして敗戦の中から日本の国家、民族、軍隊、戦争の意味を見出そうとする戦史の姿勢も、それなりに正しいと思う。しかし一方、勝利の面からそれらを透視することも必要であろう。多くの戦記や戦争小説のほとんどが、負け戦さの中の悲愴美や人間の悲哀を描き、これが多くの人びとの共感を得ていることも事実である。しかし勝利することにより、生命をかち得た人びとには、戦死者よりもいっそう大きな悲惨があるということを忘れてはなるまい。

私は、第一国境守備隊の人びとを訪問して取材したが、正式記録は皆無の状態であり、元将兵の記憶もあいまいな点があり、欠落部分も多かった。とうてい正確な戦史を構成することは不可能であった。そこで私は、思いきってあいまいな点や欠落した部分をフィクションで補うこととした。したがってこの物語は、事実の取材に基づいた戦史小説であることをおことわりしておく。なおこの作品の執筆にあたって、親身に協力していただいた井出永隆次、光安源市、三田金作、桜井秋雄、堤温、黒田徳次郎、八ッ田福治郎、松村栄一、中條優一、河野貞夫、竹内喜太郎の各氏および一国会に心から感謝いたします。

　　　　　著　者

最後の関東軍——目次

第一章　国境線〈第一地区・八月八日〉

第二章　陣地進入〈第一地区・八月九日〉

最後の関東軍

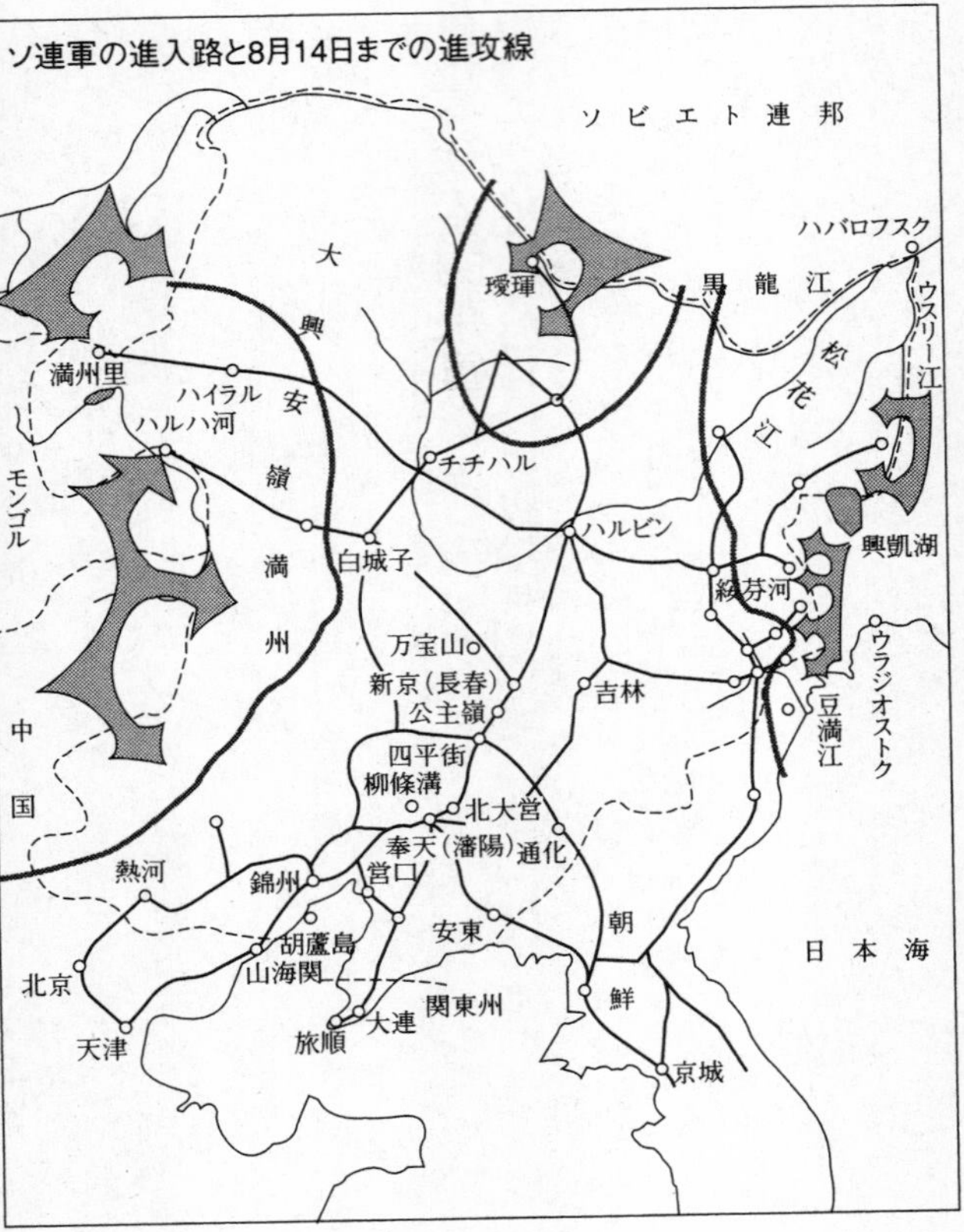
ソ連軍の進入路と8月14日までの進攻線
ソ ビ エ ト 連 邦
大
興
安
嶺
満
州
瑷琿
黒 龍 江
ハバロフスク
ウスリー江
松
花
江
満州里
ハイラル
ハルハ河
モンゴル
チチハル
ハルビン
白城子
興凱湖
綏芬河
ウラジオストク
万宝山
新京（長春）
公主嶺
吉林
豆満江
中
国
四平街
柳條溝
北大営
奉天（瀋陽）
通化
熱河
錦州
営口
安東
朝
鮮
胡蘆島
山海関
北京
天津
関東州
大連
旅順
京城
日 本 海

第一章　国境線　（第一地区・八月八日）

戦力なき巨大軍団

満州の南東部、牡丹江省東寧地区は、老爺嶺の密林から流れくだる烏蛇溝河《うだこう》を境界線として、ソ連領ウスリー州に接する国境地帯である。このあたりは、朝鮮から満州領内へすべり込んだ長白山脈が、すでに延びきって山脈を構成できなくなったかのように、とぎれとぎれの丘陵や岩山が不規則に断続していた。

丘陵群は、これといって特徴のない荒れた低い山々だが、春ともなれば杏《あんず》の花が山を装い、灌木の下には鈴蘭《すずらん》、芍薬《しゃくやく》、桔梗《ききょう》、杜若《かきつばた》などが咲き乱れる。満州特有のノロ鹿の声ものんびりとこだましている土地柄である。国境という特異な条件をのぞけば、ここは人間の生活には無縁の山の端である。

烏蛇溝河をはさんで、ソ連領と向かいあう満領側の一連の丘陵群は、へんぴな田舎町、東寧の前哨線になっていた。ここに関東軍の第一国境守備隊四個大隊が、丘陵をくりぬいて半要塞化した永久陣地を盾として、強大なソ連の陣地守備隊と対峙していた。

満州には国境守備隊が一五個ある。一国守の東寧にはじまって、綏芬河《すいふんが》、半截河《はんさいが》、虎頭、霍爾莫津《ほるもじん》、瑷琿《あいぐん》、黒河、海拉爾《はいらる》、五家子、鹿鳴台、観月台、廟嶺、法別拉《ほうべら》、虎林、佳木斯《ちゃむす》の一五拠点がそれである。

これらの地区は、いずれもソ連領の国境陣地と真っ向から対峙しており、したがって平和時でも〈戦地〉である。日本陸軍では、つねに対敵状態にある部隊は、戦時体勢下に入っていなくても戦地あつかいされていた。

烏蛇溝河の国境線に沿って、南北に細長く布陣している第一国境守備隊の陣地は、丘陵や地形によって四つの地区に分かれていた。

もっとも南側に位置する第一地区は、勝鬨《かちどき》山を主陣地とする独立歩兵第七八三大隊が守備していた。この部隊は、終戦直前の昭和二十年八月の時点で、歩兵四個中隊、砲兵一個中隊を基幹とする約六五〇名の兵力で編成されていた。四年前の関特演（昭和十六年・関東軍特別大演習）当時は、一個連隊約三〇〇〇名が守備していた。それにくらべると、兵員において五分の一、装備において一〇分の一以下という無残な保有戦力であった。

先任将校で第三中隊長の出光亮次中尉は、南方戦局の悪化にともなって劣弱化したこの部隊を、どうやってテコ入れしたらいいのか途方にくれていた。

初年兵であろうと補充兵であろうと、実戦仕立てのきびしい訓練をもってすれば、六ヵ月で筋金入りの精強な兵士に育てあげる自信は中尉にある。どんな民間人でも、中尉の手にかかれば、二ヵ月で娑婆《しゃば》っ気《け》がぬけて兵隊らしくなる。四ヵ月たてば、もう一人前の兵士だ。半年後には、戦闘単位を構成できる筋金入りの精鋭に育つ。だが、どんなに精強を誇る軍隊でも、武器弾薬がなければ張り子の虎にひとしい。

南方作戦の要求により、関東軍は十八年末から二十年にかけて、毎月のように、在満精鋭部隊をつぎつぎに抽出しては南方へ転出させた。本土決戦の声とともに、兵員転出のテンポは早くなった。武器も弾薬も内地へ逆送された。戦地待遇の国境守備隊とはいえ、例外は認められない。

勝鬨陣地からも兵員がぞくぞくと転属し、守備戦力の主力となっていた榴弾砲や速射砲なども、砲台からはずして送り出されていた。

「もはや、丸腰のカカシ守備隊だよ」

自嘲しながらも中尉は、七月末に現地召集で入隊してきた補充兵約二二〇名の訓練に、日夜、鋭い眼光を注いでいた。だが、国境は敏感なところである。時々刻々、急迫してくるソ軍陣地の情況を見るにつけ、中尉は神経を逆なでされる思いだった。

これより先、関東軍は昭和二十年五月に、各部隊の大改編を行なった。たびかさなる兵力の南方転出で、歯がぬけたように弱体化した関東軍を、やりくり算段して強化しようと意図した編成がえである。

一ヵ月前の四月五日には、ソ連が日ソ不可侵条約の不延長を通告してきている。いそいで態勢をととのえて、ソ連参戦に対応しなければならない。とはいえ、しょせん、木に竹をつぐ応急処置にすぎなかった。

この時期に、第一地区勝鬨陣地の部隊長が牡丹江方面に転出した。その後、指揮官不足で後任者が決まらず、出光中尉は先任将校の立場上、やむなく部隊長代理をつとめることになった。

「こんなときにソ軍が入ってきたら、たいへんなことになる……」

中尉は、内心おだやかでなかった。

関東軍は、とにかく兵力が足りなかった。いまとなっては、予備だ補充だと言ってはおれない。銃をとれる者なら誰でもよかった。背に腹はかえられず、関東軍は満州経営の機能が麻痺《まひ》するのを覚悟して、在満邦人を根こそぎ動員することに決した。ついで国境守備隊の解体と、満軍を整理改編し、その兵器や資材を流用することによって新たに八個師団、独立混成七個旅団、独立戦車一個旅団を増設、さらに一個師団分の動員を計画した。

こうして関東軍は七月になって、ふたたび全満の部隊を編成しなおした。事態は切迫してきたのである。改編につぐ改編で軍は混乱した。しかしこれで、昭和二十年七月末における関東軍の主要兵力は二四個師団、混成九個旅団、機動二個旅団をかぞえ、その兵員はじつに七五万となった。

兵隊は号令をかければすぐに集まる。だが号令だけで即座に武器弾薬は出てこない。各部隊は、どれもが編成、装備、素質など、すべての面で劣弱だった。関東軍は、戦力なき巨大軍団と化したのである。

従来の精鋭師団の戦力を一として換算すると、関東軍七五万の戦力は、わずか八個師団半にしか相当しなかった。ことここにいたっては最悪の状態であった。

この改編で、第一国境守備隊は、第三軍の隷下から切りはなされて独立混成第一三二旅団となった。この機会に、それまで空席だった第一地区の部隊長がようやく決まった。

八月四日に、新任の部隊長、斉木典孝大尉が着任して、出光中尉は重責からやっと解放された。三ヵ月近くも部隊指揮官の着任を待たされたということは、将校の数が絶対的に不足していることを意味していた。第一地区の歴代部隊長をみても、これまで尉官クラスが着任した例はない。

「素人《しろうと》将棋の〝歩〟みたいに、われわれ第一線の部隊を軽視しているんじゃないのか！」

捨て科白《ぜりふ》のように不満を投げる将校たちをなだめていた出光中尉も、この人事には内心不満だった。

遅れた部隊長着任

中尉は、斉木部隊長に事務引き継ぎを終え、部隊指揮の権限をすべて新任部隊長に返還したが、まったく手放しというわけにはいかない。斉木部隊長には、一刻も早く陣地の構成と配備情況を飲み込んでもらわねばならない。彼はいっそう忙しくなった。

部隊長が着任して四日目の八月八日、この日は大詔奉戴日である。部隊の月例行事として、午前中は営庭で中隊対抗の銃剣術の試合が行なわれた。

カラリと晴れ渡った空の下で、兵たちは日頃の訓練の成果を競いあった。国境守備隊の銃剣術は、体力づくりといった生やさしいスポーツではない。実戦に即した突撃術といった方がよかった。技よりも腕力と気合いと、相手をより早く突き倒すことに勝敗がかかっていた。試合は、いつも殺気立っていた。

「相手が上官でも、決して遠慮するな、敵だと思え。銃剣術には上官も部下もない。あるのはただ一つ、目の前の敵を突き殺すことだ」

出光中尉は、つねにこう言って銃剣術を督励していた。下士官や古年兵が、銃剣術の訓練で部下にぶちのめされても、それを遺恨として制裁を加えることを中尉は、かたく禁じていた。このことは部隊内できわめて好評であった。銃剣術の訓練となると、兵たちの目の色がかわったものである。

対抗試合がすんで、昼食を将校官舎ですませた中尉は、部隊長を陣地巡察に案内するため地区隊本部へ迎えに出かけた。

午後になって、太陽の日射しが一段と強くなった。将校官舎から本部まで、歩いて五分とはかからない。その短い距離を歩くだけでも、二十六歳の出光中尉の額には汗が吹き出ていた。一歩一歩、靴をおろすたびに、乾ききった黄土の地面から乳白色の土ぼこりが舞い上がり、長靴がたちまち白くなる。

満州の南部とはいえ、東寧地区は北緯四四度、ちょうど北海道の網走の位置に相当する。ただ網走とちがうのは、真夏の太陽の照りつけが驚くほど暑いことだ。乾燥した熱線が毛穴の一つ一つを射とおして、ジリジリと肉を焦がす。たまりかねて吹き出た汗は、皮膚の上に小さな塩の結晶を残して蒸発する。酷暑という表現をこえた、残酷な気候だ。その反面、夜になると大気は冷えて、ひんやりと肌寒い。

〈この涼しさは、真昼時の厳しい炎熱の代償なのかもしれない〉

中尉は、大陸の極端な気候にとまどいながら、いつもそう思っていた。

本部の正面玄関を入って、右手廊下のとっつきにある部隊長室の前に立った中尉は、勢いよくドアをノックした。

「はいれ」

部隊長の声に、中尉は略帽を小脇にはさんでドアを開けた。

斉木部隊長は、顔色の悪い、やせた老将校である。中尉が入室すると、ホッとした表情を浮かべながらも、大きな黒い瞳をセカセカと動かした。着任して間のない部隊長には、この若い、気合いの入った先任将校が頼みの綱だった。

大尉は、胃潰瘍がもとで予備役に編入されていたのだが、時局の急変とともにかり出されたクチだった。昨年、五十二歳という高齢にもかかわらず召集されて、満鮮国境に近い琿《こん》春《しゅん》の陸軍病院輸送隊長を命ぜられ、もっぱら傷病兵の輸送任務についていた。

それが第七八三大隊の部隊長に任命されたのだから、いわば名誉の栄転である。だが本人は、国境守備という予想外の苛酷な任務に困惑していた。彼は、これまで第一線の部隊に配属された経緯がなかった。まして病気療養のため現役から離れて久しい。部隊長としての自信もなかった。大尉は、指揮官としての己れの能力を充分に知っているあまり、かえって落ち着きを失っていたのである。

出光中尉は、部隊長が双眼鏡を胸に下げ、図板を手にして立っている姿に、自分を待ちかねていたことを見てとった。

「出光中尉、ただいまより陣地巡察にお伴いたします。今日は勝鬨山陣地と朝日山陣地をまわって、出丸《でまる》陣地の情況を御覧にいれたいと思います」

「よろしく頼む。作戦図でおおよそのことは頭の中に入れたつもりだが、地図と実際では、ずいぶんちがうだろうからねえ」

部隊長の目の色には、すがるような依頼感があった。

「そりゃあ、比較になりません。実際にお歩きにならんと、わからんもんです」

自分の父親ほどに年齢の差がある新任の部隊長に、中尉はふと、憐れみを感じた。

「よし、行こう」

斉木部隊長は、中尉の眼差しを、はじき返すように見つめると、たしかな足どりで営庭に出た。中尉と肩を並べながら、まぶしい太陽を気にするように、チラッと空を仰ぐ。あいかわらず一点の雲もない。

低い山とはいえ、陣地はすべて登り降りのはげしい荒れた丘陵である。道らしい道はなく、陣地進入の訓練で兵が踏みならしてできたでこぼこの道筋があるだけだ。中尉は、兵舎寄りの勝関山陣地へと部隊長を誘導した。暑かった。二人ともカーキ色の半袖襦袢《じゅばん》（シャツ）の襟もとが汗でグッショリと濡れた。

「ソ領の動きが活発だと言うが、大丈夫だろうか？」

胃潰瘍が治りきっていないという部隊長の声には、心なしか力がない。

「はあ……なんとも言えませんなあ」

出光中尉は口をにごした。関東軍は改編の大移動で、いまが一番混乱しており弱体化している。攻めるとすれば、ソ連にとってこれほど絶好の機会はない。情況からみて、いまこそ危機だ、と中尉は考えていたが、それを口にするのをさしひかえた。

「出てきたら、目にもの見せてやりますよ」

中尉は胸を張って言った。上官に対する常套句ではあったが、そう言うしか、言葉がなかったのである。

風雲急を告げる国境線

ヨーロッパ戦線で、ドイツが五月八日に無条件降伏していらい、ソ連の極東に対する兵力の増勢は急角度で上がっていた。

ソ満国境方面の向地監視班は、昼夜を問わずシベリア鉄道の輸送情況や、ソ軍の動向などを細大もらさず監視していた。六月頃からは、鉄道輸送の内容に自動車類が増加していた。このことは、すでに後方部隊の輸送に移ったことを意味する。さらに国境線の全域にわたって、ソ軍が兵力や軍需品を移送しているのが認められた。

これらの情報を収集分析した大本営は、六月末、ソ軍の戦備を兵員一六〇万、飛行機五〇〇〇、戦車三〇〇〇と概算し、少なくとも狙撃四〇個師団（歩兵師団）が基幹となってソ満国境に集結しているものと判断した。

問題は、ソ軍がいつ侵攻してくるかである。大本営は、七月に入ってから、つぎのような判断を下した。

一、最近のソ連の対日作戦準備は、予想を上まわる進展を示し、八月末頃には武力発動可能の態勢を一応概成し得て、軍事上からみるときは、本年初秋の候、対日武力発動の公算がきわめて大と認む。

二、ポツダム巨頭会談は、おそくも八月上旬頃には相互妥協によって終了する公算が大である。ついで再開されるであろうソ支会談もまた、おそくも八月末頃までには何らかの形において妥結を見るにいたると予想せらる。この時期に、ソ連の対日態度は最後的決定に到達するものと認む。

この大本営の判断を信じるなら、ソ軍は八月中に戦備が完了し、九月に入ってから侵攻してくることになる。はたして予測どおりになるだろうか。中尉は、部隊長の胸の内を叩くように水を向けた。

「この秋口が一番危険だという話ですが、どうお考えですか？」

「うむ、司令部ではそう言っておるな。もっと早いかもしれんが。なにしろ、こちらの準備ができていないからねえ。いま出てこられては困る」

深刻な表情だった。部隊長は、坂道を一歩一歩ふみしめながらつづけた。

「どうにかして、この冬まではソ連を出したくないな。冬になれば、困難な冬季作戦はソ連も避けるだろうからね。来春の解氷期まで待つとなると、こちらの作戦準備もどうにかととのう。そうなれば、なんとかなるんだがねえ……」

中尉は啞然《あぜん》として部隊長の顔をみた。こんな弱気な意見を聞こうとは思わなかった。

〈まるで戦意がない！〉

彼は、あきれるより先に失望を感じた。

〈とても部下には聞かせられない！〉

国境守備隊の将兵は、つねにソ連領に進攻することを目的として訓練してきた。どんなに守備が完璧であっても、守備だけでは戦いには勝てない。

「訓練精緻《せいち》ニシテ、必勝ノ信念堅ク、軍紀至厳ニシテ攻撃精神充溢《じゅういつ》セル軍隊ハ、能《よ》ク物質的威力ヲ凌駕《りょうが》シテ、戦捷《せんしょう》ヲ完ウシ得ルモノトス」

中尉の頭に作戦要務令の一節が浮かんだ。この信念を忠実に兵たちに叩き込んできたのは、なぜだったのか。装備が劣弱で兵力が不足しているからこそ、高い士気と攻撃精神を植えつけてきたのではなかったか。守備か、進攻かではない。勝利か、敗退かでもない。開戦となれば死力をつくす。たとえ玉砕が判然としていても、この勝鬨陣地に張りついて、どのように戦いつくすかが問題なのだ。それが国境守備隊の使命であり宿命なのだ。

中尉がおそれているのは、ソ軍侵攻の時期判断を誤って、戦わずに後退せざるを得なくなることだった。それだけは、なんとしてでも避けなくてはならない。彼は、そう信じていた。

勝鬨山陣地は、本部から歩いて二〇分ほどの距離である。ソ領からは見えない山裾の窪地をとおって陣地に入った。小高い丘陵を土龍《もぐら》の穴のようにくり抜き、各所にはソ領に向けて銃眼があいていた。

中尉は、分哨の兵に命じて陣地内の発電機をまわさせた。真っ暗だった通路や戦闘指揮所に裸電球がともった。

地下壕の一番奥へ進んだ中尉は、ベトンで筒状におおった監視所の一つに入った。監視口にはめこんだ鉄製の蓋をはずして部隊長をうながす。ここからは目前の烏蛇溝河をこえて、ソ領が手にとるように望見できた。

「前面左手の長大な山を、われわれは扶桑台と呼んでおります。あの山の中腹から山裾にかけて、白っぽく点々と無数に見えるのがソ軍のトーチカ、山頂にあるのが監視所です。あちこちに、木造家屋のように見えるのが木製の掩体陣地《えんたいじんち》です」

中尉は説明した。ソ連の国境陣地は、こちら側とちがってトーチカや壕が、むき出しに造られていた。トーチカの数と陣地構成によって、わが軍はソ連の守備態勢を、ほぼ確実につかむことができた。試算によれば、平時のソ連守備兵力は、こちらとあまりひらきはなかった。だが、今はちがう。

食い入るように眼鏡をのぞいていた部隊長は、驚いたように突然、声をあげた。

「中尉！　道路上を車がさかんに走っているようだが！」

中尉も双眼鏡を目に当てる。

「そうですなあ……今日は、いつもより多いようです。この一週間ほど、急に動きが活発になっていますが、いよいよ、風雲急を告げてきたようですなあ」

「のんきなことは言っておれんぞ！　あれは部隊の移動ではない、物資の補給だな。いや弾薬輸送のようでもある……」

うなるように言って、部隊長は眼鏡から目をはなした。青ざめた表情だった。中尉は丹念に視察をつづけながら意見を述べた。

「情況から判断して、ソ連軍は相当数の部隊を集結していますな。部隊配備は終わってるようです。戦車の姿は見えませんが、砲は完備していると見ていいでしょう。昨日はトラックに積んだ噴進砲《ふんしんほう》（ロケット砲）のようなものが動いていたということですが、それはおそらく独ソ戦で使った『カチューシャ』砲ではないかと思われます。開戦となると、こりゃあ、砲弾の雨になるでしょうなあ」

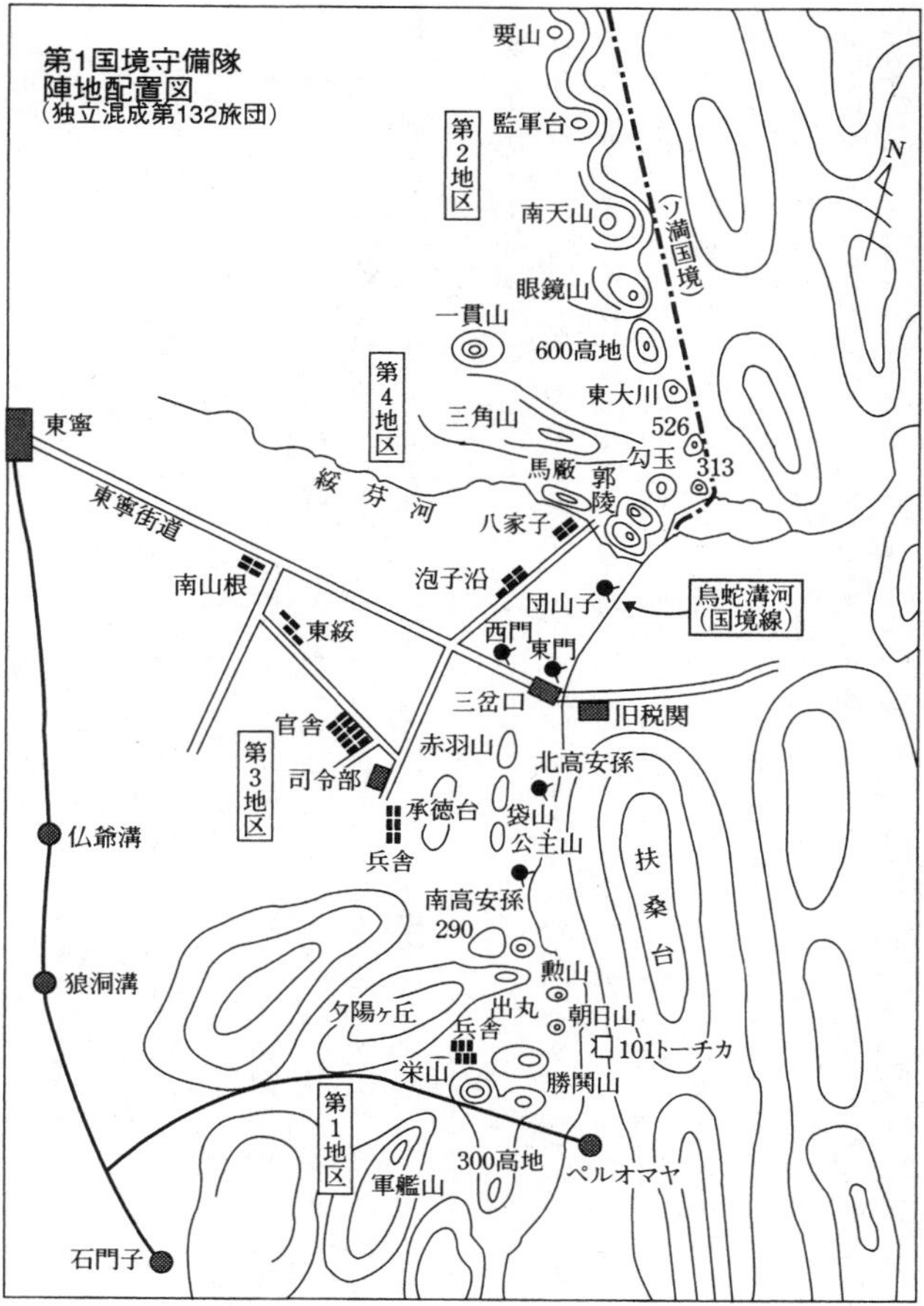
第1国境守備隊
陣地配置図
（独立混成第132旅団）
要山
監軍台
第2地区
南天山
ソ満国境
眼鏡山
一貫山
600高地
東大川
第4地区
三角山
526
東寧
勾玉
313
馬廠
郭陵
綏芬河
八家子
東寧街道
南山根
泡子沿
団山子
烏蛇溝河（国境線）
東綏
西門
東門
三岔口
旧税関
官舎
赤羽山
北高安孫
第3地区
司令部
承徳台
袋山
公主山
兵舎
仏爺溝
扶桑台
南高安孫
290
狼洞溝
勲山
出丸
夕陽ヶ丘
朝日山
兵舎
101トーチカ
栄山
勝関山
第1地区
300高地
ペルオマヤ
軍艦山
石門子
N

「陣地は大丈夫かね？ 敵の砲撃にどこまでもつかね？」

「どうでしょうなあ、くらってみないことにはわかりませんが、敵に重砲があると、わが方の損害は大きいでしょうな」

部隊長は暗澹《あんたん》とした表情で、ふたたび眼鏡を烏蛇溝河の国境線に向けた。

烏蛇溝河の河幅は、約一〇〇メートル前後はある。満州の河としては、大河に準ずるが、浅瀬が多く、水運の便には乏しかった。両岸には堤防はなく、だだっ広い湿地帯となって、葦や薄《すすき》が密生し、背の低い白楊《どろやなぎ》が群生していた。

この河川敷に、敵が攻めてくるのは、いつだろうか？ もし戦車を先頭に進攻してくる姿が見えたなら、その日は確実にわれわれの死ぬ日であろう、と中尉は考えた。

勝関山の地下陣地

昭和十三年の初頭、第一国境守備隊が、東寧地区烏蛇溝河沿いの陣地守備についていらい、この地は関東軍の前線兵站《へいたん》基地として一躍、クローズ・アップされた。

満州を防衛する関東軍の戦略目標は、西方の中国本土よりも、国境を接する北辺のソ連である。もし、ソ連と戦火を交えることになると、東部地区では、まず東正面の戦略的要地であるソ連領のウォロシロフ市が攻撃目標となる。これを攻略して沿海州を分断すれば、日本海をうかがう軍港要塞、ウラジオストクを北から扼することができる。

東寧地区は、ソ連進攻のさいの重要な主力正面であると同時に、東満州を防衛する枢要の拠点でもあった。

それだけに関東軍は、守備隊陣地を攻守いずれにも応じ得る有力な前線基地とすべく要塞化したのである。配置された守備隊は四地区に分かれていた。いずれも岩盤をくり抜いた地下通路や、ベトンのトーチカ、分厚い掩蔽壕などが烏蛇溝河沿いの丘陵ごとにたくみに擬装して構築されていた。対岸のソ連領から見ても、そこに要塞があるとは思えないであろう。陣地の外貌は、草や木の生いしげる、自然の丘陵のままで、ソ連のように、地上に築いた構築物は一つもなかった。

四地区のうち、とりわけ第一地区の築城ぶりは徹底していた。

満州事変が一段落した昭和十年頃から、赤羽工兵隊がひそかにこの地に進入。ソ連の監視の目にふれないように、もっぱら夜間作業でつくりあげた、関東軍自慢の第一号永久陣地である。

その主陣地たる勝鬨山陣地は、山の中を半円状にくり抜いた地下要塞でできていた。イ、ロ、ハにはじまって、ヨ、タにいたる一六個所の地下穹窖《きゅうこう》が、ベトンでかためたトンネル状の地下通路によってすべて結ばれていた。しかも戦闘指揮所、兵の居室、炊事場、通信室、包帯所、被服庫、糧秣《りょうまつ》庫、弾薬庫、貯水庫、発電室、便所などが完備し、一〇〇〇名を収容できる巨大な地下陣地である。外界と遮断されて、水や食糧の補給を断たれても、弾薬は別として、一〇〇〇名の兵員を一年間は維持できるように準備がととのっていた。

勝鬨山の東には、前哨線として朝日山、勲山《いさおやま》の両陣地が国境線の前に立ちはだかっている。北には砲兵を主力とする標高二五〇メートルの出丸陣地、南には敵兵力の進撃をくいとめる栄山《さかえやま》陣地が配されていた。

五つの陣地はそれぞれに独立した縦深に配置された堅固な陣地であり、これを抜くには敵も相当の犠牲を覚悟しなければなるまい。一つの陣地を集中攻撃されたとしても、各陣地間の連携は有機的に構成されていて、敵を邀撃《ようげき》するのに死角がなかった。たちまち掩護射撃の銃弾が四方から飛び交い、一点に集中して敵を一歩も寄せつけない陣地配備である。

このような永久陣地が、他の地区の各丘陵にも構築されていた。武装した丘や岩山は、あたかも屏風《びょうぶ》のように烏蛇溝河の西方側面に連なり、ソ連領を遮断して睨みをきかせていた。

昭和十七年夏のこと、あのマレー電撃作戦で、シンガポール要塞を一気に落とした山下奉《とも》文《ゆき》大将が〝覆面将軍〟として満州に君臨したとき、東寧四地区の堅固な要塞ぶりを観察して、満足の意を表したという。

「この陣地があるかぎり、東部国境は万全です。関東軍自慢の一級陣地ですからなあ」

関東軍司令部の高級参謀は、得意げに自画自讃しながら将軍に説明した。

一級陣地という参謀の表現は、守備隊には重みのある言葉となった。いわば難攻不落の折り紙であり、絶対陣地の太鼓判であり、護符であった。参謀の言葉は不敗を保証する神話となって、守備隊将兵の心に深く焼きついていった。

中尉は、そうした神話が隊内にはびこることを警戒していた。陣地が万全であるということは、装備や兵力が充実して、士気も最高潮に達している状態でなければならない。神話が実現されるのは、全軍の戦力がソ軍に優り、雪崩《なだれ》をうって進攻できる態勢にあって、はじめて可能なのだ。

残念ながら、昭和二十年八月の現時点では、かつての強力な陣地ではなかった。火砲も弾

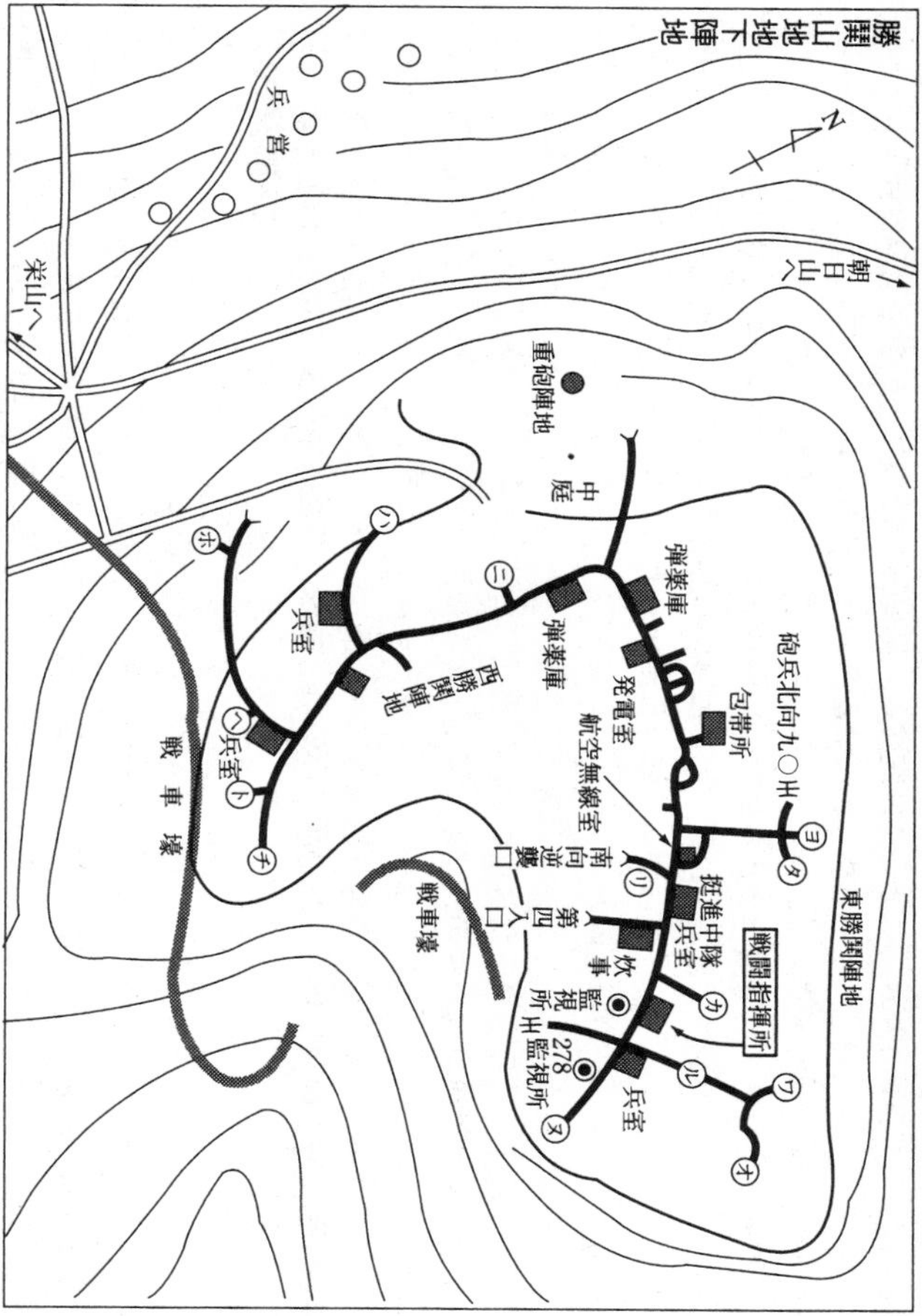
勝鬨山地下陣地
兵営
朝日山へ
栄山へ
重砲陣地
中庭
弾薬庫
弾薬庫
兵室
西勝鬨陣地
発電室
包帯所
砲兵北向九〇H
航空無線室
南向逆襲口
挺進中隊兵室
戦闘指揮所
東勝鬨陣地
第四入口
炊事
監視所
278
監視所
兵室
兵室
戦車壕
戦車壕

薬も少なかった。兵力は定員に満たず、しかも訓練未了の補充兵で穴埋めされている。戦力がどん底に落ちているというのに、一級陣地という神話にたよって国境守備が万全だと考えるなら、関東軍はとりかえしのつかないことになるだろう。

中尉は、心中のあせりが、日々ふくらんでいくのを押さえようがなかった。

謎の演習電報

朝日山から出丸へと、部隊長を案内して帰ってきた出光中尉は、まっさきに大隊本部事務室のドアを開けた。

「何か、連絡事項は入ってないか?」

中尉の声に、週番下士官の八戸祐次郎軍曹が、一枚の紙片を振りながら飛んできた。

「見てください、暗号電報がきたんですが、翻訳してみるとおかしなことに、発信者名なしの変な電報なんです」

「ふむ、妙だな」

「内容も妙なんです。部隊長殿にお見せする前にと思いまして……」

軍曹は、部隊を知りつくしている中尉にまず見せるべきだと判断したらしく、気を利かせて通信係から電報を取り上げていたのだ。中尉は、鉛筆でなぐり書きされた電報をすばやく読むと首をかしげた。電文の冒頭は〈一国演電〉となっているので演習電報であることがわかる。だが、中尉が首をかしげたのは、つぎの内容であった。

「……ソ連は戦車、砲をふくむ兵力を国境付近に集結しつつあり、明未明を期し、いっせいに攻撃を開始し来る公算大なり。各隊は警戒をいっそう厳にすべし」

電文は、これだけで終わっていた。八戸は「どうです？」と言いたげに、中尉の顔をのぞきこんだ。

「三地区はどうなんだ？　これと同じものがきてるのか？」

第三地区の東綏には旅団司令部がある。司令部が発信を命じたのなら、おなじ演習命令が下達されているはずだ。中尉の問いに、軍曹は首を大きく横に振った。

「ただちに確認のため電話で問い合わせたのですが、そういう演習命令は受けて、いないそうです。それに、暗号電は今朝から一通も受信していないと言うのです。中尉殿、おかしいと思いませんか？」

「そうか……」

中尉は困惑した。そして、しばらく紙片をにらんでいた。

「まぁ、演電だから、そう気にすることもあるまい。これは俺から部隊長殿に見せとくよ」

気色ばむ八戸軍曹をなだめるように言って、中尉は部屋を出た。だが、彼は電報を部隊長に見せなかった。いま見せたところで、何ができるというものでもない。着任早々の部隊長を、いたずらに混乱させるだけだ。彼は電報を握りつぶすことにした。

しかし不審は残る。中尉は将校官舎に向かいながら考えた。発信が旅団司令部からでないとすると、牡丹江の第一方面軍司令部か、間島《かんとう》の第三軍司令部の両者が考えられる。だが、そのいずれにしても、発信者名を欠くような不完全な暗号通信は、これまで例がない。

とすると、独立旅団が編成されたので、新京の関東軍総司令部から直接打電されたということも考えられる。発信者名が欠落しているのは、ひょっとすると総司令部第二課の発信だからではなかろうか。第二課は情報担当の部門で、全満州の国境線からの情報は勿論、ソ連に潜入させている満人スパイのもたらす情報も、細大もらさず収集分析している情報戦の中枢組織である。ここから発信されたとすると、かりに暗号でも、防諜上、発信者名を秘匿する可能性はある。それに演電に名を借りた警告電報かもしれない。発信者をわざと欠落させて、注意を喚起しているとも考えられる。

そう考えてゆくと、中尉は、つじつまが合うように感じられてきた。相手が総司令部では、問い合わせることができない。第一、新京までの、直線距離にして約五〇〇キロをとどく出力の大きな無線機がないし、かりにあったとしても、上級司令部になると通信も一方通行で受けとるだけだ。

〈それにしても……〉

と、中尉は首をひねった。一国演電と冒頭発信しているのが気になった。旅団編成になったのだから、「一三二旅演電」とすべきである。総司令部が「一国」という呼び方をするのは、おかしい。かりに旧来の呼び方に慣れていて使用したとしても、旅団司令部のある第三地区にも届いていなければならない。

それが届いていないということは、弱い発信機で近距離から発信したことになるのではないか。そう考えた中尉は、突然、電光のように脳裡をかすめた思いに、ハッと胸を突かれた。

「ソ連情報部の偽電ではないのか……」

この考えは唐突にすぎた。だが、あり得ることだ、と中尉は思った。陣地進入の演習を行なうと、何らかの変化が部隊の上に生じてくる。兵が走り、砲が動く。どんな些細な動きでも、それが発見されれば、その位置から味方の守備陣形の重点がどこにあるか推察できるのだ。

「かまをかけてきやがったかな？」

ソ軍の情報機関が、日本側よりうわ手であることは中尉も知っていた。演電用の暗号ぐらい盗まれているだろうということは想像がつく。

従来から見ていても、ソ軍の情報活動はじつに巧妙をきわめていた。よく使う手口は、日本軍の国境線警備の盲点をさぐるために、満人の情報員を越境させ、単純に満領にしのび込ませるという方法がある。

これは、決められたコースを、ただ歩いて潜入するだけでよかった。警備の厳重なところなら、かならず日本兵につかまるか、発砲される。それは国境線のソ連監視所で確認されるからすぐに分かる。なんの変化もなければ無事潜入した証拠となる。そのコースは日本軍守備の薄弱な地点として記録される。情報員の返事もいらなければ、連絡する必要もない。ただ行きっぱなしで任務が達成されるという方法だった。

その手で暗号電を打つ可能性がある。もしこれに即応して配備訓練を行なえば、敵情が判明するし、のってこなければ、それなりの評価が生まれてくる。ソ軍にとっては流した情報が、日本軍守備隊にどのように受けとられようと、同じことになる。

しかし、これも推察の域を出ない。中尉は妄念をふりはらうように、首を二度、三度、横に振った。

第二章　陣地進入（第一地区・八月九日）

国境の銃声

八月八日の夜は、昼間の晴天とはうってかわって、空は厚い雲でおおわれていた。雨雲だった。朝と夜とで、天候が一変するのも大陸の空の特徴である。そのせいか、むし暑い夜だった。

勝関の兵営は寝しずまって、一筋の灯火《あかり》も外にもれていない。ただ本部事務室だけは、厳重な灯火管制の中で、覆いをつけた裸電球がデスクの上に丸い光を投げていた。

本部甲書記として人事を担当している水田健作曹長は、明後日までに旅団司令部へ提出する「関東軍動員計画令細則付録」の、人馬一覧表と「留守名簿」の報告書作製に追われていた。なにしろ戦局の悪化につれて関東軍も諸種の規定や法則は変更するし、毎日のように将校、下士官、兵の転出はあるしで、書記の仕事は目のまわるような忙しさだった。

水田は、ペンを走らせながら、向かい合わせに座っている滝曹長に呼びかけた。

「おい、もう何時頃かな?」

この六月、曹長に任官したばかりの滝は、乙書記として教育を担当していた。彼は補充兵教育の計画書を作っている手を休めて、柱時計を見上げた。

「はあ、まだ十二時ちょっと前です」

滝は、週番副官の懸章を肩から下げていた。昭和二十年になってからは、将校の転出が多く、週番副官要員も不足がちとなり、下士官が副官をつとめなければ間にあわない状態だった。

水田はペンをカラリと投げ出すと、両手を上げて背筋を伸ばしながら大欠伸《あくび》をした。

「あーあ、今日は疲れた……もう三日も夜勤がつづいているからな。俺はそろそろ生まれ故郷に入るとするぜ」

「もう寝るんですか？　つき合いが悪くなりましたね」

滝はニヤリと笑って額の油汗をぬぐった。滝も疲れていた。

「こら、滝曹長、週番副官は任務重大なり。居眠りするなよ。あとはよろしく頼む」

滝曹長の肩をポンと叩いて、水田は隣室の下士官室へ入っていった。

寝台の縁に腰を下ろした水田は、日課の軍刀の手入れもソコソコに、二枚合わせた毛布の間にもぐり込んだ。横になると、疲労が足の爪先から放電してゆくようで心地よかった。厖大な報告書の作製は、明日いっぱいで仕上げねばならない。間に合いそうもない量である。彼は、司令部の属官、参謀、高級副官などの顔を、つぎつぎと思い浮かべているうちに深い睡りに入った。

寝入っていた水田曹長は、夢を見る間もなく、異様な気配を皮膚に感じて反射的に起き上がった。全身をつつみこむような、鈍い爆音が国境上空から聞こえてくる。それも一機や二機ではない。友軍機が飛ぶときは、何日の何時何分、どこからどこの方向へ飛ぶ、という連絡が前もって通達されることになっていた。水田は、この日、飛行通報が入っていないことを知っていた。

〈おかしい。敵機かもしれない〉

耳をすますと、爆音は西に向かっている。ソ連機の越境だ。彼は寝台からとび出すと、軍袴をはく間ももどかしく紐をしめた。本部要員は、どんな変事にも即応できる態勢にあらねばならぬ。そのとき、事務室で電話のベルが鳴るのが聞こえた。

「はい、滝曹長です」

滝は大声で電話に答えていた。一呼吸おいて、こんどはカン高く水田を呼ぶ声が響いた。

「曹長殿！　水田曹長殿！」

滝の呼び声には、狼狽のひびきがあった。

「オーッ！」

水田は返事とともに、下士官室を出て事務室にとびこんだ。滝曹長は受話器を両手で握りしめ、血走った目を吊り上げている。

「曹長殿、二九〇高地視察班の大村曹長からです。たいへんです。南高安孫《こうあんそん》警備隊が、いま撃ちあっているそうです！」

おっかぶせるような早口で、滝は一気にしゃべった。顔は真っ青で、緊張のあまり声がうわずっている。水田は、もぎとるように受話器を持つと、大声でどなった。

「俺だ、水田だ。大村、どうしたんだ！」

「水田か。いま南高安孫で交戦してるのが見えるんだ。敵は軽機を乱射している。監視哨との電話が不通で、情況がよくわからんのだ。アッ、こんどは手榴弾らしい！」

興奮した声とともに、爆発音が受話器をとおしてはっきり聞こえた。二九〇高地と南高安孫監視哨とは、直距離で八〇〇メートルしか離れていない。そこは第三地区の担当区域である。

「よし。すぐに部隊長殿に報告するから、切らずに待っててくれよッ！」

水田は、胸の鼓動が痛いほど高まっているのを感じた。滝をにらみつけるようにふり向くと、自分でもびっくりするような大声でどなった。

「滝曹長！　すぐ週番司令殿に報告しろ。俺は部隊長殿に報告する！」

「はいッ！」

滝も、全身でどなり返すと、ドアを蹴破る勢いで駆け出した。そのとき出光中尉から電話が入った。水田は事態を報告するとともに大村曹長と話し中の電話をそのまま中尉につないだ。

水田は、事務室の電気を消して窓を開けた。耳をすますと軽機の音が、かすかに聞こえてすぐに止んだ。おりかえし中尉から、水田に電話があった。

「よく聞け。部隊長殿にかわって、作命第一号を下達する。本戦備甲ッ！　本戦備甲を各中隊に伝え、命令受領者を本部前に集合させよ」

水田曹長は、出光中尉の落ち着いた声を聞いているうちに、動転した気持がおさまっていくのを覚えた。訓練では一度も覚えなかった指揮官の頼み甲斐を曹長は、はじめて膚で感じた。

彼の視線に、ふと柱時計の針が入った。零時三十分を指していた。一つ、大きく深呼吸した曹長は、落ち着いた手つきで受話器をとると、各中隊に同時電話で命令を伝達しはじめた。

「本戦備甲」は、小銃、帯剣、鉄帽、水筒、雑嚢だけの身軽な装備で、決められた陣地の穹《きゅう》窖《こう》や銃座、砲座などの位置に一刻も早く進入して、戦闘態勢をととのえる火急命令である。まず最小限の装備で速やかに兵を陣地につけ、各隊の備品類は戦況に応じて兵営から後刻運搬することになっていた。

水田曹長は、陣地進入の配備行動よりも、諸品目の運搬や残留事務の困難さを考えた。

〈よほど順序よくやらんと、えらいことになる〉

彼は、陣地内の糧秣を確保することが先決だと考えた。陣地には、すでに保存食糧が山と積まれている。だが、いくらあっても充分とは言い切れない。戦闘がすぐに終結するという保証はないし、他の部隊が勝鬨陣地に合流して人員増になることも考えられる。戦闘が開始されると、ただちに兵舎が砲撃されるだろう。木造の糧秣倉庫は、ひとたまりもなく破壊されるにちがいない。

〈そうだ、本部前の山に横穴を掘って、倉庫の糧秣を全部入れておこう〉

曹長は、本部直轄の輜重隊三〇名を自分が指揮して、一切の残務処理を完了してやろうと心に決めた。

ようやく水田曹長にも、心の余裕が出てきた。実戦に突入したのだ、という実感はまだ持てなかったが、この戦闘をやりぬく自信が、体の奥から湧いてくるのを覚えた。

「下士官の鞭をして、敵の矢玉《やだま》よりも怖がらしめよ――」

アレキサンダー大王の名言を、曹長はふと思い浮かべた。下士官の俺が怖れて、どうやって兵を戦わせることができるのか。よし、俺は鬼曹長になるぞ！　水田曹長は、ニヤリと不敵な笑みを浮かべた。

「本戦備甲」下令さる

「本戦備甲」を電話指令した出光中尉は、軍刀を腰につるすと作戦用務品を手当たりしだいに雑嚢に突っ込んで官舎を出た。

やっぱり来たか、と思うだけで、予期していたほどの心の動揺はなかった。度胸とか豪胆さというものではない。来るべきものが、当然の形となって現われ、それに即応するのだ、という事務的な感情だけだった。

兵舎では、時ならぬ不気味な爆音に、兵たちは眠りをさまたげられていた。内務班ごとに一灯ずつともっている予備灯が、いきなり激しく点滅してパッと消えた。非常通報である。ベッドの中の兵たちは反射的に毛布を蹴った。同時に当番兵が駆け込んで「非常ッ！　非常ッ！」と大声で叫ぶ。

これまで、夜中の非常呼集は訓練でたびたび行なわれていた。それが寝入りばなのときもあれば、明け方のときもある。部隊長のむしのいどころで、唐突にかかることもあった。

敵が侵攻してきた場合、またはわが軍がソ領に進攻する場合を想定して陣地進入を行なうのだが、兵営にいちばん近い勝鬨山陣地に配備される第一、第二中隊はいいとして、出丸陣地に進入する第三中隊はたいへんだった。分秒を争う作戦行動下、いちばん遠方で、しかも岩山のつづれ折りを登って山頂に達し、息せき切って穹窖内に入りこまねばならない。

「非常」がかかって完全軍装ができしだい、各中隊は分隊単位で、すばやく兵営をとび出し、一目散に決められた陣地へ急速進入して戦闘配備につく。実弾がこめられ「射撃準備よし」となって、全陣地が一致して作戦行動に移れるようになるには、ほぼ小一時間はかかった。陣地進入が完了すると訓練はただちに解除され、兵たちはふたたび兵舎にもどって睡眠のつづきをとる。夜中に非常呼集があったからといって、その日の起床時間が延ばされるわけではない。兵にとっては、つらい一日となる。だが、今夜は様子がちがうようだ。

「急げッ！　モタモタするなッ！」

班長のドスのきいた声が飛ぶ。内務班は騒然となった。それでも、日頃の訓練どおりに整然と軍装がととのえられていった。古年兵の一人が、聞こえよがしに声をあげた。

「どうやら、こりゃ、本物くさいぞ、いよいよ露助《ろすけ》と命のやりとりがおっぱじまるぜ」

そばで、もう一人が軽口をたたく。

「そうよ、そうよ。そんな感じ。新兵さんよ、これが最期よ。泣くんじゃねえよ」

いつもならヘラヘラと笑い声がおこるのだが、古年兵の調子にも重苦しい真剣味があって、だれも笑えなかった。そのまま声が途切れた。黙々と軍装をととのえると、小銃を手に通路に整列する。

「よし、弾丸《たま》こめ！」

班長は、押し殺した声で号令をかけた。一瞬、張りつめた空気が流れる。弾丸をこめる鈍い金属音が、殺気をはらんで内務班に充満した。

出光中尉は、官舎当番兵を走らせて営外者全員に「戦備甲」を伝えさせた。部隊の近くに、将兵の団欒《だんらん》や酒食を供する兵寮がある。ここに東寧の料亭から派遣された日本人女給が五人いた。女たちに身のまわりのものを準備させて勝鬨陣地の包帯所に入るよう指示したのである。このほか部隊には、約四〇名の苦力《クーリー》がいた。中国本土で捕虜になった中共の第八路軍兵士たちだ。彼らは陣地構築用の丸太の伐採、壕掘り、兵舎の修理など、力仕事の労務に服していた。始末のわるいこのお客さんを、解放するわけにはいかない。中尉は彼らを、勝鬨陣地の糧秣庫に収容することにした。

〈苦力が荷物にならなければよいが……〉

中尉には、それが気がかりだった。陣内で反乱でも起こされたら、大変なことになる。待遇に気をつけることだ、と中尉は考えた。

官舎を出た出光中尉は、まず真っ先に部隊長の宿舎に駆け込むと、情況を手短に報告して対策を協議した。

「これはソ軍の威力偵察で局地戦に終わるかもしれませんし、ひょっとすると全面戦争かもしれません。いずれにせよ、ソ連と開戦したと考えて処置すべきだと思います」

「よかろう。で、中尉の考えはどうか？」

部隊長は、不安げに聞いた。

「現在、第一中隊は、第一展望山の兵舎にあり、監視哨と肝家子溝を守備しています。したがって、本部には第二、第三、第四の三個中隊しかおりません。これだけでは、陣地守備は不可能です。第一中隊を現在地から撤収させて、勝鬨陣地を主力とした防衛態勢をとった方がいいと思いますが……」

部隊長は、せわしく目をまたたき、興奮と困惑に頬の筋肉をひきつらせながら言った。

「第一中隊を引きぬくと、南の三〇〇高地方面から、やすやすと敵が侵入してくることにならんかね?」

「そうなりますなあ。しかし、第一中隊ががんばったところで、一分や二分は抵抗できるでしょうが、しょせんは全滅です。撤収して勝鬨を強化すべきでしょう。南側は栄山で守ります」

「うむ。撤収はやむを得んか……」

「問題は出丸陣地です。第一中隊が合流しても、朝日山、勲山、勝鬨、栄山の四陣地に兵力を配備するのがやっとです。出丸は残念ながら放棄するしかありません」

「なに! 放棄だと!」

中尉の提案に、部隊長は愕然とした。

「出丸に兵を出せんというのか? そりゃ、危ない。あそこに敵の砲列を敷かれたら、どうなる。陣地は全部まる見えで、狙い射ちだぞ。腹背に敵を受けることになる!」

「覚悟の上です」

「なんとかならんか? 一個小隊でも派遣できんか!」

「兵力がたりません。とても無理です」

キッパリと中尉は言った。たとえ一個小隊を無理に抽出したとしても、小兵力では守りきれるものではない。いたずらに兵員を消耗するだけである。

「そうか……困った。出丸は守れんか」

斉木部隊長は、おびえたように唇をわななかせ、眉をひそめた。兵力不足は、部隊長もよく知っている。現在兵力は六五〇名。歩兵四個中隊といっても、一個中隊の兵員は平均九〇名しかいない。平時で三〇〇ないし三五〇名が標準だから、大幅な兵員不足である。

重火器といえば、㋩砲の名で親しまれている二四センチ榴弾砲が二門あるのが心づよかったが、このほかに通称、連隊砲と呼ばれている口径七五ミリの四一式山砲一門、九七式中迫撃砲一門、小迫撃砲四門、それに歩兵砲一門しかない。機関銃は、総数で一〇梃に満たないという装備である。

これらの火器を有する兵員は、㋩重砲兵中隊約五〇名、砲兵中隊約一〇〇名、機関銃中隊約七〇名という兵力だ。これで第一地区の陣地すべてを守備することは、とうてい不可能であった。

中尉の言うとおり、守備範囲を縮小して、重点配備をするしか方法はない。部隊長は、ガックリと肩を落とした。

「陣地進入しても、守りきれるものではなかろう。旅団司令部に連絡して、撤退方針がどうなっているか、聞いておくように。たしか後方の複廓陣地に集結して、反撃の機をうかがうことになっているはずだが……」

中尉は、部隊長の言ったことがピンとこなかった。後方の複廓陣地とはどこを指すのか？

〈どうも、戦意のない部隊長には困ったものだな〉

中尉は、腹の中で舌打ちした。

斉木部隊長と一緒に本部へ急行した中尉は、すでに集合している命令受領者の前に立つと、部隊長にかわって作戦命令第二号を下した。

「第二中隊は東勝閧陣地に進入せよ。第四中隊は、朝日山陣地を主力とし、勲山に一個小隊を派遣進入せよ。第三中隊は、栄山陣地進入を予定とし、別命あるまで本部前の山中に散開待機せよ……」

まず歩兵部隊をすみやかに陣地に進入するよう指示したあと、中尉は機関銃中隊、砲兵中隊にそれぞれ配置を指示して陣地進入を命じた。

出光中尉の率いる第三中隊は、もともと出丸陣地が配置であった。中隊の兵たちは、慣れた出丸なら掌を指すように真っ暗闇でも行動できた。ところが、栄山にはだれも行ったことがない。陣地の様子を知っているのは出光中尉だけである。中尉が連れて行かなければどこに陣地があるかもわからず、配置につくこともできない。そのために一時、待機を命じたのである。

栄山の配置は、もともと第四中隊の担当であった。しかし陣地配備の情況からみて、敵は南側の平坦地から栄山方面に進出する可能性が濃厚であるところから、部隊きっての強兵である出光中尉の第三中隊を布陣することにしたのだ。いわば中尉みずから、もっとも危険度の高い陣地を買って出たのであった。

ソ軍、ついに侵攻

本部事務室では、各監視所からひっきりなしに連絡が入っていた。水田、滝の両曹長が受話器をにぎったまま、つぎつぎに入ってくる情報をメモしていた。

斉木部隊長と出光中尉が事務室に入ってくるのを待ちかねていたように、森田副官は緊張した表情で、ただちに情況を報告した。

「ただいま、第一展望山から報告がありました。零時五十分、展望山陣地に敵は砲撃を開始したそうであります。現在のところ、兵員に損害はありません」

聞くなり出光中尉は、水田曹長に第一展望山兵舎に電話をつながせ、第一中隊のすみやかな撤退と、西勝閧陣地に転進するよう命令を伝達した。

「これから転進しても、第一中隊が陣地に到着するのは朝方になるでしょう。それまで現有兵力で維持しなければなりません」

中尉の説明に、部隊長はうなずいた。監視所からの情報は、どれもこれも悲観的なものばかりだった。

「三岔口上空に数条の探照灯交差しあり。友軍機に対する警戒照射のごとし」

「郭陵船口陣地方面の烏蛇溝河流域ソ領に、無数のトラック灯火を認む。大部隊の渡河作戦開始のごとくなり」

「東寧市街方面に爆発音と大火災を認む。敵機の空爆を受けつつあるもののごとし」

上空には、爆撃機の大編隊がつぎつぎとエンジンを轟かせて西へ向かっていた。牡丹江か、国都新京を目指しているもののようである。

「とうとう来ましたな！　ソ軍は全面戦争を指向してますな、この調子だと……」

出光中尉は、嘆息まじりに言った。

「しかし、日ソ中立条約が、まだ半年ぐらい有効なはずだ。攻撃してくるとは思われんのだが――」

部隊長は一縷の望みをすてきれないような口ぶりだった。それでも各監視所からあわただしく入ってくる報告は、いずれもソ軍の全面攻撃を思わせるものばかりである。

「司令部は、いったい何をしているのか！」

吐きすてるように部隊長は言った。いらいらしていた。肝心なときに司令部からの指示連絡がないのは、司令部自体が混乱している証拠であろう。中尉は肚をすえて、ゆったりとした口調で言った。

「とにかく、独自の判断でやるよりほか、しようがないですなあ……」

このとき、ソ軍は午前零時を期して、いっせいに満州進攻の行動を開始していたのである。極東軍総司令官ワシレフスキー元帥は、ハバロフスクの総司令部から自信に満ちた声で、モスクワのスターリン首相に進攻開始を電話で報告していた。

ソ満国境に満を持していたソ軍は、三方面軍に編成されていた。東部方面は、メレツコフ元帥麾下の第一極東方面軍、北部方面は、プルカエフ大将麾下の第二極東方面軍、西部方面は、マリノフスキー元帥麾下のザバイカル方面軍である。

これらソ連極東軍の戦力は、戦後の資料によれば、狙撃七〇個師団、狙撃四個旅団、機械化狙撃二個師団、戦車二個師団、騎兵六個師団、戦車四〇個旅団、航空三個軍団からなり、総兵力は一五七万七七二五人、火砲・迫撃砲二万六一三七門、戦車・自走砲五五五六輛、飛行機三四四六機という圧倒的戦力であった。

東部方面の第一極東方面軍のうち、東寧正面を担当するのは、チスチャコフ大将の指揮する第二五軍である。この軍団は、狙撃六個師団、戦車三個旅団、機械化九個旅団、陣地守備隊七個旅団、火砲・迫撃砲・ロケット砲一六六九門、戦車・自走砲一六六輛を保有し、主作戦正面は東寧から北鮮にいたる南北一〇〇キロにわたっていた。

チスチャコフ大将は、一部兵力をもって東寧陣地の攻略、および北鮮に対する支作戦を行ない、主力は戦車部隊と協力して東寧を抜き、汪清《おうせい》方面に向かう作戦を展開していた。

彼らは、自軍の堅固な縦深陣地配備に慣らされていたため、日本軍陣地の強力な抵抗を予想し、一日の進出速度を八～一〇キロと計算していた。この過大な予想が、勝鬨陣地には大きく幸いすることになる。

しかしこれだけの大軍が、声もなく満州の国境を突破して、ひた寄せていようとは、出光中尉にも想像外のことであった。中尉は、相当な激戦を想定していた。死傷者も続出することだろう。だが彼が果たさねばならぬ戦闘は、陣地を有機的に連携活動させ、最大限の抵抗を継続しつつ、進攻するソ軍を陣地前でガッチリと食い止めることであった。

地下構築物の奥深く潜入したまま、ソ軍を迎え撃つ作戦はきわめて困難である。受け身一方の戦いで、どこまで陣地を確保することができるか、中尉にも見当がつかなかった。しかし、これをなしとげるには、強靱な精神力と、不屈の忍耐が要求される苛酷な戦いになるだろうことは、中尉も充分に覚悟していた。

〈陣地戦を、どこまで完成することができるかだ。完全戦闘のモデルを築きあげる、またとない実験になるかもしれぬ〉

中尉は、これから開始される戦闘が、まるで自分の手で創造する壮大な芸術品であるかのように思われてきた。それは巨大な未知の作品であった。血と肉と、炎と鉄の相克《そうこく》から生まれ出る人類の感動であるはずだった。

陣地を保持すればするほど、ソ軍との対峙を維持すればするほど、中尉の創造物はしだいに完璧さを増し、鋭く磨かれたものとなるだろう。

もし戦いに美があるとすれば、それは勝利でも玉砕でもなく、限られた陣地戦闘の無限の継続の姿の中に生まれ出るものだ、と中尉は考えた。

朝日山の戦闘配備

第四中隊長の元安源治中尉は、彼の中隊が完全軍装で営庭に整列を終わるころ、狼洞溝の陣外家族官舎にいる妻の美沙子に、いそいで電話をかけた。妻はすぐに電話口に出た。興奮した声だった。

ときならぬ爆音と銃声に、不安な夜を一人で耐えていたのかと思うと、元安中尉は新婚間もない若い新妻が哀れだった。

「いいか、おちついて聞くんだ。いま、わが軍はソ連軍と戦闘状態に入った。これから戦争がはじまるんだ。いやいや、心配しなくてもいい。すぐに敵が入ってくるわけじゃないからね。しかしそこにいるのは危険だ。こちらから兵隊を迎えにやるから、一週間分の食糧をもってすぐ移動できるように準備していなさい」

中尉は早口で一気にしゃべった。真剣に夫の声を聞いている妻の可憐な顔が浮かんだ。

「はい、わかりましたわ。私は大丈夫よ、それより、あなた、気をつけてくださいね」

「うむ、ありがとう、ぼくはこれから陣地に進入する。部下が待っているからこれで切る」

受話器を置いて中尉はホッとした。はきはきした妻の気強い返事に、心の重荷が一つ、ふっ切れた思いだった。

中尉が結婚したのは、この五月である。南方の戦況が逼迫《ひっぱく》していたにもかかわらず、満州では将校たちがどんどん結婚していた。内地にいる親や兄弟を、食糧や物資の豊富な満州へ呼び寄せる者も多かった。満州は安泰だ、というムードが一般に強く、市民や若い将校たちも、軍が豪語していた〝関東軍一〇〇万の精鋭〟という宣伝文句をうのみにしていた。

元安中尉が、父のすすめで結婚したのも、満州の安全を信じていたからである。ソ連と交戦するなどとは思ってもみなかった。彼は、大連から美沙子を呼び寄せて東寧神社で挙式し、新世帯をもった。

七月になって、公主嶺の士官候補生学校に入校していた堀田准尉が帰隊してきた。彼は元安中尉が結婚したことを聞くなり眉をひそめて言った。

「元安中尉殿、せっかく結婚されても、あと二ヵ月の命ですよ。おめでとうと言いたいけれど、どうもお気の毒さまです」

元安には、准尉の言うことがピンとこなかった。たちの悪い冷やかしだと思った。

「なんだなんだ、その言いぐさは。貴様、妬いてるんだろう」

「いえ、妬いてなんかいませんよ。公主嶺の情報では、ソ軍との間がそろそろ危ないということですよ」

「わかった、わかった。俺はさんざん冷やかされているんだ。おどかすのは、そのくらいにしてくれ」

元安は、手を振って准尉の口を封じた。

いまにして思えば、堀田があのとき二ヵ月の命だと言ったことは正しかった、と中尉は考えた。舌打ちする思いで、彼は兵舎前の集合地に出て行った。

整列した部下に、現在の情況を手みじかに説明し、高宮次雄見習士官以下一三名に勲山陣地守備を命じた。中尉はみずから主力六十余名を率い、警戒態勢をとりながら最前線の朝日山陣地へ向かった。

朝日山陣地は、南方が比較的なだらかな斜面になっているが、他の三方は急斜面で、ソ軍陣地と向かいあっている北方正面は、高さ六、七〇メートルの切り立った断崖になっていた。

標高二三〇メートルの小高い朝日山の中は地下陣地で、縦横に通路が掘削されており、砲が自由に通れるほどの幅があった。各通路の末端はすべて穹窖《きゅうこう》で、厚さ一メートル以上のコンクリート壁でかためられ、砲門だけ出して射撃できるようにつくられていた。

しかし、いまは砲はない。朝日山に割り当てられた虎の子の重機一梃を、中尉は北側の穹窖に配備した。

東正面陣地のいちばん高い穹窖は、大きな二部屋からなる観測所で、ここだけはコンクリートの厚さが二メートルあった。そこから鉄梯子で地下坑道の通路へつながっている。

陣外には穹窖の射線にそって幅五メートル以上の鉄条網がジグザグに張りめぐらされ、さらにその外側を、四〇メートルから三〇〇メートルほどの距離に第一線鉄条網がはしっていた。勿論、要所要所には深さ三メートルの戦車壕が落とし穴のように口を開けている。

地下陣地の中央部は居住区で、木製の二段ベッドがとりつけられ、炊事室、水槽室、糧秣室、発電室がこれにつづいていた。飲料水は、南側の谷間の井戸から、パイプで山の中腹のポンプ室を経て、陣地内の二〇トン水槽室に連結されている。たとえ完全に陣地が包囲されても、山の中には三ヵ月分の水と糧食が貯蔵されていた。

陣地に進入した元安中尉は、兵員室に部下を集めて本部命令を下達した。

「敵の侵攻に対し、関東軍は極力、不拡大方針をもってのぞむことになっている。したがってわが軍は、積極的には行動しない。よって朝日山陣地では、ソ軍の直接攻撃を受けないかぎり、絶対に発砲してはならぬ」

兵たちは不安な顔をしながら各自の持ち場に散っていった。中隊本部付の八木曹長が、ベッドの端に腰を下ろしながら、うんざりしたように言った。

「この期にのぞんで、まだ静謐《せいひつ》保持ですか、中尉殿！」

やれやれ、といった口調に中尉は、

「そう皮肉をいうな、俺だって矛盾した気持でいるんだよ」

と、苦笑した。

昭和十六年十二月、太平洋戦争が始まってから、日本はソ連と対戦することを好まなかった。好まないというより、積極的に避けていた。中国戦線と南方戦線で手いっぱいの日本は、このうえソ連と事をかまえる余裕はなかった。できるだけソ連を刺激しないで、静けさを保っていたかった。一般には、あまり使われることのない「静謐保持」という言葉が、それ以来、関東軍の一大標語となったのである。

とはいえソ軍に対しては、強大な関東軍の威容を誇示して力の均衡をはかっておかねばならない。それなのに現実には、抜き差しならぬ対米戦の悪化で、南方に兵力をとられ、骨身をけずられている。

そこで関東軍は、積極的には強大を装い、少なくとも弱体化の状態を露呈しないよう神経を配り、消極的には万事ひかえ目にしてソ軍を刺激せず、たとえ相手から刺激されても、ジッと我慢をしていたのである。

昭和十九年に入ってからは、ソ満国境における戦力の比重は明らかに関東軍に不利となった。ソ連がこれを見逃すはずがない。当然、威力偵察が行なわれた。

十九年七月二十九日、琿春正面の五家子陣地において、また、八月一日から数日にわたり満州里《マンチュリ》北方のモンゴシリ付近において、それぞれソ軍の小兵力が進出して、国境警備隊の後方を攪乱、放火するという事件が起こった。弱体化したとはいえ、ソ軍の無法な侵入兵力を蹴散らすことぐらい、わが軍にできないことはなかった。だが、全面衝突に発展することを怖れた大本営は、あわてて緊急命令を打電した。

「兵力を絶対に行使せざる方針に基づき、同方面に対しての兵力移動を避け、たとえ国境警備隊の後方台地を彼らに占領さるるも兵力を行使せざること。情況真にやむを得ざる場合は、かならず中央の認可後とすべし」

大関東軍に対して、これほど具体的な電報を大本営が打ったということは、それまで例をみない。いかにソ満国境の静謐保持が、中央の重大な関心事であったかを、如実に示しているといえよう。

この電命により関東軍は、大本営の意図を体して全軍に絶対不拡大の方針を厳達した。兵力の移動を禁じ、満領内にソ連兵が進出しても、火器による攻撃がなければ応ずるな、と命令したのである。

徹底した関東軍の静謐保持は、全軍の将兵を金縛りにしていた。ソ軍が侵入しても発砲するな、というこの厳命は、将兵の体内に深くしみ込んで、開戦になっても指揮官の判断を拘束するといった異常な状態を呼んだのであった。

「元安中尉殿、どういう状態になったら応戦してもいいのでありますか？　ソ軍の直接攻撃を受けたらといっても、いろいろあるでしょう。砲弾が落下してもそうだし、狙撃されても直接攻撃ですし……」

八木曹長は、うわ目づかいに中尉を見ながらたずねた。

「それが、俺にもよくわからんのだよ。ただ目の前に敵が迫ったら、撃たにゃあなるまいな」

「はあ、目の前にですか……」

さあ困った、と言うように、曹長は、大袈裟に両手で頭をかかえた。

「心配するな。そのうち部隊長から指示があるよ。戦争には、みんな素人なんだから、そう手ぎわよくゆかんさ。各自、臨機応変にやるしかないだろう」

「心細いかぎりですなあ」

八木曹長はそう言いながら、ニンマリと笑った。不敵な曹長の笑顔をみて、中尉は、言う

ことと態度のちがうこの男が、無性に頼もしく思えた。

「俺たちの棺桶にしては、ここは立派すぎるなあ、そう思わんか、八木曹長」

ここが自分の死場所になると信じて、中尉は洞窟のような陣地を見まわした。曹長は、声をあげて笑った。

栄山を部下に任せて

南高安孫の監視哨から敵襲が伝えられたあと、ソ軍の積極的な攻撃はなかった。あいかわらず上空には、おびただしい数の飛行機が西進する爆音だけが聞こえていた。

本部では出光中尉が、斉木大尉、森田副官、水田曹長、滝曹長らと今後の問題を協議していた。とくに弾薬、糧秣輸送、炊事、本部の残務整理などが問題だった。だがこれも一応の結論を得たので、中尉は自分の中隊を指揮すべく第三中隊兵舎へ走った。

すでに夜は白みはじめていた。他の中隊は、はやばやと陣地進入が終わっていた。残っていた彼の中隊は、兵舎前の山の中に、完全武装をしたまま散開して三時間も中隊長のくるのを待っていた。

走ってくる出光中尉の姿を認めた兵たちは、雑木林の中から迅速に出てきた。彼らの目は、キラキラと輝いていた。中尉は、部下が自分を信頼しきっていることを知った。

「全員、俺についてこい。栄山陣地に進入する。前進！」

先頭に立った中尉は、丘陵の谷間をくねくねとめぐりながら急進した。払暁《ふつぎょう》になって山には乳白色の朝霧がたちはじめた。霧は深く、五〇メートル前方を見通すこともできない。この霧が晴れるのは、七時ごろになるだろう。それまではソ軍も砲撃できず、進撃は不可能なはずだ。中尉は満州特有の霧を計算に入れていた。

栄山は標高二三〇メートルの小山である。周辺の丘陵が全体にせり上がっているため、山というより台地と言ったほうが適切である。第一地区の陣地の中で、この栄山陣地だけが地上構築の野戦陣地で、他の陣地のように地下通路は掘削されていない。かろうじて一三〇メートルほど、岩盤をくりぬいた地下壕があるだけで、一筋の無蓋の壕が、くの字形に山上の端から端へ延びていた。もし一発の砲弾が命中すれば、たちまち吹きとばされてしまうような散兵壕だった。

壕には蛸《たこ》の吸盤のように円形壕がいくつも突出しており、この中には兵が二、三人はいれた。山の下から攻め登ってくる敵兵を、この蛸壺から狙撃できるようになっていた。

五時ごろになって、出光中隊はようやく栄山に進入した。中尉は小隊、分隊ごとにいちいち兵を陣内の現場につれて行き、守備範囲や射撃範囲、となりの隊との関連、勝関陣地との関係などをつぶさに指示してまわった。中隊の将兵が、ひととおり陣地の模様を知り、なんとか任務が果たせそうになったのは七時ごろであった。中尉には、この二時間がいちばん長かった。配備が完了するまで、ソ軍からの攻撃がなかったのが幸いだった。もし、敵からの銃砲撃があったなら、こうはうまく陣地進入ができなかったであろう。

地下壕の指揮所には、石油ランプが一個、天井の梁からぶら下がっていた。淡い光の下で出光中尉は、木村見習士官をはじめ、各小隊長を集めて今後の作戦指示を与えていた。そのとき、勝関陣地の森田副官から中尉に電話がかかってきた。

「中尉殿。じつは斉木部隊長殿の要請なのでありますが、部隊長殿は陣地に不案内でもあり、健康もすぐれないため、部隊の戦闘指揮に不都合があっては部下に迷惑をかけるので、出光中尉殿は当分のあいだ第三中隊の指揮を先任将校にゆだね、戦闘指揮所にあって部隊の作戦を指導するようにとのことであります」

中尉は、すぐには返事ができなかった。はじめて栄山陣地に来たばかりの兵たちを見捨てることができようか。自分がいなくて、どうやって彼らはこの陣地を守るだろう。

「ちょっと待て!」

受話器をにぎったまま中尉は絶句した。要請とはいえ、これは部隊長命令である。部下の顔を見まわしながら、中尉はなんと説明したらいいか途方にくれた。

「部隊長の命令を伝える。俺は戦闘指揮所で部隊長殿のお手伝いをしなければならん……」

沈痛な声で中尉は言った。部下たちは一瞬ドキッとした表情で中尉を見守った。どの顔にもありありと失望の色がみなぎっている。戦闘は、兵一人一人の力量で戦えるものではない。指揮官の指導がなければ、まとまった戦力を発揮することができず、戦いは不可能である。

「だが、俺は貴様たちを見捨てることはできん。当分のあいだ指揮所に行かねばなるまいが、いずれ戻ってきて、この陣地を指揮するつもりだ……」

中尉は語気を強めて言ったが、自分の言葉が、むなしい気やすめに聞こえるのだった。戦いがはじまってから、指揮官が指揮所と陣地を行ったり来たりすることなど、不可能なことは歴然としている。兵といえども、そのくらいのことはわかる。みな黙っていた。そのとき、気まずい沈黙を破って、指揮班長の菅原曹長が叫ぶように言った。

「中隊長殿。栄山陣地は、われわれで死守します。部隊全体の戦力が低下しては、戦いを有利に展開することはできません。どうか戦闘指揮所でがんばって、名作戦を指導してください。お願いします！」

菅原曹長の言葉に、兵たちも一様にうなずきながら言った。

「そうだ。中隊長殿が作戦全般を指揮してくだされば安心だ！」

「ここは大丈夫ですよ、中隊長殿。われわれにまかせてください！」

明るい笑顔が、出光中尉をとり囲んだ。どんな激励の言葉や決意よりも、中尉には彼らの笑顔が心強かった。うれしかった。

「うむ、よし……」

中尉は決心した。木村見習士官を後任の中隊長として後事を託した。彼らの顔が、これで見納めかと思うと、中尉の心は重かった。

第三中隊に配備された火器は、軽機一梃、擲弾筒《てきだんとう》二梃、手榴弾三〇発しかない。各自が持っている小銃にしても、弾丸は一人二〇発のみだった。一回の戦闘にもたりない弾薬量である。これで、どうやって彼らは戦おうというのか。出光中尉は、胸ふたぐ思いで最後の命令を下した。

「いいかみんな、弾薬は大切に使うんだぞ。一発必殺であることを肝に銘じよ。小銃はめったに撃つな。敵が五〇メートル以内に入ったとき狙撃すること。いいな、これだけは守ってくれ、厳命だぞ！」

中尉は、陣地をよく知らない部下を置き去りにしてゆく心細さをおさえながら言った。菅原曹長は、中尉に三名の兵を伝令として同行させることにした。

「たがいに健闘を誓いましょう」

曹長は一升瓶をかかえてきて、飯盒《はんごう》の蓋に冷酒をなみなみとくんだ。中尉が、まず口をつけた。つづいて木村見習士官が、それを受けた。飯盒の蓋は、いならぶ将兵の口から口へとまわった。

これが、別れの杯なのか、と思うと、中尉の胸の奥から、熱い大きな塊がもり上がってくるのだった。

砲弾落下

昨晩の曇天にかわって、勝鬨の上空は一点の雲もない快晴となっていた。

朝日山陣地の元安中尉は、部隊の兵器委員でもある。中尉は弾薬の陣内運搬がなかなかはかどらないのが気がかりだった。運搬用のトラックに、本部はガソリンの使用を許可していなかった。この戦闘が、単なる国境紛争程度で終わるか、大規模な戦争に発展するのか、情況が不明であるところから、血の一滴といわれる貴重なガソリンを、無制限に使うわけにはいかなかったのだ。

「戦備用ガソリンの使用は、別名あるまで待て」との指示で、トラックは代用燃料の木炭を真っ赤に焚きあげながら、のろのろ運転をしていた。火力が落ちて坂道にさしかかると、重い弾薬を積んだトラックは立ち往生する。そのたびに運転者は飛びおりて、荷台の隅にすえつけてある円筒形の木炭缶の送風器を手動でまわす。風を送って木炭の火力を上げ、エンジンをふかせる。車はあえぎながら、どうにか坂を上がってゆく。

中尉は半病人のようなトラックを眺めながら、弾薬だけは充分に陣地に上げておかねばと、気が気ではなかった。

「敵の弾丸が一発でも陣地内に落ちたら戦備用ガソリンに切りかえ、全力を上げて弾薬を輸送せよ」

中尉は兵器係の下士官、伊達軍曹に命じた。

「しかし、本部が……」

と言いかける軍曹に、

「責任は俺がもつ、心配するな！」

大声で叫んだ。物資はもちろん、とくにガソリンを大切にする気風が、日本軍の将兵にはしみついていたのである。

午前八時、真夏の太陽がジリジリと照りつけはじめたとき、突然、烏蛇溝河の方向からゴウーッと突風でも吹くような音が聞こえたかと思うと、東勝関陣地正面の銃眼に第一弾が命中、炸裂した。それが合図のように、ソ軍の陣地からいっせいに砲撃が開始された。朝日山にも多数の砲弾が落下する。

「それっ、待ってました。ガソリンに切りかえろ！」

元安中尉は陣内電話で伊達軍曹に燃料の交換を命じた。ガソリンに切りかえられたトラックは、生き返ったように馬力を上げた。砲撃の合間を縫って、エンジンの音も高らかに全力で弾薬輸送をつづける。

兵の一人が陣地に落ちた不発弾をひろってきた。直径約五センチ、長さ二〇センチほどの小型の砲弾である。

「なんだ、こんな演習弾みたいなのを撃ってきやがって！　こっちの擲弾筒の方が、まだましじゃねえか！」

兵の一人が、つぶやいた。

「そいつは観測用だよ。そのうち、でかいのが降ってくるだろう」

もう一人の兵が言った。やがてソ軍は長さ一メートルほどの、マグロのような細長い砲弾を撃ち出してきた。加農砲であろう。炸裂すると山肌が大きくえぐられた。だが、意外にも不発弾が多い。

本部では、水田曹長が炊事担当の堀田准尉のところへ行くべく事務室を走り出た。頭上を砲弾のうなりがとびこした。と思う間もなく、馬屋の付近ですさまじい爆発音が起こった。ついで、砲兵隊の兵舎付近に一発落下。曹長は無我夢中で本部前の山に登った。怖れよりも、戦闘情況を確認することの方が魅力的だった。

敵弾は、うなりをあげて本部をとびこえ、つぎの瞬間、石門分哨付近で炸裂した。敵の砲撃は、ますます激しくなる。ついに部隊飼育の豚小屋にまで命中した。炎の中から、運よく生き残った豚数頭が、とび出して、金切り声を上げて走りまわる。

どうやらソ軍は、どこを目標に砲撃したらいいのか見当がつかないようだった。わが軍からは一発も応射していない。静まりかえった日本軍陣地に、敵は糠《ぬか》に釘を打つような気持だろう、と、水田曹長は一人でおかしがっていた。そこへ近弾が落下した。

パッと青白い閃光が見えたかと思うと、真っ黒な煙のかたまりがモクモクとふくれ上がる。ガーンと耳をつんざく爆発音、つづいてブルンブルンと破片が四散する。堀田准尉が炊事場からとんできた。

「とうとう敵さん、撃ってきたなあ」

運動会でも見てるような、のんびりとした口調である。准尉の度胸に水田曹長もあきれた。

「ところで水田、朝食を山に上げなければならんのだが、トラックで勝鬨神社のところをとおって行けば大丈夫だろう。積むのに兵隊をたのむよ」

「はい、何名必要ですか？」

「うん、トラックに積むから、一〇名もいればいいだろう」

水田曹長は山を駆け下りると、本部前の山に糧秣を入れる横穴を掘っていた兵の中から一〇名を選び、堀田准尉の指揮下に入るよう指示した。

部隊長の命令で、炊事はできるだけ兵舎の炊事場を使うよう指示されていた。陣内でも炊飯はできるが、山から炊事の煙が立ちのぼったのでは目標になってしまう。そのうえ、陣地内に貯蔵してある戦備用糧秣を、一日でも長持ちさせることが大事だった。

トラックは朝食のにぎり飯を積んで、車庫と工兵隊の間の道を通り、射撃場入口を左にまわって本部前の山の斜面の道を登り、勝鬨神社の上を通って勝鬨陣地の第三入口に向かった。この道はソ領からは完全に遮蔽されており、勝鬨、朝日山陣地に通ずる唯一の安全な道である。

勝鬨神社は、まだ砲撃を受けずに健在だった。この社は東寧神社の分社である。ちょっとした邸の庭に祀ってあるお稲荷さんぐらいの小さな社だった。

国境守備隊には部隊の軍旗というものがない。独立大隊となっても同じである。そこで軍旗のかわりに、部隊の象徴として神社を祀ったのである。トラックに分乗した兵たちは、勝鬨神社を通過するときいっせいに厳粛なおももちで挙手の敬礼をした。彼らが、これほど真剣に、腹の底から神社に敬礼したことはなかった。

十時ごろになると敵の砲撃は、ますます激しくなってきた。山の遮蔽度の関係か、勝鬨を狙ったと思われる弾丸が、陣地をとおりこして兵舎後方の馬屋付近に集中して落下した。逃げ出した軍馬が、出丸陣地のほうに走って行き、山麓を流れる千曲川のほとりでゆうゆうと雑草を食んでいた。砲弾の炸裂音にもビクともしない。さすが、鍛えられた軍馬だ、と水田曹長は感服した。

突然、東方から爆音が近づいたかと思う間に、双発の爆撃機の編隊が、高度八〇〇〇メートルで頭上に現われた。約三〇機が三群に分かれ、雁形をなして東寧方面へ飛んで行く。銀色にキラキラと機体が輝いて、上空いっぱいに爆音をこだまさせている。地上では、いたずらに敵機を見送るばかりで手も足も出ない。やがて後方の城子溝、大肚子川方面で地鳴りのような爆発音が連続した。

第四地区の郭陵船口、第三地区の東綏、さらに遠く東寧方面からも、間断なく爆発音が聞こえてくる。爆撃を終えて帰投する機と、これから満領に侵入する機とが、勝鬨の上空で入り乱れていた。それなのに敵機は、なぜかこの陣地には一発も爆弾を落とさない。

「もう戦闘は後方に移ったのかなあ」

「まさか、後方攪乱の爆撃だよ。この勝関を素通りするわけがないだろう」

兵たちは不気味な予感を肌に感じながら、不安気に上空を見上げていた。

軍医夫人の自決

勝関山の本陣地で、もっともあわただしいのは包帯所だった。陣地中央部のいちばん安全なところに位置をしめているが、戦闘となると負傷者でごったがえす野戦病院になることが明らかである。いざとなっても、支障がないように万全の準備をしておかねばならない。

衛生兵たちは、兵舎の医務室から患者携行書類、衛生材料、医薬品などの陣地搬入に忙しく、そのうえ従来の患者二五名を収容しなければならなかった。

担送患者はいなかったが、健康体でも二〇分は要する陣地までの道程を、患者を徒歩で陣地進入させることは危険である。長沢洋一衛生曹長は、自動車を借用しようと兵器委員室に頼みこんだ。当直下士官は、気の毒そうな顔をして曹長に言った。

「ガソリンがないので、自動車を動かすことができません」

「え？　油がない？　馬鹿を言え、あのとおり山の各所に分散してドラム缶が、いっぱいあるじゃないか！」

「いいえ、作戦用の油ならあるんですが、戦争でなければ使用することができないのです」

長沢曹長は唖然とした。腹が立った。

「馬鹿野郎！　いまは戦争なんだ、命令をみたか、作戦命令とあるだろう、そのための戦備用ガソリンじゃないのか、いま使わなくていつ使うのだ！」

「しかし、まだ使用許可が出ないので……」

当直下士官は、モジモジするばかり。押し問答をしていてもはじまらんと思った曹長は、炊事の堀田准尉に電話で頼みこみ、ようやく車を出してもらって、患者全員と衛生材料の大部分を陣地に搬入した。ソ軍の砲撃開始の寸前だった。

砲弾が落下しはじめても、長沢曹長は兵三名と医務室に残っていた。いくらかでも安全ないまのうちに、少しでも衛生材料を搬入しようと、医薬品をかき集めては箱につめていた。

「おう！　曹長殿！　ただいま帰ってまいりました」

怒鳴り声にふり返ると、昨日、入院患者を護送して後方の城子溝陸軍病院に行った第二中隊の千葉衛生兵長の姿だった。もう帰ってはこれまい、となかばあきらめていた曹長は、とび上がらんばかりに喜んだ。いまは一兵でも欲しいときである。

「おう、帰ってきたか。よかったよかった。ずいぶん心配したぞ！」

「はい……とにかく、腹がへりました」

千葉兵長は疲労と空腹のあまり、その場にクタクタと座り込んだ。城子溝からここまで、じつに四〇キロの道程である。兵長は敵を避けるために道路を通らず、夜どおし山や野や畑を走破してきたのだった。

「そうだろう、腹がへったろう！」

二人はしばらく顔を見合わせていたが、声を合わせて大声で笑った。予期せぬ再会が嬉しかった。二人は陽気になった。

「よしよし、いま俺が飯を焚いてやる。しばらくそこに寝ておれ」

曹長は患者食用の白米を飯盒にぶちこむと、焼却書類を燃やして千葉兵長のために炊飯してやった。

陣地の包帯所には、昨日、東綏の官舎に帰っていた尾上隆司軍医大尉が、朝はやく帰陣していた。医務室を引き揚げて陣地進入した長沢曹長は、衛生班の情況を報告すべく軍医の部屋に入って行った。だが、尾上軍医の様子がいつもとちがう。背を向けて椅子に馬乗りに腰かけてはいるが、悄然と肩を落として、力なくうなだれているようだった。

「軍医殿、長沢曹長であります」

うむ、とうなずいただけで、軍医は身動きもしない。曹長は軍医の背に、陣地進入の報告をひととおりして、さらに語をついだ。

「どうかなさいましたか？　軍医殿」

具合でも悪いのか、と気を使う。尾上大尉は、ようやく立ち上がると、振り向きもせずに小さく言った。

「御苦労。仕事をつづけてくれ」

曹長は軍医の背に敬礼すると部屋を出た。大尉の声は、泣いているような、うるんだ声だった。うかぬ顔で、陣内通路に出た長沢曹長は、衛生兵の一人にソッと袖を引かれた。

「なんだ？」

兵は目くばせをしながら通路の端へ曹長を引っ張って行った。

「じつは、軍医殿の奥様が、東綏の官舎で自決されたそうです」

「えッ！　本当か、それは」

衛生兵はうなずきながら、ソッと目頭を押さえた。長沢曹長は棒立ちになったまま、声もなく薄暗い陣内の虚空をにらんだ。

「ソ軍と戦闘状態に入ったとき、奥様は軍医殿の身支度をお手伝いになって送り出したあと、お一人でみごとに自決されたそうであります。電話で先ほど、東綏の旅団司令部から連絡が入ったところであります」

兵の説明も、耳には入らなかった。言いようのない口惜しさが、曹長の心の中を駆けめぐった。夫人は美しい人だった。東綏官舎で、彼は何度か大尉に呼ばれ、夫人の手料理を御馳走になったことがある。独身の曹長に、弟のように気をくばってくれたやさしい人だった。曹長にとって、家庭的な尾上家の団欒は、心の安らぎを与えてくれる得がたいものだった。

「早まったことを……」

無念さに、彼は唇を噛みしめてうめいた。なぜ自決をされたのだ？　まだわが軍が破れたわけでもないのに……。曹長には夫人の自決の理由が理解できなかった。夫が心おきなく戦場で御奉公できるように、と願ってのことだろうか？　武人の妻としての健気な決意からなのだろうか？　それだけで、自分の命を断つことができるのだろうか？

〈怖ろしいことだ！〉

と曹長は考えた。

開戦の第一夜が明けて、早くもこのような形で犠牲者が出たことに、長沢曹長は前途にただならぬ暗雲を見る思いだった。

〈この先、もっと苛酷な犠牲者が出るだろう。俺はその人たちを守りぬいてゆかねばならぬ。だが、こんなところで、いったい、どうやって……〉

彼は心細さに、いたたまれない気持になった。銃をとって敵と向かいあっている方が、もっと楽だろうにと思う。そして、自分が、衛生兵であることに、えもいわれぬ焦燥を感じていた。

第三章　撤退命令（第三地区・八月九日）

敵前でくみかわす酒

ソ軍が最初に攻撃をかけてきたのは、第三地区の国境監視哨の四個所であった。いずれも烏蛇溝河に沿って配置された最前線で、北から団山子、三岔口前方の東門、第一地区寄りの北高安孫と南高安孫の各監視哨である。

第三地区は独立歩兵第七八五大隊が守備しており、この地区の東綏に旅団司令部があった。ソ軍の攻撃を受けた第三地区は、部隊長代理の河上中尉の命令により、全部隊はただちに陣地へ進入、第一中隊は公主山へ、第二中隊は袋山へ、第三中隊は赤羽山へと、午前四時には全部隊が予定どおりの布陣を完了した。

三つの陣地は、南北に流れる烏蛇溝河に沿って等間隔に位置していた。ここは山とは名ばかりで、いわば平地に盛り上がった丘である。低すぎるので地下壕が作れず、散兵壕で結ばれた穹窖《きゅうこう》が約三〇点在していた。

この日、地区隊長の島田恒世大尉は、部隊長教育のため牡丹江郊外の掖河に集合を命ぜられて留守だった。先任将校の河上中尉が部隊長代理をつとめていたが、正式指揮官の不在は、部隊にとって致命的である。各中隊長が結束して河上中尉を補佐し、万全をはからねばならない。

第二中隊長、桜庭明人中尉は、監視哨攻撃の非常通告を受けると、ただちに本部に駆けつけ、河上中尉に旅団司令部の命令を待つことなく、即刻陣地進入を進言、自らは第二中隊一七〇名を率いて袋山に進出した。

東綏の旅団司令部では、情況の把握に全力をあげていた。ソ軍侵入の第一報は、東門監視哨からの電話だった。司令部では、応戦せずに後退するよう命じ、団山子と北高安孫の分哨にも同様の連絡をしたが、南高安孫だけは電話が不通となっていた。しかも同方面には、機銃の銃声と砲弾の炸裂音が聞こえ、つづいて火炎が望見された。

情報参謀の高林少佐は、ただちに二組の将校斥候を組織した。第一中隊から長谷部少尉、第二中隊から安岡少尉を召喚した高林参謀は、つぎのように命令を下達した。

「南高安孫分哨、および警戒部隊との連絡が途絶したので、これより両名は、同分哨周辺の情況を偵察せよ。長谷部少尉は右より迂回、安岡少尉は左より迂回して目標地点に到達すべし」

命令を受領した二人の少尉は、それぞれ下士官一名、兵五名とともにトラックに分乗して司令部を出発した。まだ夜明け前である。トラックは無灯のまま、でこぼこ道の巡察道路を突っ走った。

いつソ軍侵攻部隊と遭遇するかわからない。そのときは全滅を覚悟して戦うか、草むらに姿をかくして後退するか、どっちにしようか、と安岡少尉は迷っていた。しかし斥候で戦死するのは、つまらない。任務は達成できず、そのうえ命を失ったのでは無駄だ。なるべく生還して、陣地で戦おう。少尉は腹の奥で、そう決心した。

袋山の監視所では、桜庭中尉がソ軍の動静を双眼鏡で探っていた。暁天の霧の合間から、扶桑台のソ軍陣地がかすかに視認できる。ぼんやりと煙った敵陣地は、どう見てもいつもとかわりがない。白いトーチカの群れは静まりかえって、烏蛇溝河の向こう岸にも敵部隊が進出している気配はなかった。

「異常が認められんな」

首をかしげてボソッと呟く。

「そうですか、かえって不気味ですね」

そばで村松軍曹が小さく言った。

袋山は、三陣地のうち、中央に位置していた。右手に公主山、左手に赤羽山、そのいずれも、もの音一つなく、進入した兵は壕にひそんで影すら見えない。

桜庭中尉は、双眼鏡を下ろして監視所内の兵をグルリと見まわした。小隊長の村松軍曹以下一七名が、中尉の顔をジッと仰ぎ見ていた。彼らの武器は軽機関銃一梃とあとは小銃のみ、各穹窖に配置した部下もこの程度の人員だ。機銃を持っている小隊はまだいい方だった。

中尉は、ことさら傲然とかまえて、顔いっぱいのひげ面をゆったりとソ領に向けた。指揮官が少しでも動揺すると、兵はたちまち敏感に反応するものである。どんなに情況が不利であっても、薄笑いする指揮官の顔を見るだけで兵は安心し、勇気がわいてくるものだ。中尉はふと、軍曹をふり返って言った。

「おい、村松軍曹、酒はないか？」

「はッ、あります。用意してあります」

待ってましたといわんばかりに、軍曹は監視所の奥から、いそいそと一升瓶をかかえ出してきた。こういうとき、兵に活力を与えるには酒にかぎる。

「さ、今のうちだ。みんなも飲め」

そう言いながら桜庭中尉は、アルミ椀にトクトクと酒を注いで豪快にあおった。朝飯前の酒は、胃にしみて熱い。部下たちの顔もパッと明るくなった。

そこへ、旅団司令部から伝令がとび込んできた。受けとった紙片は、関東軍総司令部が全軍に布告した命令だった。
一、東正面のソ軍は、攻撃を開始せり。
二、各方面軍、各軍ならびに関東軍直轄部隊は、それぞれ進入する敵の攻撃を排除しつつ、速やかに全面開戦を準備すべし。
中尉は「全面開戦を準備すべし」という最後の一句を凝視した。ついに来たか。彼は、背中を鋭利な刃物で切られたような冷痛を覚えた。局地戦ならともかく、全面開戦となると、この散兵壕で、どれだけソ軍を食いとめられるだろうか？

〈不可能だ！〉

中尉は腹の中で叫んだ。どんなに有能な天才参謀がいようと、全兵力を特攻にしようと、この地区を保持できるのは数時間にすぎないだろう。由来、大軍に作戦なし、と言う。大軍勢の強大な圧力をもってすれば、あれこれこまかい作戦をたてる必要もなく、無策のままで勝つと言うことだ。これと同じに、小軍にも作戦なし、と言える。今日の現代戦で、どんなに知恵をしぼり、奇襲作戦をくり出しても、しょせんは姑息《こそく》な手段で、大軍に抵抗できるものではない。ついには、玉砕の名で戦史の片隅に記録されるだけだ。

中尉は、酒をくみかわす部下の姿を見ながら、ひそかに彼らに訣別した。

〈おそらく、わが軍は明るいうちに全滅するだろう。俺も、この部下も数時間後には死んでいることだろう〉

中尉の目には、折りかさなって倒れている兵たちの、累々たる死体の山が見えるようだった。ソ軍は、戦車を先頭に三岔口の町からなだれ込んでくるにちがいない。三岔口からは、東寧にいたる約一〇キロの道路が一直線に貫通している。東寧進撃にさいして、ソ軍が全力を挙げてこの道を確保してくるだろうことは、充分に予想されることだった。しかも、この重要な戦略道路を保持すべく、わが軍は何らの防御準備もしていない。戦車壕はおろか、対戦車地雷も敷設していない。完全に無防備状態なのだ。

双眼鏡をのぞきながら、中尉は左前方遠く、三岔口の町並みを眺めた。これが見納めかと思うと、見慣れた風景も新鮮なものに感じられた。

烏蛇溝河のほとりの三岔口は、満州国が独立する以前は、ソ連と満州を結ぶ交通路の重要な接点であった。ソ領側に税関の建物が設けられて、たがいに通商がさかんに行なわれていた。満州からは木材、大豆油、大豆粕などを輸出し、ソ連からは毛皮や日用品などが輸入されていた。

関東軍が、満州事変後にこの地に進駐してからというもの、税関は閉鎖され、交通は途絶し、人びとは四散して、三岔口の町はゴースト・タウンとなっていた。はなやかだった当時の町をしのばせるのは、なかば朽ちかけているロシア風の建物の白い壁と、女が春を売っていたであろう歓楽街の家並みに、かろうじてその名残をとどめていた。

目を移すと、早朝の雲雀《ひばり》のさえずりが空高く聞こえ、遠くの畠では土着の満人たちが開戦を知らずに野良仕事をはじめていた。朝の太陽が勢いよく扶桑台のソ軍陣地をとびこえて、暑い日射しを日本軍陣地にそそぎはじめた。

死を決意するには、風景はあまりにひなびて、のどかだった。中尉は、悲壮感にとらわれている自分が、何か場違いでもあるかのように周囲を見まわしてうろたえた。

将校斥候

安岡少尉は、トラックが公主山前方の満人家屋の廃屋に近づいたとき停車を命じた。国境線の烏蛇溝河の手前約五〇〇メートルである。これ以上進むと、エンジン音で敵に発見されるおそれがある。

少尉は水谷伍長以下兵五名とともに、生いしげった夏草の中に身をひそめながら、南高安孫分哨に向かって潜行急進した。身の丈ほどの草は、姿をかくすには好適だったが、玉のような朝露をたっぷり含んでいて、五〇メートルと進まないうちに、着衣が水をかぶったようにグッショリとなった。

濡れたゲートルは足に重く、中腰のまま敵から遮蔽して草むらを走るのは苛酷な忍耐だった。兵たちは間もなく顎《あご》を出しはじめた。小銃と軽機、それに弾薬、手榴弾を携行している兵たちは、軽装の少尉の足に追いつけない。二〇〇〇メートルほど走りつづけた彼らは、疲労が激しく、前進が困難になってきた。

「少尉殿、待ってください。頼みます」

荒い息を吐きながら、ついに兵は悲鳴を上げた。

「よし、小休止」

少尉は兵を休めた。彼らはその場にドタリと仰向けになると、ヒョウヒョウと咽喉の奥から音をたてながら苦しい息を吐いた。青ざめた顔で胸を波打たせている。

分哨まで、あと一五〇〇メートルばかりだ。少尉は夜が明けぬうちにたどりつこうと、やきもきしていた。

「お前たちは、この位置で待っておれ。俺が偵察してくる」

「少尉殿、お一人で行かれるんですか？」

むっくり起き上がった水谷伍長が、びっくりしたように言う。

「うむ、俺一人でたくさんだ」

「それは危険です、少尉殿。自分も一緒に参ります。自分は大丈夫ですから」

伍長は手ばやく手榴弾を四個、腰に下げると、小銃を手に立ち上がった。

「行くぞ！」

少尉は低く叫ぶと軍刀を肩に、パッと駆け出した。もう草むらの中を走るのが、面倒になった。巡察道路に駆け上がると、少尉は堂々と早駆けした。

幸い、敵兵に発見されることなく、分哨のそばまで来た。そろそろ、夜が明けはじめている。土塀に囲まれた分哨は音もなく静かだ。手前の窪地に身を伏せた少尉は、伍長をかえりみた。

「水谷伍長、あたりを警戒してくれ」

囁くように指示すると、体を丸めて、音もなく分哨の中にしのび込んだ。

南高安係の監視哨には、高さ三メートルばかりの赤土の土塀をめぐらしてあった。外から見ると、何の変哲もない満人特有のうらぶれた農家である。塀の内側には中庭があり、土煉瓦造りの分哨の兵舎がある。ここに常時、一個分隊の兵力が詰めていて、夜には国境線近くまで駐止斥候を行なっていた。

安岡少尉は、開きっぱなしの入口から中へ入ってみると、入口の門に鎖でつながれた軍用犬がうずくまっていた。少尉の顔を見て、クンクン鼻を鳴らしている。少尉は犬を制しながら、兵舎に向かって身をひるがえした。窓が破れ、内部は散乱してだれもいない。

「だれか、いないか！」

少尉は中を見まわしながら叫んだ。突然、背後でガタンと音がして、一人の兵がドアを蹴上げて飛び出してきた。手には軽機を構え、血走った目で少尉に銃口を向けた。引鉄《ひきがね》に指がかかった。

「待てッ！　二中隊の安岡少尉だ、将校斥候だ！」

大声で怒鳴ると、兵はビクッと痙攣《けいれん》し、その場に膝をついて、声を上げて泣き出した。見ると襟章は一等兵である。三月末に入隊した初年兵であることが、一目でわかった。

「分哨長はどこへ行った？　ほかの分哨兵はどうしたんだ？」

　初年兵は、泳ぐような手つきで、黙って中庭を指さした。入ってくるときは暗くて気がつかなかったが、土塀のそばに、一〇名ほどの死体が一個所に並んで倒れていた。驚いてかけよってみると、全員、上半身が弾片でえぐられている。頭骸を割られた者、胸部を貫通した者、首が半分切断した者など、ほとんどが即死の状態であった。水谷伍長が中庭に駆けこんできて、一目見るなり、しぼるような声をあげた。

「こりゃ、ひどい、手榴弾で全滅ですな！」

「そうらしい。初年兵が一人、生き残っているが」

「ほう、運のいい奴ですなあ。聞いてみましょう」

　伍長は兵舎の中へズカズカ入って行った。初年兵の説明によると、十二時過ぎ、烏蛇溝河のほとりまで進出していた二名の駐止斥候が走ってきて、敵兵の来襲を告げた。分哨長は、ただちに戦闘配置につくよう、命令を下した。哨兵はいっせいに銃をとって舎前に整列、配置につこうとしたとき、土塀ごしに手榴弾を二、三発投げ込まれた。初年兵は、とっさに足もとの蛸壺に身を投げた。敵の手榴弾は、整列した哨兵の目の前で爆発。つぎの瞬間、彼は夢中で蛸壺から這い出すと、兵舎の弾薬庫に駆け込み、軽機を握りしめた。

「すぐに配置にもどろうとしたのですが、外がいやに静かなんです。おかしいと思っているうちに、露助の声が聞こえたので、そのまま身をかくしていました。そのうち敵は、分哨内に入ってきて、軽機を撃ちまくって出て行きました。自分のいる弾薬庫には入ってきませんでした。そのまま、ジッとしていたのであります。全員やられたと気がついたのは、しばらくたってからでありました」

初年兵は、ふるえながら、ようやくここまでしゃべると、ガックリと肩を落とした。

「そうか、わかった。お前の責任ではない。すぐに撤退するから同行しろ」

少尉の言葉に、初年兵はホッと息をついた。ようやく、土だらけの顔に生気がよみがえってきたようだった。そのとき、塀の外から、ソ連兵の連絡しあっているような、短い声が聞こえた。

「急げ！　撤退しろ！」

少尉は腕をふって二人をうながすと、分哨から駆けだした。不憫だったが軍用犬はそのままにするしかなかった。

三人はソ連兵の攻撃を警戒しながら、分哨後方の戦車壕の中にとびこみ、帰途についた。第三地区は、地下陣地ができなかったかわりに、陣地周辺には網の目のように戦車壕をめぐらせてあった。なかには深さ一二メートル、幅五メートルもの巨大な壕もある。ソ連が誇るJS3型重戦車といえども、これを乗りこえることは不可能だ。

突然、後方でパリパリと豆を炒るような銃声が聞こえた。聞きなれない連続音である。ハッと立ち止まって、後方を警戒する。ソ連兵のマンドリン銃であろう。銃声は分哨から聞こえている。

つづいて、わが軍の小銃が応射する音が聞こえた。第一中隊の長谷部少尉の率いる将校斥候が、おくれて到着したものと思われる。

一瞬、伍長と顔を見合わせた少尉は、黙って顎をしゃくると、ふたたび駆け足で撤退した。

軍家族、陣地に進入

袋山の監視所で桜庭中尉は、山の下から大勢の女の声が近づいてくるのを耳にして、愕然とした。外に出てみると、東綏の官舎にいた将校の家族たちが、防空頭巾《ずきん》にもんぺをはき、地下足袋《じかたび》でリュックを背に、ゾロゾロと陣地に入ってくるところだった。子供も含めて四、五〇人はいる。

「どうしたんだ、これは！」

引率している兵に、中尉は驚いてたずねた。

「はい、旅団司令部の命令であります。家族は、すべて陣地に進入せしめ、保護せよ、との通達がありましたので、各陣地に分散収容するのであります」

「なに、後方に送れんのか？」

「わかりません。命令ですので……」

「だれだ、そんな命令を出したのは？」

中尉の怒声に、兵は困惑したように立ちすくんだ。

東綏の将校官舎には、約八〇家族、およそ一三〇人の婦女子がいた。第一国境守備隊四地区の将校の家族のうち、大部分が東綏官舎に集中していた。中尉は、とくに家族のことは考えていなかった。その処理は、旅団司令部がやってくれるものと思っていた。そのために、第四中隊を事後処理および予備部隊として、兵舎側面の巨大な司令部用地下掩蔽壕に待機させてある。おそらく彼らが、トラックで東寧に運んでくれるものと期待していたのだ。東寧からは列車で、間島か通化にさがることができる。

〈これは、厄介なことになったぞ！〉

やむなく中尉は引率の兵に、とりあえず壕内に誘導するよう指示して、家族の中に妻の貴子がいないか、目を走らせた。

中尉の呼びよせで、貴子は二年前、横浜から渡満してきていた。国境という不便な環境ではあったが、妻は内地より暮らしいいといって喜んでくれた。平凡な生活の中で、二人の歓びは大きかった。だが、いまは時期が悪い。いま妻は、九ヵ月の身重なのだ。最初の子供を、この手で抱けることを喜んでいた中尉だったが、作戦中に、出産まぢかの妻をかかえて、中隊を指揮することなどできようか。大きな腹をかかえて、あえぎながら登ってくる貴子の姿を見て、

「貴子、こちらへ来なさい」

中尉は、妻の手をひっぱって、監視所後方にある戦闘指揮所の掩蔽壕に誘い入れた。

「大丈夫か？」

ジットリと汗ばんだ妻の顔を、中尉は痛々し気にのぞきこんだ。

「ええ、大丈夫です。ねえ、あなた、これからどうなるんでしょう？」

「とにかく、いまは安全だ。そのうち、この陣地で戦闘がはじまるかも知れんが、そのときは、家族にも被害が出るだろう。なんとかして後方にさがれんものか、司令部にかけあってみるよ」

貴子は、かついできたリュックの中から、握り飯を出して夫にすすめた。炊事班からは、まだ朝食がとどいていなかった。気がつかなかったが、中尉はひどく空腹だった。

「おう、よく気がついたな」

彼は妻のさし出す握り飯にかぶりつくと、水筒の水で胃の中に流しこんだ。

「この体では、兵隊さんのお手伝いはできないわねえ」

貴子は、顔を伏せて言った。

「君はここにいなさい。俺がなんとかするよ」

中尉は言ったものの、何ができるというのか。彼は、いらだつ心をおさえつけていた。

「生死をともにできるわねえ」

そう言って貴子はニッコリと笑った。中尉は、妻の笑顔にとまどいながら、彼女の覚悟を読みとっていた。いざとなると、女の方が度胸があるな、と彼は感心した。

陣地は、家族が入ってきたことで、兵の配置を考えなおさねばならなかった。中尉は、監視所前方の散兵壕へ行って指揮をとった。顔みしりの主婦たちが、そこここにうずくまっていた。緊張のあまり青ざめてはいるが、中尉の指揮にしたがって敏速に行動してくれた。

そのとき、頭上に異様な轟音が走ったかと思うと、後方の東綏官舎の煙突が炸裂した。敵の第一弾である。つづいて官舎周辺に砲弾が五、六発、たてつづけに集中、たちまち官舎数棟が火災となる。

敵の射撃位置は扶桑台であることは確かだが、それは山の稜線の向こう側らしく、確認できない。やがて陣地にも、砲弾が落下しはじめた。

「畜生！　見えないところから撃ってきやがる！」

口惜しそうに、兵の一人が叫んだ。

「全員、穹窖内に避退せよ！」

中尉は、散兵壕の家族を追い立てるようにトーチカの中へ入れた。砲弾の落下情況を、しばらく観察していた中尉は、腰を低めて壕から壕へと走り、袋山を駆け下りると、すぐ後方の承徳台を突っ走って、第三地区隊本部へと一気に走って行った。

本部では、なおも河上中尉が全般の指揮をとっていた。

「おう、河上中尉、情勢はどうだ！」

「うむ、団山子、東門、北高安係の警備隊は、分哨を焼きはらって無事に帰ってきた。攻撃してきたのは、小兵力のようだぞ。ま、小手調べといったところだな」

「その程度ならいいが」

「いま、旅団司令部から命令があってな、陣地を死守せよ、と言ってきたんだが」

河上中尉は、困ったような顔で言った。

「死んでも陣地を放さない、というのが国境守備隊の宿命だからな。やるだけやらねばならんだろうが」

「それなんだがね、ソ軍に一斉攻撃されると、ここは危ないぞ」

「全滅だろうさ。いまはまだいいが、そのうち、弾幕射撃になるぞ。しかし、敵が進出してこなければ、今日一日は大丈夫だよ。露助は夜襲してこないだろうからな」

今日を持ちこたえたからといって、明日もそれができるという保証はない。玉砕が一日のびるだけだ。

「なあ、河上中尉、われわれが玉砕するのはいいとして、陣地に入った家族だけは、なんとかならんか？　ありったけの車を出して東寧に運んだらどうなんだ？　非戦闘員には、そうすべきじゃないのか」

河上中尉はうなずきながら、吐き出すように言った。

「とにかく、司令部の参謀ときたら、なにを血迷っているのか、まるで素人だぜ！」

旅団司令部は、関東軍の七月改編で人事が移動し、新任旅団団長として佳木斯《ちゃむす》から鬼塚剛一少将が着任したばかりであった。司令部要員も半数が移動して、メンバーは一新したが、それだけ現地事情にうとい中枢部となっていた。

「いまのうちでなければ、手おくれになるぞ」

桜庭中尉は、いら立たしげに叫んだ。うむ、とうなずいた河上中尉は、一瞬、司令部命令にこだわったものの、

「よし、島田部隊長が帰ってきたらと思っていたが、この状態では無事に帰隊できるかどうかわからん。思い切って、司令部にかけあってみるか」

と言って、本部事務室を出て行った。

消えた旅団司令部

司令部は、本部から走って二、三分の隣接地にある。河上中尉の説得が、どこまで通用するかわからない。部隊長代理とはいえ、一介の中尉である。佐官クラスの参謀の一喝で、進

言は無意味になってしまうかもしれない。桜庭中尉は、不安な目を窓外に移した。

本部の窓から、北方につらなる第四地区の山々が見える。いまや郭陵船口山の山頂の陣地にも、爆煙が吹き上がっていた。ことに三角山陣地への砲撃が、熾烈をきわめている。

ソ軍の砲撃は、まず三角山の山頂陣地に集中して、これを沈黙させることを企図しているようだった。激しく舞い上がる爆煙が山頂付近をくろぐろと覆っている。

その煙が、ふと、切れた。

桜庭中尉は、双眼鏡の焦点をあわせなおして凝視した。爆煙がおさまり、山容があらわれた。ややしばらく、不気味な沈黙がつづく。あれだけやられたのでは、陣地はもたないだろう、と思ったとき、糸を引くような線状の真っ赤な火焰が一筋、二筋、たてつづけに山頂のあたりを横切った。

「あ、燌かれているッ！」

思わず叫んだ。中尉はゾッとして、わが目を疑った。ソ軍が火焰放射器をもっているとしたら、容易なことではない。穹窖の銃眼といわず、散兵壕といわず、炎で舐められたら、ひとたまりもない。全滅か！　凝然と佇んだまま、中尉は焼け焦げた将兵の姿を胸に描いた。

「おい！　桜庭、えらいことだぞ！」

ドカドカと駆け込んできた河上中尉が、興奮して叫んだ。

「司令部が撤退したぞ、藻抜けのからだ！」

「なにイッ！　司令部が撤退？　どこへ行ったんだ！」

「それがよくわからん。残っていた兵に聞くと、郭陵へ行くといって、ついさっき出たと言っとるんだが！」

「郭陵だ？　おかしいじゃないか。見ろ、郭陵を！　あそこはここよりひどいぞ！」

司令部が、いつまでも第一線にいたのでは、いつ敵の砲撃で吹っとばされるかわからない。後方の安全なところへ避退して、全軍の指揮をとるのは作戦の常道である。だが、よりによって、最前線の郭陵陣地に行く手はない。彼らが、司令部の行動に不審を抱くのも、無理はなかった。

「何か、命令を残してゆかなかったか？」

「何もない。連絡事項もない」

「ひでえ話だ、司令部はズラかったんじゃないのか？」

桜庭中尉は、いらだたしげに言った。言わば、部隊は、家族ともども放ったらかしにされたわけである。中尉は、不安をかくすことができなかった。たとえ玉砕の運命にあるとしても、司令部の存在は精神のよりどころである。部隊に通告もなく、行方不明の司令部となっては、戦うことの意義すら失われてしまう。彼は、自分の中隊が哀れでならなかった。その兵力と装備が、中尉の脳裡を電光のようにかすめた。重機一梃、軽機二梃、手榴弾は一人二個、それに対戦車用のアンパン地雷がたった一個しかない。

「それでも、死守しなけりゃなるまい！」

河上中尉は、桜庭中尉の顔を見つめながら、断固として言った。

午後になって、落下砲弾の数がふえてきた。敵の砲撃は前線陣地に集中していた。その中を安岡少尉以下の将校斥候が、ようやく生還してきた。つづいて長谷部少尉の一隊も、ソ連兵と小ぜり合いはしたものの、全員無事に撤退してきた。今となっては、斥候も無意味だった。命令を下した司令部がいなくなっているのを知って、安岡少尉はわけがわからず呆然とした。

「なんてこった！　こんなことってあるか」

少尉は、河上部隊長代理に南高孫安分哨の情況を報告したあと、部下を集めると憤然として袋山陣地に進入していった。

陣地では、敵の砲撃を浴びるばかりで、手のほどこしようがなかった。ひたすら体を縮めて、陣地深くひそんではいたが、直撃を受けて死傷者を出すところもあった。兵も家族も、炸裂した砲弾がはねあげる赤土の泥を頭から浴びていた。

午後二時頃、大隊本部から各陣地に伝令がとんだ。

「第七八五部隊は、日没を待って後方金鳥山に転進すべし」との旅団司令部からの命令が、無電で送られてきたのである。この無電にも、司令部の位置は明らかにされていなかった。

桜庭中尉は命令を受けて、ふたたび愕然とした。金鳥山という山の名称も初耳なら、地図にものっていないのである。どこにその目的地があるのか、他の中隊長に聞いてもだれも答えられなかった。一方的で、しかも簡単すぎる命令電報に、指揮官たちはとまどうばかりだった。

「後方とあるから、とにかく東寧方面に撤退しようじゃないか」

桜庭中尉が言った。

「よし、そうしよう。まず家族を東寧に運ぼう、列車を確保して、どこでもいいから後方に行ってもらおう。われわれは徒歩で転進する」

河上中尉が断を下した。ただちに転進の準備がはじめられ、部隊に残っているトラックが全部集められた。

「トラックは家族の撤退用だ。急げ！」

敵の砲撃の合間を縫って、家族全員を山から下ろした。主婦たちは疲労と心痛でグッタリとなって声も出ない。緊張した目だけがギラギラと光っていた。桜庭中尉は、妻の貴子に兵用の乾麺麭と、ありったけの金を渡して言った。

「牡丹江でも間島でもいいから、行けるところまで行って一般居留民の中にもぐりこみなさい。出産のときはだれかが、きっと助けてくれるだろう。俺の生命は、もうないものと思ってくれ。後方の陣地で態勢を立て直すことになるが、きっと激戦になると思う。元気で、がんばってくれよ」

貴子は黙ってうなずきながら、夫の声を聞いていた。涙があふれた。何か言おうと思っても、声がつまる。

「あなた、生きのびてくださいね」

嗚咽をこらえながら、貴子はようやく言った。

兵営の中庭で、中尉は追い立てるように妻をトラックに乗せた。このような別れ方はしたくなかった。しかし、一分でも一秒でも早く、妻を安全な地点に逃がしてやりたい、砲声の聞こえないところに行ってもらいたい、と思うのだった。

三輛のトラックは、すし詰めになった荷台を大きくゆすりながら、東寧へ向かって走り出した。一心に手をふる妻の姿に、桜庭中尉は直立不動の姿勢で挙手の礼をした。白い土ぼこりが舞い上がって、トラックをおおい、やがて西の方へ小さく走り去った。

東綏官舎の家族を一人残らず送り出したあと、部隊は薄暮を待って行動を開始した。一時は玉砕を覚悟し、陣地戦の準備に狂奔した兵たちが、突然の家族の陣地進入でその保護に心を砕き、ついで目標のわからない転進命令となって、彼らは明らかに判断の基準を失っていた。戦争に経験のない多くの補充兵たちは、激しく変化する情況に放心状態となっていた。

「ぐずぐずするな、急ぐんだッ！」

桜庭中尉は、右往左往する兵を持ちまえの大声で怒鳴りつけた。

大切なのは食糧の運搬である。中尉は輜重車にできるだけ糧秣を積み込ませた。残っている弾薬をかき集めさせる。衛生兵に医薬品の携行を指示し、重要書類を焼却させた。兵営の中を、中尉は駆けずりまわった。

なおもソ軍は、いまは無人となっている陣地のみに砲弾を注ぎ込んでいた。かえって無防備の兵営の方が安全だった。この様子に、いますぐ敵兵力の進攻はない、と判断した部隊は、妨害されることなく撤退準備を早めに完了することができた。期せずして、敵の虚を衝くことができたわけである。

夏の満州は暮れるのがおそい。九時頃になって、ようやく暗くなった。砲声を聞きながら、部隊は第三中隊を尖兵として転進をはじめた。これを掩護すべく、伊藤准尉の率いる第一中隊の一個小隊が陣地に残り、囮《おとり》となって敵を牽制することになった。桜庭中尉の第二中隊は、撤退部隊の殿《しんがり》として後衛の任につく。後方からソ軍が追跡してきたときは、彼らは肉弾を盾として部隊の防壁になるはずだった。

桜庭中尉は抜刀し、軍馬にまたがって後衛を指揮した。いつ敵が、部隊の撤退を察知して進撃してくるかわからない。追われるようないやな気持で、中隊は声もなく東寧街道を黙々と西進した。疲れきった兵たちの足にしては、歩行速度が意外に速かった。

満月が、夜の戦場の空にのぼり、一筋の東寧街道を青白く照らしていた。中尉は馬上から二度と帰らないであろう東綏の陣地を振りかえった。いまなお炸裂する砲弾の閃光の中に、まだ破壊されずに残っている兵舎が、影絵のように闇に浮かんでいた。

元安夫人の脱出

狼洞溝では、元安源治中尉の妻、美沙子が、夫からの電話のあと、身のまわりのものを整理して迎えに来てくれる兵を待っていた。

国境線の遠く近く、鈍い炸裂音がときたま聞こえるだけで、それほど切迫した空気は感じられない。ただ頭上を、双発のソ連機が編隊を組んで、牡丹江方面に飛行しているのが不気味だった。

六時頃になって、ふたたび電話が鳴った。こんどは顔見知りの筒井厚士中尉の声だった。狼洞溝の宿舎にくる前、一ヵ月ほど第二地区の北天山官舎に住んでいたが、このとき、夫がよく筒井中尉を自宅に招いていた。中尉はいま、石門子の挺進大隊にいた。

「奥さん、とうとうはじまりましたよ。そこにいたのでは危険です。石門子にも三、四家族おりますが、この人たちに合流してこっちの陣地に入ってください。これからすぐ、私の中隊の一個分隊を奥さんのところに派遣しますから、荷物をまとめといてください」

長崎で女子師範学校の音楽教師をしていたというだけあって、艶のあるきびきびした明るい声だった。小柄だが闘志にあふれていて、兵のしごき方のうまい中尉である。彼の部下は筒井中尉を畏怖してはいたが、一面、律儀であたたか味のある人柄にひかれ、信頼をよせていた。夫の元安が筒井中尉とウマが合うのも、その律儀さにある、と美沙子は思っていた。

「もう準備はできています。いつでも出かけられますわ」

明るくこたえた。石門子の家族と合流できれば心強い。美沙子はホッとした。

狼洞溝は、かつて第一国境守備隊の後方基地として開かれたところである。第一地区の勝関と、第三地区の東綏から、それぞれ七、八キロ後方に位置していた。丘あり谷あり、起伏に富んだ土地柄で、白百合、姫百合、桔梗、水仙など、春夏秋冬の四季の花が一度に咲く別天地だった。

保養地のような環境から、ここに陸軍病院と、将校官舎が約一〇〇戸建てられた。病院部隊の将兵や、官舎整備隊などが集結して、一時はにぎやかなところだった。近くの仏爺溝には石炭の鉱山があって、最盛期には三〇〇〇人からの苦力が働き、もっぱら軍需用として、さかんに掘り出していた。狼洞溝の官舎には、こうした特殊部隊の将校の家族が集まっていた。

それが今では、官舎整備隊分哨に五名の兵と、琿春に移動した病院の建物を管理する五、六名の兵がいるだけだった。官舎に住んでいる家族は、新婚早々の美沙子が、ただ一人である。

北天山から移ってきたときは、居住者はまだ四、五家族あった。すでに五月に、軍は国境周辺の家族に、後方への引き揚げを強く勧告していた。この時期に大部分の家族が移動し、事情のある少数が残っていたのだ。それも六月に入ってからは、間島に下がるようにとの旅団司令部の強いすすめで、みんな東綏官舎に集結していった。元安中尉の家族については、新婚であること、夫人はまだ若く、家族は夫婦二人きりであることから、司令部は引き揚げを大目に見てくれた。いざとなっても、夫人一人ぐらいは身軽に処置できるだろう、という判断からであった。

元安中尉は、勝関の兵営からこの官舎に、週二日、帰宅していた。美沙子には、毎日が自由な時間である。午前中に家事をすませたあとは、本を読んだり、アコーディオンを弾きながら歌ったり、近くの満人の農家へ行っては野菜をわけてもらったりしていた。人参《にんじん》の葉を天ぷらにして食べれば、結構おいしいことも知った。この満州で、鶯《うぐいす》が夏に鳴いていることも楽しかった。一人で夫の留守を守っていることも、決して寂しいとは思わない。むしろ中尉が帰ってくる日に備えて、考えておくことが多すぎるほどである。夢のある毎日だった。

これまでの日々が、今日を境に異常な情況に変貌するであろうことを、美沙子はあまり実感として感じられなかった。国境は無敵の関東軍が守っている、ということの安心感の方が強かった。

〈石門子へ行くのは、一時的なことだわ。一週間もすれば、また官舎にもどってこられるでしょう〉

美沙子は、楽観的に考えていた。銃砲声が、ほとんど聞こえなくなったいま、戦況は案ずるほどではないのかもしれない。そう思いながら彼女は、迎えの兵が腹をへらしてくるだろうと、一升釜で炊けるだけ炊いて握り飯をつくりはじめた。

石門子から狼洞溝まで、馬をとばしても一時間半はかかる。その道程を、七名の兵が徒歩で官舎に駆けつけてきたのは、十時頃だった。またもや砲声が遠くで轟いている。

「奥さん、ぐずぐずしてはおれません。すぐに出発しましょう」

汗をかいて、真っ赤に上気した顔の曹長が息をはずませながら言った。よほど急いで来てくれたのだろう。

「ちょっと待って。昔から腹がへっては戦ができぬ、というじゃありませんか、みなさん、まず、腹ごしらえをして下さいな」

用意しておいた大きな握り飯を盆ごと出して、とっておきの牛肉の缶詰を開けた。

「おう、すごい御馳走だなあ！」

「だから、隊長さんの奥さんは話せるというんだ」

「みんな……せっかくだ、戴こう」

流れる汗をそのままに、兵たちは子供のようにはしゃいでぱくついた。

腹ごしらえが終わるとすぐ、荷車に荷物をのせ、鶏もおいてゆくことはない、と車台に縛りつけて石門子に向け出発した。美沙子は紺サージのスラックスに運動靴、木綿のブラウスに水筒を肩から下げていた。荷車は二人の兵が交替で曳いてくれた。

途中、空には敵機が乱舞し、なおも爆撃機の編隊が飛んで行く。その下で、満人の農夫が悠々と畠に鍬を入れていた。戦争など、どこ吹く風といった様子であった。大地だけを頼りとする農民の知恵なのか、他国の戦争を横目で見過ごす雄大な国民性なのだろうか、と美沙子は、この国の農夫の姿に舌を巻いた。

炎天下の暑さにあえぎながら、一行は坂を登り、谷間をめぐって歩きつづけた。誘導する曹長が土ぼこりに汚れた顔を向けて美沙子を力づける。

「がんばって下さい。この川をまわれば、その先が石門子です」

もうすぐ石門子の官舎の人たちに会えるんだと思うと、美沙子は心もはずみ、自然に足の運びも速くなった。もう、この坂を下れば石門子に入るというとき、前方から一人の将校が馬をとばして近づいてきた。准尉である。彼は一行の前で馬をとめると、大声で叫んだ。

「みんな、引き返すんだ！　もう石門子には敵が入っているぞ。いま行けば飛んで火に入る夏の虫ですぞ。ただちに引き返せ！」

意外な知らせに、一行は棒立ちになった。石門子の挺進大隊は全滅したのか？　もう、そんなに情勢は悪化していたのか？　不安におびえる美沙子に、准尉は手短に説明した。

「旅団司令部からの命令で、挺進大隊の第一、第二中隊は城子溝へ転進、第三中隊の筒井中隊のみ勝関陣地に進入しました。石門子には一個小隊が守備していただけです。このため、侵入してきたソ軍の大部隊とは戦闘不能なので、小隊は後方へ転進中です。とにかくもどって下さい」

「どこへもどればいいのです？　東綏ですか、東寧ですか、それとも牡丹江へ向けて出発した方がいいでしょうか？」

美沙子は、必死になって叫んだ。准尉は困惑した表情をかくそうともせず、いらいらしたように言う。

「もうこんな混戦状態では、私にも指示はできません。自分で判断して行動して下さい。私は大城子に報告に行くので、これで失礼します！」

ふたたび乗馬すると、准尉は挙手をして馬を走らせた。

石門子が、敵の手中にあるとは信じられなかった。ここから見える石門子の森は、何事もなかったようにしずまっている。

「どうしましょう。どこへ行けばいいのでしょう」

美沙子は、曹長に意見を求めた。曹長もとまどって、にわかに答えられない。

「いいわ、私、狼洞溝にもどります」

きっぱりと言った。やはり自分の官舎にもどろう、この広い満州の大地を逃げまどったところで、どこかの荒野で野たれ死にすることになるのだ。どうせ死ぬのなら、わが家で死のう。美沙子は、ひそかに覚悟した。

「奥さんが帰ると言われるのなら、それもいいでしょう。しかし、自分の中隊が勝関に進入したんですから、自分らも陣地に行くことになります。奥さん、自分らと一緒に陣地に入りませんか」

曹長は、おずおずと言った。

「いいえ、女の私が勝手に陣地に行くわけには参りません。いいんです。狼洞溝にもどります」

将校の家族といえども、指揮官の特別命令がなければ陣地に入ることは許されないことだった。美沙子は、もと来た道をひき返した。さすがに足が重かった。疲労がドッとわき上がってきた。水筒の水をすこし飲む。日に照らされて、湯のようだ。曹長は気の毒そうに美沙子を見つめていたが、何も言わなかった。兵たちは炎熱に悩まされながら、黙々と美沙子を護衛していた。彼らは美沙子の覚悟を感じとっていた。やりきれない気持が、みんなの胸にあふれていた。

ちらほら狼洞溝の官舎が見えはじめたころである。またも後から馬のひずめの音が聞こえてきて、馬上から大声で一行を呼びとめる将校の姿が近づいてきた。勝関陣地の中川准尉である。

「やあ！ 会えてよかった。奥さん、部隊長命令を伝達します。ただちに勝関陣地に入ってください。元安中尉殿も待ちかねてますぞ。あ、曹長、奥さんの誘導をたのむ。俺はすぐに帰陣しなけりゃならん。では……」

馬首をめぐらすと、ふたたび准尉は駆けだして行った。美沙子は、絶望から救われた思いで目を輝かせた。急に活力が湧いてきた。

「曹長さん、もう荷物はぜんぶ捨てて行きましょう」

「え？ 荷物を？ いや、もったいないですよ奥さん。持って行きましょう」

「いいえ、引っ越しじゃありませんし、陣地には、入れておくところもないでしょうから」

「それもそうですね。じゃ、官舎にもどしておきましょう、もったいないですから」

曹長は、もったいないを連発しながら、二名の兵に官舎へ移送するよう命じた。美沙子は、荷物の中から夫の新しい軍服と予備の軍刀を出して風呂敷に包み、背中に背負った。

「さ、参りましょう」

ここから勝鬨へは、険しい山を二つこえなければならない。足を引きずるようにして、美沙子は歩きつづけた。照りつける太陽は容赦なく熱線を注いでいる。草も木も、暑さに負けてしおれていた。野をこえ山をこえ、途中、日射病で一人の兵が倒れた。

「この野郎！　女でも歩いているのに、顎を出す奴があるか！」

曹長は兵の戦闘帽をとって、水筒の水を頭から浴びせた。だが、グッタリとなった兵は正気にもどらない。

「しょうがない奴だ。よし、ここにおいて行こう」

美沙子は、びっくりした。

「とんでもないわ。私の護衛に来ていただいたのに、おいて行くなんて。そんなこと、できません、連れて行きましょう」

「いいんですよ奥さん。こうしておけば、そのうち正気にもどって、自分で陣地にもどってきますよ。それよりわれわれは一刻も早く陣地に入らねばなりません」

曹長にうながされて、美沙子は後を振り返り振り返り歩いた。川の近くで、また一人倒れた。その兵も木陰に置き去りにした。二つめの山をこすころは、さすがに美沙子の足も前に出なくなった。そろそろ日が西に傾きかけている。美沙子は、体の芯が空洞になってゆくような疲労感を覚えた。おもわず、その場にガックリと膝を折った。

挺進斬込隊の援軍

挺進大隊の筒井中隊、四個小隊は、山林の中を勝鬨陣地へ向かって前進していた。各小隊間を五〇〇メートルほどの分散配備で進んでいた。

筒井中尉は斥候四名、伝令二名を連れ、前路警戒の先発隊として中隊の先頭を進んだ。周囲を厳重に警戒しつつ、後続の各小隊をジリジリと芋づる式に前進させる。頭上には敵機が乱舞しているので、樹木の多い地点を選んで前進しなければならなかった。

石門子の挺進大隊に、旅団司令部からの配属命令が下ったのは、午前七時頃である。

「筒井中隊は、ただちに勝鬨陣地、斉木部隊に配属すべし」

この命令により筒井中尉は、部下の見習士官五名、兵三三〇名を完全軍装させ、石門子の兵営を出発したのが午前十一時だった。兵一人に手榴弾三個、小銃は三人に二梃という不完全な武装である。装備には不満があるが、三三五名の中隊兵力は、全員が現役兵で、予備召集兵は一人もいなかった。しかし現役とはいっても、三分の二が入隊三ヵ月と八ヵ月の初年兵で占められていた。精鋭とは言えないが、生きのよい現役兵であることは間違いない。

中隊全員が営庭に整列を完了したとき、筒井中尉は部下を見まわして大声で言った。

「お前たち、雑嚢の中に何を入れているか！　羊羹《ようかん》を入れているものはただちにこの場にぜんぶ捨てよ。甘い考えで戦ができると思うかッ！」

整列した兵は、あわてて雑嚢の紐をほどいた。ほとんど全員が羊羹を二、三本ずつ突っこんでいた。残念そうに彼らは、それを放り投げた。足元に積まれた羊羹の山を見ながら、筒井中尉はニヤリとして、ふたたび大声を張り上げた。

「全員、酒を持て！　酒を持っていない者は、ただちに酒保へ向かって前進！」

予想外の号令に、中隊は一瞬、キョトンとしたが、たちまち「うおーッ！」と喚声を上げて、いっせいに酒保へ突っ走った。

「話せるじゃないか、うちの隊長さんは」

兵たちは相好をくずした。中尉は、戦闘中の兵の士気を鼓舞するには、酒にかぎると考えたのである。中隊には一段と活気がみなぎった。

石門子の挺進大隊は、もともと第二地区の守備隊である。二地区は、三岔口と綏芬河との中間にあり、第四地区の北方に位置していた。要山《ようざん》、監軍台、南天山、眼鏡山《がんきょうざん》の四つの山が主陣地となっており、国境線にぴったり接した山々である。標高八〇〇メートルをこえる険しい山で、ソ領側の山より高く、頂上付近の陣地は散兵壕、掩蔽壕、穹窖などによって防御されていた。そしてここは、後方にひろがる東寧平野を、一個隊の陣地守備隊がガッチリとおさえていた。

ところが昭和二十年七月になって、この要地にわずか一個小隊を監視隊として残したのみで、兵力をすべて第一地区後方の石門子に集結し、遊撃隊として三個隊を編成、これを斬込挺進大隊としたのである。いわば決死隊である。

兵力不足が招いた窮余の一策で、このため第二地区は放棄された形となった。しかし峻険な山岳地帯である第二地区は、地形からみてソ軍の機械化部隊は進入することができない。たとえソ軍の歩兵部隊がこれを進攻、占領したとしても、わが軍は戦略的にはそれほど痛手ではない。この歩兵部隊を満領内で活用するためには、どうしても機械化部隊が平野部を遠まわりして合流しなければならない。ソ軍にとっては、大きなロスになることは明らかである。それよりも、戦車が直接通過可能な第四地区の周辺、および第一地区の周辺が問題である。幸い両陣地とも堅固な要塞だ。敵の進攻を阻止するのは、第一地区の勝鬨と、第四地区の郭陵船口の二陣地に集約してもよい。この両陣地の中間にある東綏の第三地区はきわめて重要な戦略地域だが、ここは野戦陣地で貧弱なので、これを第二線陣地に退げ、後方防衛をかためる主力として持久戦にもちこんだほうが効果的である。

こう判断した旅団司令部は、石門子の挺進大隊を有効に使用するため、二個中隊を第二線の城子溝に後退させ、かわって勝鬨陣地のテコ入れに筒井中尉の第三中隊一個中隊を配属したのである。

筒井中尉は、山林の中を用心ぶかく前進していた。ソ軍の兵力が、どこに進出しているかわからない。広い満州の国境線を、わが軍がくまなくカヴァーしているわけではない。どこからでも侵入できる隙だらけの国境である。

中尉は鋭い視線を八方にくばりながら、一〇メートル進んでは止まり、あたりを警戒してはまた一〇メートル進んだ。全神経を目と耳に集中していた。後方では先頭の小隊が息をひそめて待機し、先発隊からの合図で小刻みに前進していた。

突然、中尉は立ち止まった。両手をひろげて斥候を制すると、右手で前方を激しく指さした。腰を落として、スラリと軍刀を抜く。

「静かに、露助の斥候だ」

小さく囁いて、兵に銃を置かせ、帯剣を抜かせた。あくまで隠密裡に敵を倒さねばならない。身を潜めて木陰から鋭い眼光を前方にそそぐ。三人いるぞ、というように指を三本突き出し、二名の兵を右まわりに、二名の兵には自分についてこいと手真似で命じた。

前方は五〇メートルほどの下りのだらだら坂で、下りきったあたりが林の切れ目になっていた。三名のソ連兵は、林の先を陽気にしゃべりながら、散歩でもしているようにのんびり歩いている。彼らには斥候の訓練ができていないようだ。まるで警戒心がなく、マンドリン型の短機関銃を肩からかけて背中にまわしている。

中尉は木陰から木陰へと小走りに敵兵の側面を駆け抜けて前方に進出し、林の切れめにあった小さな窪地の草むらに身を伏せた。ソ連兵はまったく気がついていない。中尉は彼らの近づくのを息を殺して待ちかまえた。

心臓が激しく音をたてていた。咽喉がカラカラに乾く。頭に血がのぼって目が充血しているのが、自分でもわかった。落ち着け、落ち着け、と自分に言い聞かせながら、軍刀をにぎりしめた。こういうときのために、挺進斬込隊には格闘術の訓練をしてある。その手本を実戦で示す、よい機会だ。

中尉は、かすかに首をめぐらして部下を見た。二人の兵は草で擬装した鉄帽の下から、ギラギラと殺気だった眼光を放っている。いまにもとびかかりそうな狂犬の形相だ。

ソ連兵はしだいに接近してきた。中尉の目に彼らの足が映った。一瞬、おやと思った。ズックの運動靴をはいているのだ。その瞬間、中尉は飛び上がりざま気合いもろとも体当たりしていった。

「タアッ！」

叫ぶと同時に先頭のズック靴のソ連兵を真っ向から斬りつけた。不意をつかれた敵兵は、一瞬、片手を上げて防ごうとしたが、その腕を斬り落として顔をザックリと割った。

ほとんど同時に二人の兵のゴボウ剣が、もう一人のソ連兵の腹と胸をズブリと突き刺し、勢いあまって敵兵の上に倒れ込んだ。残る一人は腰が抜けたようにその場に膝をついて何事かわめいた。それを背後からまわり込んだもう一隊の兵が、ゴボウ剣を両手に握りしめてころがるようにぶつかっていった。背後から刺した剣が胸を突きぬけてとび出した。

巨体が声もなくころがった。アッという間の、一瞬のできごとだった。

「止《とど》めだ！　止めを刺せ！」

叫びながら中尉は、仕止めた獲物の首筋に軍刀を突き立てた。「クーッ」と細く声がもれて獲物は絶命した。

三つの死体は、なおも血を吹いている。見下ろしながら四人の兵の顔は真っ青だった。ゴボウ剣を握った手が、まだブルブルふるえている。

「よくやった、みごとだぞ、はじめてにしては上出来だ。敵の手榴弾と銃を分捕るんだ」

軍刀の血のりをソ連兵の着衣で拭いながら中尉は命令した。彼も人間を斬ったのは、初めてだった。死体を見ているうちに、吐き気を覚えた。最初の一太刀は覚えているが、そのあと夢中で敵を突きまくったのだろう、敵兵の体は、軍刀の突き傷で蜂の巣のように穴だらけになっていた。地面にしみた血潮を靴先で消しながら、中尉は死体を林の中の草むらへ運ぶように命じた。

手早く死体が片づけられて、五人の斥候は互いに顔を見合わせてホッと息をついた。

「どうだ、もう心がすわったか」

「はい、もう大丈夫であります」

「中尉殿、敵は意外にチョロかったですな」

兵は強がりを言っているが、まだ真っ青な顔で、声にはふるえが残っていた。激しい疲労が突然、襲ってきた。人間を殺すことが、こんなにも疲れることだとは知らなかった。中尉は興奮に高鳴る胸をおさえて、小隊から五名の兵を呼び、斥候を交替させた。

このあたりに敵兵が出没していることは、近くにソ軍の部隊が進出していることを意味する。中尉は二名の兵を前方へ、残りの三名をソ連兵が歩いてきた後方へ斥候に出発させた。

周囲の情況に、とくに異常がないのを確認するのに小一時間かかった、中隊はふたたび、前後を厳重に警戒しながら、小きざみに前進しはじめた。

〈あのソ連兵は、どこから来たのだろう?〉

中尉は、彼らの出現が不思議でならなかった。このときすでに、石門子にソ軍の一隊が進出しており、その斥候であったとは、中尉は思ってもみなかった。

敵の激しい砲撃下にある勝関陣地に筒井中隊が到着したのは、日が沈みかけている七時過ぎだった。石門子から勝関までの距離はわずか八キロである。一時間に一キロの前進速度であった。

勝関では、鋭い音をたてて敵弾が落下し、土砂を吹き上げていた。兵営前の広場に、土煙の柱がつぎつぎと噴水のように何本も上がる。土煙が消えたあとには、大きな穴が残った。営庭から山の死角を利用してつくられた道路を一目散に走って、筒井中尉は真っ先に斉木部隊長のいる戦闘指揮所に入っていった。

東勝鬨陣地の奥深く、広い坑道の壁にある鉄扉をあけると、指揮所は大きな部屋になっていた。左手には部隊長と指揮班の机があり、右手には通信設備があって、数名の通信兵と本部書記の下士官数名が立ち働いていた。小学校の教室ほどもある地下指揮所の巨大さに驚きながら、筒井中尉はツカツカと入っていって部隊長の前に立った。

「報告します。挺進大隊、第三中隊長、筒井中尉、ただいま到着しました。これより筒井中隊は勝鬨陣地に配属いたします。よろしく願います」

斉木部隊長は、感動を面にあらわしていた。

「おう、来てくれたか！　ありがとう、ありがとう」

椅子を蹴って立ち上がった斉木大尉は、筒井中尉のそばへ駆けよると、抱きかかえんばかりにして中尉の手を握りしめた。それまで勝鬨には、筒井中隊が配属されるという旅団司令部からの知らせは入電していなかった。司令部との通信は、まったく途絶していたのである。それだけに、斉木大尉の歓びは大きかった。

「助かった！　助かったぞ、筒井中尉。君の兵力は何名か？」

「自分以下三三六名であります」

「おう、予想以上の兵員だ。わしは、もう駄目だと思っておったのだよ。心強いぞ中尉、ほんとうにありがとう」

斉木大尉の目から、みるみるうちに涙が溢れ出てきた。勝鬨陣地六五〇名の兵力が、一挙に一〇〇〇名になったのである。これなら戦える。これなら持ちこたえられる。斉木大尉は胸の奥で自分に言い聞かせていた。

「よく来てくれたなあ、筒井中尉。君のところは、現役のパリパリだろう」

　出光中尉が、ニコニコしながら手をさしのべてきた。

「この勝関は補充兵ばかりで頼りにならんのだよ。頼りになるのは君の中隊だけだ。よろしく頼むよ」

「はい、がんばります」

　筒井中尉は先輩の手を握り返した。出光中尉は、筒井中尉と同じ郷里の長崎の出身である。初対面から同郷のよしみが掌を通じてかよいあった。

　ちょうどそこへ、当番兵が入ってきた。元安中尉の夫人、美沙子が、筒井中隊派遣の一個分隊につれられて、陣内官舎付近に到着したとの報告である。出光中尉は、うれしそうにうなずいた。

「ようし。朝日山の元安中尉に、ただちに知らせろ。奥さんは疲れているだろうから、ゆっくり休んでもらって、明日から包帯所に入ってもらえ。さ、これで準備万端とととのったぞ。筒井中尉、貴公の中隊の配置を相談しよう。おかげで前途は明るくなったよ。ひとつ、ソ軍に一泡ふかせてやるか！」

　出光中尉は、豪快に笑った。もうソ連軍を撃破したかのような意気込みである。頭の上に落下している砲弾の炸裂で、山頂から二五メートル下の地下壕でも、いまにも突き破られるかのようにビリビリ震動している。筒井中尉は、こりゃ、俺よりごっつい中尉だわい、と内心、舌を巻いた。

第四章　司令部転進（第四地区・八月九日〜十日）

郭陵陣地、配備完了

郭陵船口は第四地区の主陣地である。三岔口を終点とする東寧街道の北側一帯を管轄する第四地区には、陣地化されたいくつかの丘陵が連なって国境線の烏蛇溝河に接していた。

それらの中で、もっとも規模の大きい陣地が標高三一四メートルの郭陵船口山である。この山は、駱駝《らくだ》の背のような二つの峰からなっており、南側の峰を「武勇」、北側の峰を「秩父」と名づけていた。いずれも頂上にはトーチカを含む散兵壕と掩蔽壕が築かれており、その外縁を擬陣地と三層からなる厳重な鉄条網で防御していた。

武勇の峰の中腹に、掩蔽壕の戦闘指揮所がある。五〇畳敷きほどの天井の低い指揮所に、部隊長の駒沢乃武夫少佐をはじめ、約二〇〇名の兵が完全軍装のまま待機していた。彼らは昨夜から、かれこれ四時間も暗い指揮所のコンクリートの床の上にすわりこんでいた。

国境線の異常を察知して、彼らが陣地に進入したのは、昨夜の十一時半である。ソ満国境の関東軍の中で、彼らがもっとも早い陣地進入だったろう。

もっともこれは、週番司令、黒木徳秀少尉の怪我の功名といえる。その夜、ソ領上空では、満州侵攻の地上軍援護に、多数の飛行機が上空警戒のために旋回していた。国境の守備隊兵舎から見あげると、敵機が国境線ギリギリの上空を飛んでも、満州領内に越境しているように見える。

黒木少尉は、官舎に帰っている駒沢部隊長に敵機の越境を電話で報告すると、週番司令の権限で、四地区の独立第七八六大隊に非常呼集をかけた。駆けつけた部隊長は、局地戦に備えて「戦備甲」を下令、陣地進入を命じたのである。

第四地区の守備陣地は、郭陵船口山を基点として北方にのびていた。郭陵の左手に、やはり三〇〇メートル級の勾玉山、さらに左手に三一三高地、三角山、ついで五二六高地、六〇〇高地、一貫山と、だんだん八〇〇メートル級の連山に成長して第二地区につながっている。そのいずれの山にも陣地が構築され、監視哨が置かれていた。

駒沢少佐は部隊の戦備計画に基づいて、郭陵船口山の「武勇」に加瀬中尉の第一中隊と黒木少尉の予備中隊、合計約二〇〇名を、「秩父」には興川中尉の第二中隊と下田中尉の第四中隊、約三〇〇名を配し、勾玉山陣地には中原中尉の第三中隊、約一五〇名をそれぞれ配置した。

さらに各中隊から一個小隊二〇名ずつ抽出して、三一三高地、五二六高地、六〇〇高地、それに郭陵の麓の馬廠陣地の四分哨に警備隊として派遣した。

砲兵の二個中隊、約一五〇名には、三角山陣地の守備を命じた。このほかに営庭では、三〇センチ榴弾砲一門をもつ特丸重砲兵一個中隊、約五〇名が配置につく。

第四地区の大隊には、他地区の大隊と同じように、七月末に現地召集で入隊してきた三十歳以上の補充兵が五分の一もいた。彼らは、まだ小銃の撃ち方すら訓練されていない。部隊長の駒沢少佐にしても、ながいあいだ軍隊からはなれていた予備役の大尉で、五月に召集されて現役に復帰、少佐に昇進した六十二歳の老将校である。

陣地進入直後、東綏の旅団司令部から緊急戦闘配備の命が伝えられた。つづいてソ軍侵攻の情報が伝えられ、少佐は改めて愕然としたのであった。

少佐はただちに、官舎と部隊に隣接している八家子の集落に兵を急行させた。八家子には、開拓義勇団が家族とともに入植している。兵は熟睡している団員を叩き起こし、ほとんど着のみ着のままの家族を武勇陣地の下方にある空の弾薬庫に急遽、収容した。ベトンでかためた、窓のない陰気な穴蔵である。

「戦争だッ！　戦争がはじまったぞ！　男は、全員陣地に進入せよ、陣地で各自に小銃を渡す」

庫内に駆けつけた下士官が叫んだ。彼は一人の少年の肩をつかんで聞いた。

「お前は何歳か？」

「はい、十五です」

「中学生だな、よし、お前も陣地に入れ！　ほかに中学生はいないか？　部隊長命令だ、中学生でも全員陣地に入れ！」

下士官の号令で、さらに五人の少年が家族の中からとび出してきた。みんな、十五、六歳の少年である。戦力となる男なら、いまは中学生でも必要だった。

弾薬庫の中に残ったのは、女子供ばかり六四人。その中には将校官舎の家族が一〇人ほどまじっていた。部隊長夫人、新婚間もない加瀬中尉の夫人、興川中尉、中原中尉の家族、それに軍医の岩本大尉の家族も一緒だった。

重い鉄扉が音をたてて閉められた。庫内は真っ暗になった。火薬の臭いのたちこめるひんやりとした庫内には、壁の上方に小さな通風口が二つあいているだけである。

「いつまで、ここにいるのでしょう」

闇の中で、若い女が小さく呟いた。

「夜が明けて、明るくなったら出られるんじゃないかしら」

「そうね、しばらくの辛抱だわね」

「とにかく、落ち着きましょう。あわててもしかたがないわよ」

女たちは観念して、かかえてきた風呂敷や毛布を床にひろげ、一個所にかたまってすわった。

子供の一人が、母親に「おしっこ」と訴えるまで、彼女たちは庫内に便所がないのに気づかなかった。母親は通風口からのわずかな明かりを頼りに、鉄扉をさぐって押してみた。鉄扉はビクとも動かない。外から閉められていた。やむなく庫内の隅で、子供に用をたさせる。

「子供ならまだしも、大人の私たちがこんなことをするようになったら悲劇ねえ」

母親のひとりごとに、庫内の女たちはクスクス笑った。

第一線陣地、全滅す

ソ軍侵入の報を受けた駒沢部隊長は、兵を武勇陣地に配置することをためらい、情況を確実に把握できるまで兵員を戦闘指揮所に足止めしていた。山頂の監視兵からは、烏蛇溝河の対岸で、ソ軍が異様に蠢動《しゅんどう》していることを報じてきた。

「ソ領陣地後方の軍用道路上を自動車が活発に動き、大部隊の移動を思わせます。ヘッド・ライトの数は、かぞえきれません」

「敵機械化部隊の動きあり。戦車または自走砲の走行と思われるキャタピラ音が連続して聞こえます」

ソ軍戦備の強大さを思わせる報告である。駒沢部隊長は、電話を受けている通信係の報告を、虚脱したように聞いていた。

少佐の頭の中には、これからの作戦の片鱗すら浮かんでいなかった。強大なソ軍の機械化部隊を向こうにまわして、素手にもひとしい歩兵部隊がどうやって戦えるのか？

〈この兵力で戦争なんかできるものか〉

彼はできることなら、この場から逃げだしたかった。この歳になった自分を、第一線にかり出す軍隊の非情さを、つくづく怖ろしいものだと思った。徹底的にソ軍に抵抗せず、無人のごとく静まりかえっていたら、ソ軍はこの陣地を見逃して素通りしてくれないものかと思う。ばかばかしい、児戯にもひとしい考えだと思いながらも、駒沢少佐は願わずにいられない。彼は戦う気力のない自分に、いよいよ沈みこんでしまうのであった。

すでに夜は明けていた。陣地はまだ敵の攻撃を受けていない。それだけに不気味さがいっそう深まってくる。

郭陵船口山の前方には、ソ領を区切る烏蛇溝河が流れ、河岸から山の麓までは、約二キロの距離がある。平坦地なので、ソ軍が進攻してくればすぐに発見できるし、敵を迎え撃つだけの時間的余裕がある。山の右側は切り立った断崖で、ここをよじ登ることは不可能だ。しかも断崖の下を綏芬河が流れ、側面を防御している。地理的には、堅固な山岳陣地と言える。それだけが、少佐には頼りだった。

午前六時頃、突然、指揮所に電話通報が入った。五二六高地の分哨からである。

「敵の大部隊、侵攻してきます。敵の強襲です。陣地は砲撃下にあり、応戦中！」

そのまま通信は途絶えた。通信兵が懸命に怒鳴った。

「五二六、五二六、情況知らせ！」

通信兵は二度、三度呼んだが、応答はない。

「駄目です。切れました。連絡不能です」

兵はガックリと言った。

五二六高地の分哨は、第四地区の中でも国境線の烏蛇溝河に、もっとも近接した位置にある。高地自体が河から五〇メートルとは離れていない。眼前の敵の猛攻を受ければ、ひとたまりもないことは明らかである。つづいて、秩父の監視哨から連絡が入った。

「五二六高地に、敵兵の姿を眼鏡で確認。分哨は全滅したものと思われます」

国境沿いは、いまや敵の優勢下にあることは必至である。連絡兵を出すことも不可能だろう。

そこへ、六〇〇高地の分哨から戦況報告が入った。

「陣地近く、敵斥候、活発です」

「烏蛇溝河を小部隊渡河、進入してきます」

「ソ領陣地より砲撃が開始されました！」

駒沢少佐は、分哨警備隊を引き揚げさせようかと考えた。しかし、分哨の抵抗力の度合いを見とどけることで、ソ軍の進攻圧力がどの程度のものか判断することができる。撤退命令は、それからでも遅くはないだろう。少佐は通信兵に、分哨との連絡を切らずに継続するよう命じた。だが、ソ軍の進攻スピードは意外にはやかった。

「敵兵力多数。応戦中です」

指揮所では、将兵ともに固唾《かたず》を飲んで報告を聞いていた。銃撃戦に移ったことは、接近戦になったことを意味する。放っておけば結果は見えすいていた。部隊長は狼狽した。そのとき、さらに報告が入った。

「小隊の半数が戦死しました。弾丸《たま》がありません。弾丸《たま》の搬送を願います！」

それを聞いて、駒沢部隊長は、せきこむように怒鳴った。

「退《ひ》け！　退《ひ》かせろ！」

通信兵は送話器に嚙みつくように怒鳴った。

「撤退せよ、全員ただちに撤退せよ！」

だが遅かった。

「弾薬が切れました。陣地は敵の包囲下にあり脱出不能。これより全員突入します。みなさまの武運長久を祈ります、天皇陛下万歳！」

連絡はプツリと切れた。これとほとんど前後して、三一三高地からも同様の突入報告が入った。たちまち三分哨を失った駒沢部隊長は、情況のあまりに激しい展開に茫然となった。指揮所の中で、黒木少尉は苦々しげに分哨との交信情況を聞いていた。腹立たしかった。

〈部隊長は、何をぼんやりしてるんだ！　この男に部隊の指揮能力があるんだろうか？〉

少尉は、分哨の任務が何かを、部隊長は忘れているのではないか、と疑った。この戦闘は全面戦争である。分哨に陣地があるといっても、監視哨の小兵力で、敵の攻撃部隊を支えきれるはずがない。敵の動向をつかんだら、分哨は早々に撤退させるべきではないか。みすみす兵力を見殺しにして、部隊長は一体、何を考えているのか。黒木少尉はむかっ腹をおさえながら、たまりかねて言った。

「部隊長殿。こうなったら三角山も危険ですね。何か手段を講じる必要がありませんか」

駒沢部隊長は、ムッとした表情で少尉を見上げた。だがすぐに目をそらせて、何も言わずに考え込む。黒木少尉は何か言いかけたが、それ以上、突っ込むのをやめた。言えば上官侮辱にもなりかねない。

砲兵隊の守備する兵営裏手の三角山は、まだ敵の攻撃を受けていなかった。その名のとおり、この山は広い細長い丘陵地の中央に、とんがり帽子のような小柄な山が突き出していた。この山頂に築かれた陣地から、郭陵や勾玉の側面ごしに、ソ軍が進攻してくるであろうルートを眼下に俯瞰《ふかん》することができ、砲兵陣地としては、うってつけである。

しかしここも、敵の進攻は時間の問題であった。監視哨からは、占領された前方の五二六高地から、敵の偵察部隊が肉薄してくるのがよく見えた。

「よし、あの一隊を吹っとばしてくれよう」

色の浅黒い精悍な指揮官の笠井中尉は、部下に迫撃砲の砲撃用意を下命した。三角山の山裾は、烏蛇溝河の方向に細長くのびている。その先端付近から、敵の一個小隊がゾロゾロと上がってくるところだった。彼らの進撃のありさまは、訓練された関東軍の将兵には、思いもおよばない粗雑な態勢である。ほとんど一塊になって、腰を伸ばしたまま歩いてくる。

「あれは一体、どういうつもりなんだ。さあ撃ってくれと言わんばかりじゃないか！」

笠井中尉は、あきれたように言った。

「わが軍がいるのに、気づいてないのでしょう、きっと」

見習士官の一人が愉快そうに言う。

「それにしても、戦争の仕方を御存知ないようだな、露助の歩兵どもは」

中尉は、双眼鏡で敵との間合いを計測し、ころあいを見て鋭く砲撃命令を下した。三門の迫撃砲から、金属音をふるわせながら砲弾が飛び出した。たちまち照準どおり敵兵の真っ只中で炸裂、吹き上げる土砂と一緒にソ連兵の体が空中に舞った。バタバタと倒れる同僚をそのままに、生き残った敵兵は持っていた自動小銃をほおり投げて一目散に逃げだした。第二弾を発射するいとまもなく、アッという間に敵兵の姿は見えなくなった。

「なんだい、ありゃア！」

砲撃した兵たちは、ソ連兵の手応えのなさに、あっけにとられて散兵壕から見下ろした。壕内が、にわかに活気をおびてきた。

迫撃砲の発砲で、砲兵隊の位置が暴露したことになる。笠井中尉は、ただちに砲を穹窖内に退避させると同時に、壕内の将兵に厳重警戒を令した。

その直後である。空気をふるわす異様な震動音とともに、敵の第一弾が三角山の頂上で炸裂した。それが合図のように、敵は猛烈に砲弾をあびせてきた。砲撃位置は五二六高地の麓である。眼鏡で見ると、五、六門の砲列が確認できた。

発砲の閃光が見えたとたん、陣地前面に鋭く爆煙が吹き上がる。砲弾が一直線に陣地めがけて吸い込まれてくるようだった。

「加農砲《カノン》だッ！」

恐怖の叫び声が陣内にひびいた。

加農砲は、高初速で砲弾を発射し、低伸弾道で視認できる目標に直接照準して射撃する。構築物などに対しては、榴弾砲より威力がある。徹甲弾を使用すれば、戦車を撃ちぬき、トーチカを破砕することも可能だ。

敵の砲撃は、しだいに陣地穹窖に照準が合わされてきた。穹窖の厚いベトンがくずれだす。土砂がえぐられ、掩蔽壕に穴があく。爆煙は全陣地をおおい、吹き上げる土砂と硝煙で敵方を視認することも困難になった。猛烈な集中砲撃に、兵は陣内でバタバタと倒れる。反撃しようにも、敵の砲座まで迫撃砲はとどかない。たった一門の虎の子の九〇式野砲は、敵弾の破片を受けて損傷し操作不能。陣地は、敵砲兵の跳梁に甘んじるよりなかった。

このままでは、砲撃で全滅することになる。笠井中尉は、意を決して後退を令した。

「撤退だ！　撤退しろ。山を降りろ、ぐずぐずするな。このままでは犬死にだぞ！」

大声で叫んでも、爆裂音がたちまち声を押しつぶす。土砂に半身埋もれた戦死者、肩の付け根から腕を吹き飛ばされた者、顔面血だらけの兵などが、色濃い黒褐色の硝煙の合間からチラと中尉の目に映った。

硝煙の中を陣地からぬけ出した兵は、わずかに八名だった。砲撃を受けている陣地の反対斜面に集結した兵たちは、泥と硝煙に汚れ、着衣はボロのように破れていた。

八名の兵を誘導しながら、山腹を降りていた笠井中尉は、ふと足を止めた。眼下には、何ごともなく自分たちの兵舎が建ちならんでいた。火災もなく、砲撃もされず、シンと静まりかえっている。中尉は不思議なものを見る思いだった。前方の郭陵の山は、いましもさかんに砲弾が降っていた。左手の勾玉陣地も砲撃されている。山頂の陣地は、爆煙ですっぽりとおおわれていた。

「郭陵もやられている。これでは本隊にもどれん……」

中尉は、凝然と前方をにらんだ。

元来、砲兵には、歩兵兵器は少ない。このとき、彼らは、小銃も手榴弾も持っていなかった。中尉は兵をふりかえると、無雑作に顎をしゃくって、東寧街道のほうに降りていった。

彼は、自分の任務は終わったのだ、と確信していた。これ以上戦う必要はない、あとは後方に撤退するだけだ。中尉は、東寧街道には上がらず、道路沿いの畠や山裾を選んで西に向かった。行きつく目標はない。西へ向かえば、いずれどこかで友軍にひろわれるだろう、と考えていた。

旅団司令部の動揺

りだった。

郭陵の山上に敵弾が落下したのは、三角山の攻防を確認した直後である。午前九時きっかり
「勤め人の出社時間みたいだな」

兵の呟きに、戦闘指揮所では失笑が起こった。敵の照準は初弾から武勇頂上の穹窖に命中するほどのすぐれた精度だった。山頂の陣地は、たちまち爆煙に包まれ、監視哨はあとかたもなく破壊されて哨兵は全滅した。

敵の砲弾は、正確に二分に一発落下してきた。それが十二時までつづいた。合計九〇発の砲弾が武勇陣地に注がれたことになる。正午と同時に砲声はピタリとやんだ。

「よう、昼休みになったぞ！」

声が上がった。指揮所にドッと笑いが渦巻いた。山頂付近の陣地は砲撃でくずされたが、中腹には敵弾はまったくとんでこなかった。もし二〇〇名の兵力を陣地に進入させていたら、いまごろはその半数を失っていたことだろう。駒沢部隊長の逡巡が、結果的には兵力を損耗させずにすんだのである。

砲声がやんでしばらくたったとき、部隊長は情況の確認に三名の斥候を山頂の陣地に走らせた。ところがすぐに、そのうちの一名がころがるように帰ってきた。

「敵です！　陣地は敵兵に占領されています！」

兵の知らせに、部隊長は愕然とした。報告によると、数名の敵兵が陣地内にいて、斥候三名にいきなり自動小銃を乱射してきたという。先頭の斥候二名が、まともに弾丸を受けてアッという間に倒れてしまった。最後尾についていた兵は、すんでのところで曲がりくねった

塹壕に身をかくし、ようやく脱出してきたと言う。敵兵は、綏芬河から絶壁をよじ登って陣地に進入した模様だった。

「山岳部隊だな。畜生ッ！」

予想外の敵の進攻に、黒木少尉はますます腹をたてていた。

「倉橋准尉！　部下七名をひきいて山頂の敵兵を攻撃、これを殲滅せよ！」

部隊長は、そばにいた倉橋准尉に怒鳴るように命令した。だれでもよかった。たまたま部隊長のそばにいた倉橋准尉が目にとまり、彼は貧乏クジを引かされたのである。

手榴弾さえ豊富にあれば、陣地に潜入した少数の敵兵を片づけるくらいわけはない。だが、ここには手榴弾の余裕がなかった。すべて上の陣地の掩蔽壕の中に収納されているのだ。こうなると、捨て身の白兵戦を敢行せざるを得ない。

准尉は、兵を二組に分けて、勝手知ったるわが陣地を強襲攻撃した。だが、陣内で待ちかまえていたソ連兵は、たちまち彼らを自動小銃の餌食にしてしまった。全員が無駄に戦死した。陣地の奪回は失敗に帰したのである。

頭上の敵兵に頭を痛めているとき、指揮所前に幌付きの乗用車とトラック三輌が到着した。鬼塚少将以下、旅団司令部の職員たちである。

参謀をしたがえた鬼塚旅団長は、戦闘指揮所に集結している兵員を見て、けげんそうな顔をした。彼らは駒沢少佐から陣地が敵に占領されていることを聞いて一瞬、蒼白となり、厳しく顔をこわばらせた。参謀の一人が激怒した。

「陣地を占領されて、なんでおめおめと手をこまねいているのかッ！　一個分隊でたりなければ一個小隊で奪回しろ。これだけ兵力がいて何をしとる。配置についていなければ、敵に占領されるのは当たり前だぞ！　お前たち、それでも関東軍の精鋭かッ」

参謀の見幕に、部隊長はおどおどしながら下を向いた。

旅団長は、苦虫を嚙みつぶしたような渋面をつくり、指揮所の一隅に幹部将校を集めて協議をはじめた。

間島《かんとう》の第三軍司令部からは、午前中に、旅団司令部を郭陵に移して指揮をとれとの命令が下っていた。第三軍では、新京の総司令部と牡丹江の第一方面軍司令部との間で情報確認の連絡をとっている間、とりあえず国境確保の緊急指令を出したのである。国境の陣地構成をあまりよく知らない第三軍は、平地の東綏よりも、山岳要塞の郭陵に旅団司令部を移した方が安全だろう、といとも単純に考えたのだった。

いかに第三軍司令部の命令とはいえ、頭上に敵が占拠している山の中腹で、旅団司令部ががんばって指揮をとることなど、だれが考えてもできるわけがない。旅団長は、情況報告にあわせて、旅団司令部の移転許可を第三軍に要請し、指示を仰ぐよう緊急打電を命じた。

「それにしても、要塞とは、もろいものですなあ。一個所突破されると奪回不能になるんでは、こりゃあ、考えなおさんといかんですな」

「意外でしたなあ。士官学校では要塞攻撃は習いましたが、要塞防御戦は習っとらんですからな。考えてみると不思議ですなあ。そもそも築城法といえば、マジノ線を研究した程度ですからねえ。もっと満州の実情に即応したものを考えとくべきでしたなあ」

黒木少尉は、うずくまったまま、司令部要員たちの私語を聞いていた。何をのんきなことを言ってるかと思う。現在の戦訓を、将来に役立てるのは、参謀や戦術家の仕事かもしれない。しかし、われわれ戦闘員は、参謀たちのように観戦してるわけにはいかんのだ。この劣勢をもって、どう立ちむかえばよいのか。それを考えると、黒木は平静ではいられなかった。

指揮所の隅に陣取った通信班は、第三軍との無電連絡をつづけていた。暗号によるので、たがいに翻訳の時間がかかるのか、軍司令部からの指示伝達に手間がかかる。

通信班の軍曹が、机の上にかぶさるようにして、何かしきりに書き込んでいた。その紙が情報参謀に渡された。参謀は緊張しながら目を走らせていたが、うむ、と大きくうなずいて旅団長に手渡した。

「貴官は、勝関、郭陵の陣地に各一個大隊、三岔口陣地に一個小隊を残し、駒沢少佐の指揮にゆだね、その他の部隊をもって、速やかに大喊廠の東陣地線に転進し、該地の近丸歩兵連隊と砲工輜重兵などをあわせ指揮し、敵を迎撃すべし」

司令部転進の命令だった。参謀たちの顔にホッとした明るい表情が浮かんだ。地図がひろげられ、司令部職員の動きが活発になる。ただちに第三地区隊に、転進の無電が打たれた。

大喊廠は、満州の南東部を掌握する第三軍と、北東部を掌握する第五軍の接線にあたり、ウラジオストク↓ウスリースク↓東寧↓大喊廠↓東京城↓敦化に通ずる主要作戦路にあたっていた。大喊廠をかためれば、西進するソ軍の進路をここで遮断するとともに、穆稜《むうりん》↓大喊廠↓羅《ら》子《し》溝《こう》の南北線上にできる第二線をもってソ軍阻止の壁を作ることができる。

旅団長は駒沢少佐を呼ぶと、第三軍の作戦企図を示して命令を下達した。

「旅団司令部は予定の経路により転進する。第七八六大隊は司令部の転進を掩護すべし。駒沢少佐は、第一三二旅団の先任部隊長として、郭陵および勝関陣地の部隊を掌握し、可能なかぎり陣地を堅持すべし」

「わかりました。で、部隊転進の時期判断は、いかにすればよいでしょうか？」

駒沢少佐は、すがるような悲痛な眼差しで聞いた。気まずい空気がふと流れた。司令部職員は、いっせいに鼻白んだ表情をした。

「あとで無線で連絡する」

そばから作戦参謀が、乾いた声で言った。

命令を下達した司令部は、あわただしく後方へ車をとばして去っていった。それは、まるで逃げ出すような姿だった。

土煙をあげて立ち去る司令部職員を見送ると、駒沢少佐は、黒木少尉と加瀬中尉を呼んで言った。

「郭陵を捨てよう。とても支えきれないだろう。暗くなったら秩父に移動し、守備中隊と合流して、さらに勾玉陣地に向かおう」

全兵力を一点に集めて抗戦したほうが、このさい賢明な方法である。このまま分散した守備配備では、全滅した分哨の二の舞いになりかねない。

「それがいいでしょう。旅団司令部の要求は、この陣地で死ね、ということですよ。国境を死守するのは、われわれの役目です。部隊長殿、勾玉で死守しましょう。ソ軍に、関東軍の手ごわさを、いやというほど見せてやりましょう。戦いの中で、おのずから道が開けてくると思います。がんばりましょう」

加瀬中尉は声を励まして、さとすように言う。部隊長は弱々しくうなずきながら呟いた。

「しかし、無駄に死ぬこともないなあ……」

運命の瀬戸際に立たされたような加瀬中尉の言葉に、黒木少尉は、中尉はきっと育ちのよい人間なのだろうと思った。若竹のようにすくすくと成長し、自己滅却の軍隊教育で鍛えられたあげく、率直で無邪気な精神構造の軍人になったのだろう、と想像した。

ふたたび、ソ軍の砲撃がはじまった。砲弾は郭陵船口山の全域にわたって落下してきた。

兵力を勾玉山に集結

満州の夏の夕暮れは長い。日が沈んでも、西空の残光がしばらく地上を照らし、すっかり暗くなるのは九時頃である。

その時刻を待って、第一中隊と黒木隊は、武勇の戦闘指揮所から分散脱出をはかった。なおも、敵の砲撃はつづいている。よほど弾薬が豊富にあるにちがいない。

落下する砲弾の間を縫い、一瞬の閃光に方角を見定めては、灌木のしげみをころがりながら兵たちは秩父の戦闘指揮所に駆けこんで行った。その間に、数人の戦死者が出た。人数を確かめているひまなどない。黒木少尉は息せき切って指揮所の中に駆けこむと、勢いあまって顔と顔をぶつけるほど間近に、先住者の興川中尉の前に突んのめった。

「あ、興川中尉殿、お世話になります」

「ほう、えらく威勢がいいな」

「はい、生命がけですから」

「このあと、また勾玉までマラソンだぞ。いまのうちに英気を養っておけ」

中尉は低く言った。陰気な、押し包むような声だった。

兵は三々五々、さみだれ式に指揮所に集まってきた。だんだん人数がふえてくる。秩父陣地には、掩蔽壕はこの指揮所以外にない。ベトンの床にすわることもならず、全員が立ったまま奥につめた。最後の兵が加瀬中尉と一緒にころがりこんだのが、午前零時頃である。つくなり加瀬は、部隊長に知らせた。

「残念です、岩本軍医殿が戦死されました」

「なにッ、軍医が」

部隊長は、驚いて叫んだ。

「はい、自分の前方を走っておられました。落下した敵弾が遠弾でしたが、軍医殿は破片を頭部に受けられ、ほとんど即死の状態でありました。無念です」

指揮所内は、シュンとなった。軍医を失うことは、兵の戦闘意欲をいちじるしく阻害する。どんな兵でも、軍医に対する信頼感は厚い。軍医がそばにいるだけで、自分の生命が保証されているように思われるのだ。心強い支えである。無理な戦闘にも、がんばれる。それが、いざとなったときに信頼者がいないとなると、兵の心にも迷いが生じてくる。

これから出るであろう負傷者の手当ては、軽傷者はともかく、重傷者になると衛生兵では心もとない。駒沢少佐は、部隊に悲惨な運命が迫ってきたのを予感した。

「やむを得ん、とにかくこれから、全員勾玉に進入する。みんな、気をつけて前進するように」

少佐は短く訓示して、興川中隊に先発を命じた。秩父陣地を中継地として、部隊はふたたび小人数の単位で勾玉陣地へ移動を開始した。勾玉へ行くには、秩父の山をいったん降りて、谷間に構築してあるトーチカ陣地をめぐり、こんどは勾玉の山頂にいたる急坂の道を登らねばならない。

闇の中を、兵は前進した。深夜になると、さすがにソ軍の砲撃もやんだ。この機を逃さず部隊は一気に勾玉山を登った。それでも全兵員が山頂の陣地に移り終わったのは、翌十日の朝四時頃である。二晩ねむっていないので、疲労困憊《こんぱい》した兵たちは、陣地内の配置が終わると同時に、銃を抱えたまま塹壕の中でこんこんと眠った。そろそろ空は、ほの明けていた。

頂上陣地の西端ふかく、掩蔽壕の戦闘指揮所がある。厚さ二メートルのベトンの天井でおおわれ、東西に細長く構築された長方形の半地下壕である。入口から奥まで五〇メートルもある人工の洞窟だ。指揮所の最奥部には、両側面に二個所ずつ機銃座が設けられており、射界の広い銃眼が山の斜面を俯瞰していた。

中尾中尉は、全部隊が自分の守備陣地に集結したので気をよくしていた。作戦室のテーブルの上に葡萄《ぶどう》酒の瓶を大量にならべて、ポンポンと栓を開けた。

「よくもこんなに葡萄酒があるなァー」

興川中尉は、あきれたように言った。兵営では、とんとお目にかかれない代物である。

「なあに、糧秣庫にまだワンサとあるよ。水がわりだ、飲んでくれ」

「こいつは、ありがたい」

指揮所に参集した幹部たちは、瓶をわしづかみにラッパ飲みした。かわいた咽喉《のど》に、酸味の強い葡萄酒の味が、ここちよく滲みこんだ。

勾玉陣地のコンクリートの貯水槽は、水漏れが激しくて、やっと三〇センチほどしかたまっていなかった。一ヵ月に一度、馬車に積んだ水樽を山頂に運んで確保していたのだが、おりあしく、水位が下がりきったところで開戦を迎えたのである。たまっている水の底には、泥が一〇センチほどの厚さで沈澱している。水をくむのに、底の泥が散らないように、うわずみをソッとすくわなければならない。

「水槽は役に立たんのだ。兵にも葡萄酒を、水がわりに配給してやってくれ」

「豪勢なことだな。酒盛りしながら戦うなんて、聞いたこともないぞ」

軽口を叩きながら、興川中尉はたちまち一本飲み干してしまった。軽い酔いが、疲労しきった体にひろがり、急速にねむりを誘ってゆく。

駒沢少佐は、壁ぎわの指揮官用の木製寝台に体を横たえると、ジッと目をつむった。彼は、緒戦からあらわれている不利な情況に、部隊全体が無気力に沈んでいるのを感じないわけにはいかなかった。関東軍の主力部隊や、後方部隊がどうなっているのか、皆目わからない。指揮をゆだねられた第一地区の勝鬨陣地すら、移動可能の五号無線機で呼びつづけているのだが、交信不能である。少佐は、当面の任務に奮闘しなければならないと思いながらも孤独感をぬぐいきれなかった。

近代戦では、隣接部隊との緊密な連絡下に作戦を展開するのが常識である。戦線での組織的な統一行動が欠如すれば、部隊はたちどころに寸断され、孤立して滅亡を招くばかりだ。

勾玉陣地では、戦況全般の情報も得られず、旅団司令部からは作戦指導の指令すら到着し

っていた。

兵の巨大な墓標となるのか？　少佐は、判断の気力もなく、鬱々として心のよりどころを失

を打つべき手段は、何も考えられなかった。座して死を待つのか？　勾玉山は、六〇〇の将

ってぬけ出たらよいのか。勝関陣地との連携をどうすればよいのか。いまの情況下では、手

ていない。情報という情報が、すべてストップしていた。盲目同然のこの情況から、どうや

弾薬庫に収容された婦女子

郭陵の麓の弾薬庫には、なおも六四人の女子供が閉じ込められていた。急速に進展する戦況に、大隊の将兵はだれも家族の情況に気づかなかった。陣地移動に全力をあげるあまり、思い出す余裕もなかったのである。

九日の払暁、庫内に収容されてからもう三〇時間を経過していた。食糧も水もない弾薬庫の中で、女たちは監禁状態にあえいでいた。

「咽喉がかわく、水が飲みたいわ。だれか、水を持っていませんか？　少しでいいんです」

女の声に、岩本軍医夫人は気の毒そうにこたえた。

「もう、みなさんの水筒も空なのよ。もうしばらくの辛抱だと思うわ。かならず大隊の人が救出にきてくれます。ほら、陣地に落ちる砲弾の音が聞こえなくなったでしょう。もうすぐですよ」

そう言えば、だいぶ前から敵の砲撃音が途絶していた。彼女たちの間に、ホッとした安堵感が流れた。開拓団の主婦の一人が、立ち上がってみんなに断わった。

「こんどは私が失礼しますよ。咽喉がかわくのに、お小水が出るなんて、いやですねえ」

言いながら、庫内の隅に立って行く。もうだれも笑う者は、いなかった。はじめのうちは子供の生理的欲求を笑ってすましていた大人たちも、時間の経過につれてだんだん深刻になってきた。これだけは、我慢しておさまるものではない。岩本夫人の発案で、庫内に便所をつくることにした。便所といっても庫内の一隅を仕切るだけだ。汚物を貯める材料がないので、毛布を細長く丸めて小水が流れ出ないように囲いをつくり、その中に生理的廃棄物を投入しようというのである。

さすがに、はじめは女たちも尻ごみした。暗い庫内とはいえ、用をたす姿は目に入る。しかし、使用しないわけにはいかない。ついにはやむにやまれず利用せざるを得なかった。庫内は悪臭が充満した。それもいまとなっては、嗅覚が麻痺《まひ》して苦にならない。それよりも、空腹と渇きが彼女たちを苦しめていた。

庫内は、夜になれば一寸先も見えぬ真の闇となった。夜が明けても、二つの小さな通風口から洩れてくるあかりは、人の顔がようやく識別できる程度のものだった。暗い庫内で、一人の主婦がいらいらした声をあげた。

「もう、これ以上、待ってはいられないわ。どう、みんなで力を合わせて扉をこじ開けましょうよ。水と食糧をなんとか手に入れなくちゃ、これでは私たち、干ぼしになってしまうわよ」

「でも、外に出て、もしソ連兵がいたらたいへんよ」

「ソ連兵？　じゃ、あんたは、守備隊がやられてるっていうの？」

「そうは思わないけど、この近くに敵が侵入してきてるかもしれないと思って……」

「それなら撃ちあっているはずでしょ。鉄砲の音も聞こえないじゃないの。大丈夫よ」

外に出たいのは、みんな同じだった。よし、やってみよう、と女たちは力をふりしぼって鉄の扉と格闘した。だが、押しても引いても、体当たりをしても弾薬庫の鉄扉は、ビクともしない。わずかにカタカタと金属のふれあう音がするだけである。

「開けて下さあーい！　開けてッ！」

声をかぎりに叫んでみた。それでも人が近づいてくる気配はない。万策つきて、女たちは扉の内側にペタリとすわりこんだ。涙がこぼれた。情けない涙であった。

突然、若い女がヒステリックにわめいた。

「私たちは見捨てられたのよ。そうよ、見捨てられたんだわ。みんな、気がつかないの。私たちはね、まるで豚小屋の豚のように、汚物にまみれて死んでゆくんだわッ！　いやよッ、そんなの。なんとかしてェ！」

激しい興奮状態に、子供がおびえてワッと泣き出す。

「やめなさいッ！　いまさら怒鳴り散らして、なんになるのです。戦争なんですよ、今は、持つしかないのよ、静かにじっと待ちましょう。落ち着くんです。きっと来てくれます。かならず、私たちは助かりますよ」

岩本夫人は、凛《りん》とした声でみんなをなだめた。救出されることを信じていなければ、女子供だけの庫内は収拾のつかない恐慌状態になるだろう。夫人にも一抹の危惧はなくもない。

しかし、それをとやかく言ったところで、どうなるのか。かりに部隊が全滅するにせよ、その直前に何らかの連絡がくるはずだ。軍隊とは、情況の有利不利にかかわらず、かならず最後は、連絡によって事が決せられてゆくことを夫人は知っていた。

その連絡が、願わくば、よい知らせであることを祈るだけである。

庫内はようやく静まった。重苦しい沈黙の中で、女たちは力なくうなだれていた。絶望的な空気が流れ、すすり泣く声がベトンの壁に反響した。

第五章　陣地戦（第一地区・八月十日〜十四日）

敵、勝鬨山頂にあり

八月十日の朝は、霧が深かった。

西勝鬨山頂の監視所からは、三〇メートル前方の斜面に張りめぐらした屋根型鉄条網が、影のようにうっすらと浮いて見えた。杭と杭の間を、霧が音もなく谷間の方へ流れ落ちている。昨日の激しい砲撃が、嘘のようだった。全山、静まりかえって音もない。

「今日もまた、砲撃されるのかなあ」

監視口から目をはなさずに、濃い霧をにらんでいた若い森川一等兵が、ボソリと呟いた。

「霧が晴れたら、またはじまるぞ。しかし今日は、敵の大軍が進攻してくるかもしれん。しっかり見張っておれ」

監視長の井上伍長が、張り切った声で言う。敵の大軍と聞いて、森川はビクッとした。目は充血しているが、夜勤は慣れている。

「大丈夫です。いの一番に発見します」

森川は、元気にこたえた。

挺進斬込隊の筒井中隊が勝鬨にきてからというもの、部隊は生き生きと活気をおび、士気は上がった。手薄だった各陣地に、挺進隊の現役兵を派遣できたことで、ひとまず敵を迎え撃つ態勢だけはできあがっていた。とくに絶望的だった出丸陣地に、二宮見習士官を長とする第四小隊約五〇名を、筒井隊から抽出配属することができたことは、斉木部隊長を深く安堵させた。いわば出丸は、勝鬨本陣地の裏玄関である。背後が無防備では、時限爆弾を背負っているようなものだ。

「筒井中尉、出丸が心配だったんだよ。あそこを敵に明け渡すと、この勝鬨も時間の問題だからなあ。何しろ出丸に立つと、わが陣地はすべてまる見えなのだ。頭かくして尻かくさずじゃ、きみ、戦争にならんからねえ」

部隊長は、いかにも満足そうに筒井中尉の肩を叩いた。

「部隊長殿、御安心ください。小隊長の二宮見習士官は、頭の切れる男です。利口すぎる男です。ですから本陣地に置くより、出丸のほうが活躍できると思います。きっと期待できる成果をあげてくれると確信します」

「ほう、そういうもんかね」

部隊長は、なぜだ、というように筒井中尉の顔を見つめた。

「頭の回転の早い男は、ジックリかまえる地下の陣地戦には向いていません。むしろ出丸のような敵との接触率の高い陣地で、ゲリラ的に戦闘をする方が向いているのです。彼の性格が、そのまま手腕となって生かされると思います」

「なるほど、心理学だね」

笑みを浮かべながら、部隊長はうなずいた。ただ心配なのは、兵力が少ないことである。

中尉はつづけて言った。

「大部隊の攻撃であった場合、これを阻止することは勿論できませんが、少なくとも彼は、敵の進攻前線部隊を攪乱し、侵入する敵兵に恐怖心を植えつけることは可能だと思います。したがいまして、情況の進展いかんでは、さらに本陣地から増援を送りこむ必要が生じてくるかもしれません」

これには部隊長は答えなかった。この陣地には一兵も余裕がない。現在の兵力で、現在地を確保してほしいのだ。それが不可能でも、徹底的な抵抗をくりひろげて、一日でも、半日でも陣地を持ちこたえてほしい。いま部隊長に考えられることは、それだけだった。

気まずい雰囲気になった。作戦室の中は、一秒刻みに絶望感が進行してくるような空気にかわっていった。

陣地内に、朝の冷たい空気が流れ込んできた。外が三〇度をこえる日中でも、地下壕の中は摂氏一八度という、秋のようなひんやりした温度である。朝は、もっと寒い。

ブルッと震えながら、森川一等兵は、そろそろ監視の交替時間だな、と考えていた。霧が少しずつ、音もなく斜面沿いに谷間に退いてゆく。

朝日がのぼりはじめたのだろう。朝日山、奮闘ケ丘の頂上が、霧をついて急にポッカリと浮かび上がってきた。突然、森川一等兵は、尾根つづきの東勝関陣地の頂上に、くろぐろとうごめく何物かを発見した。目をこらすと人影である。それもソ連兵だ。

「あっ！　露助だッ！」
二、三〇名ほどと思われる敵兵が、わが軍のど真ん中、東勝鬨の最頂部である二七八高地付近に進出しているではないか。森川一等兵は度胆をぬかれた。どこをどうして侵入してきたのか。おそらく夜半から払暁にかけて、霧を利用して侵入してきたのであろう。
ただちに電話、伝声管で、各陣地、穹窖に連絡がとられた。反射的に戦闘指揮所からは攻撃命令が出された。

朝日山、勲山、西勝鬨の各陣地から、いっせいに火器が二七八高地に向けられ、照準が定められた。敵は小隊斥候である。彼らは自分たちの足の下が、目ざす日本軍陣地とは露知らず、なおも前方をうかがっている。

射撃開始の号令と同時に、軽機、重機がいっせいに火を吹いた。機銃弾は束となって目標に集中する。たちまち弾丸を全身に浴びて、血を吹きながら五、六名がころげ落ちた。

不意をうたれた敵兵は、奇妙な叫びをあげながら驚きあわてて蜘蛛《くも》の子を散らすように急斜面を逃げ降りる。機銃の火箭は、逃げる敵兵を一人一人、確実にとらえていった。山の中腹から下にかけて、鉄棒の杭で作った鉄条網が三重に張りめぐらされている。退路は遮断されていた。敵兵はつぎつぎと鉄条網にひっかかり、右に左に逃げ場所を求めてうろたえる。各穹窖の銃眼から、得たりとばかり小銃が、狙い撃ちに倒してゆく。あたかも逃げまどう鶏を撃ちとめるような、気楽な銃撃だった。

ほんの短時間の出来事であった。敵の小隊は全滅した。わずかに数名が、霧にかくれてかろうじて死地を脱したようだった。戦いがすんだあと、陣地はふたたび静寂にもどった。

砲撃下の野外便所

包帯所に配属された五人の女に、尾上軍医大尉は困惑していた。部隊長は、女だから看護婦として役立てよ、ということなのだろう。だが、今まで他人の血を見たこともない者に、凄惨な負傷兵の看護ができるだろうか。かえって足手まといになりかねない。

とりわけ兵寮の女のうちの一人が、陣地にくる直前、開戦と聞いて自殺をはかり、寒暖計の水銀玉を何本かこわして飲んだという。包帯所に連れこまれたときは、発熱して意識がもうろうとしていた。軍医は眉をひそめて言った。

「水銀中毒で腎臓がやられ、排尿障害がきて死ぬかもしれんぞ」

青くなって顔を見合わす女たちに、

「治療しようにも、こういうときの薬はない。とにかく強肝剤を注射しておくが、自力で回復するのを待つしか方法があるまい」

軍医は腹立たしかった。負傷兵ならともかく、自殺未遂の女の治療はできん、と思う。

「なおる見こみは、あるのでしょうか?」

いちばん年かさの女が聞いた。

「運がよければ……」

軍医は冷ややかに言った。彼は、女たちの姿が目に入るのを、うとましく感じていた。陣内を歩きまわっているのを見ると、叱りつけたい衝動にかられる。そうした心の不安定な動きは、妻の自決のショックが原因であった。しかし彼は、自分のいら立ちは、開戦二日めの緊張感のせいだと思っていた。

包帯所の暗い室内にいて、うしろで箒《ほうき》が倒れた音にも、ヒヤリとしてびくついた。いまのは、箒が倒れたんだ、と頭で判断していても、精神緊張のあまり、全身がキュッとひきしまる。食事もあまり欲しくなかった。これも緊張からの食欲減退だが、軍医はそれを、食生活の急激な変化のせいだ、と考えた。

〈おれは臆病なのではなかろうか。おれがビクビクした態度を示したら、部下はどんなにか心配するだろう〉

そう考えて、軍医はつとめて元気を出し、無理に食事をとることにした。

無理に食事をとるので、食べたものが身につかず、どうしても早めに生理的欲求が起こってくる。軍医は、砲撃音がないのを確かめて、陣外便所に行くことにした。

陣地の中にも地下便所はある。だが安全だからといって狭い陣内便所を大勢の兵が使っているとすぐ一杯になるし、悪臭もひどい。衛生上もきわめてわるい。彼は陣内便所はなるべく使わぬように、と部隊長命令を出してもらっていた。

軍医は、西勝閑の第三入口から外に出た。外は、まばゆいほどの明るさだった。陣地の低い木々は緑もしたたるばかり青々とし、空は真っ青に晴れわたり、太陽は強い光線で照りつけている。いつもと変わらぬ、真夏の陣外風景だ。彼は、これで本当に戦争なのだろうか、と思った。

陣外野戦便所の「将校用」と木札のかかっている左端の扉をノックする。応答があった。軍医は、右手の「下士官・兵」と書いてあるところへも入れず、先入者が出てくるまで外で待っていた。やがて戸があいた。出てきたのは兵だった。

兵は、目の前に立っている軍医を見て、ギクッとした表情を浮かべたが、いそいで敬礼するとそそくさと小走りに去っていく。軍医はちょっと驚いたが、お互いさまだと思って怒る気にもならなかった。

いそいで厠《かわや》の中に入る。松の板で囲んでできている厠は、しゃがむとちょうど目の高さのところに親指大の節穴が一つあいていた。用をたしながら彼は、その穴に目を当てて外を眺めた。中庭の迫撃砲陣地、右手の機関銃陣地、そして遠く、栄山陣地に通ずる戦車壕の一部が見えた。ときおり中庭を歩く兵の姿も見える。軍医は、子供にかえったような無邪気な気持になって、なおも節穴からのぞいていた。こうして見ていると、別世界をのぞき見しているような気分だった。

そのとき、突然、ヒュルヒュルと空気を震わす音が聞こえてきて、中庭付近に敵弾が落下しはじめた。敵の砲撃がはじまったのである。歩いていた兵が駆け足にかわった。

〈これは、大変なことになったぞ。便所の中でやられたのでは、これこそ、本当の糞死だわい!〉

切りをつけようとしながらも、こわいもの見たさで目の前の穴から目をはなさなかった。そこへ、眼前二〇メートルほど先の中庭に、大きな砲弾が降ってきた。思わず目をつぶった。大爆発をすると観念した。ところが爆発音がない。目を開けてみると、落下した弾は跳ねかえっていくつかの大きな鉄片に割れていた。その一つが、いましもごろごろと厠の方へころがってきて、目の前の板にゴトンと当たって止まった。

もう排便どころではない。いそいでズボンを上げると大急ぎで外に出た。しかし彼は、自分を驚かしたのはどんなやつか確認したくなった。赤サビた、一メートルくらいの長さのギザギザの鉄塊だった。重さをみようと手をふれてびっくりした。ものすごい熱さだ。空気中を飛ぶ間に熱せられたのか、破裂するときに熱くなるのか？　だが、飛んできたばかりの弾が赤サビとは、どうしたことだろうか。

不審に思ったが、長居は無用である。軍医は早駆けで第三入口に向かった。だが追われる者のあせりで、近くに見えるのに、いくら走っても入口は遠かった。ようやく暗い坑道に駆け込んで、軍医はホッと胸をなでおろした。

伝令派遣

戦闘指揮所では、頭上で炸裂する敵の砲撃のたびに部屋全体がビリビリと震動していた。たえず地震が起きているようで落ち着けない。

「どうだ、旅団司令部とは連絡がとれんか？」

出光中尉は通信機にかじりついている桃瀬上等兵に聞いた。もう何度、同じことを聞いているかわからない。

「はい、反応がありません。昨日とまったく同じです」

陣地に進入した直後の昨日の朝はやく、旅団司令部から一度だけ連絡があった。命令は、「陣地を死守せよ」であった。その後、戦闘指揮所に居をかまえた通信班は、旅団司令部との接触を求めて発信しつづけていたが、二度と連絡がとれない。

東綏の司令部、第三地区隊戦闘指揮所、郭陵船口、三角山と、つぎつぎに周波数を合わせて呼び出しても、まったく反応がない。まるで国境地帯から全軍が引き揚げて、残っているのは勝鬨だけかと思わせるほど、隣接部隊との連絡はとれなかった。

「こうなると当大隊は、独自の作戦をとるより方法がないと思われるが、それにしても、なんとか旅団司令部と接触しなければ、外の情勢がさっぱりわからん。どうだろう、司令部に伝令を出してみては」

出光中尉は、指揮班のメンバーの顔を眺めまわした。それは無謀だ、といった表情で、森田副官が立ち上がった。

「伝令を出すとして、だれを出しますか？　この砲撃下では、とても司令部まで到達できんと思います。それに敵が、どこまで進出しているかわからんし、無理じゃないですか」

と意気込んで言う。

「徒歩では無理だ。馬で走らせるんだよ。騎馬のうまい兵がいる」

「しかし馬では、よけい目標になりませんか？　おまけに白昼です。むざむざ死地に追いやるようなものだと思いますが」

出光中尉は、副官の顔をにらみつけるようにして言った。

「やってみなけりゃ、わからんだろう。もちろん決死の覚悟で行ってもらう。これ以上時間を空費していたら、ますます連絡の機会を失ってしまうぞ」

鋭い語気に、副官は口をつぐんだ。部隊長は黒い瞳をいそがしく動かしながら、困ったような口ぶりで言った。

「何もしないより……とにかく情報収集の手を打つべきだろう。伝令が無事に帰陣できるという確信があればいいんだが……」

中尉には、もともと確信などない。ないからこそ、強引に伝令のプランを出したのだ。

「とにかく、イチかバチかですよ。司令部との接触が不可能でも、東綏の様子を見てくるだけでもいいじゃないですか。情勢判断の材料になると思います」

部隊長はちょっと考えて、うなずきながら断を下した。

「よし、伝令を出そう。ただし、危険と判断されたら、深入りせずにすぐ引き返させることにしよう。何も命を張ることはない。いまは一兵でも惜しい。無理をせんことだ」

兵の安全を願う気持よりも、むしろ戦闘要員が減少することを怖れているような部隊長の独善に、中尉は反発を感じた。だが、ともあれ中尉の意見はとおったのだ。

部隊長の条件下に、東綏第一三二旅団司令部に伝令を派遣することに決定した。これに選ばれたのは、飯島軍曹以下、輜重隊の小原上等兵、上川一等兵の三名であった。

「飯島は砲兵隊出身で、いまは歩兵に転科してますが、馬にかけては抜群です。機転のきく、すばやい男です。他の二人も輜重隊で、馬には慣れた手練《てだれ》の兵たちです」

出光中尉は、三名の人選をしたあとで、こうつけ加えた。

森田副官は、伝令集合の伝達を部隊本部にいまなお詰めている水田曹長に電話連絡した。本部や兵舎はソ領の敵陣地からは完全に死角になっているので、まだ直撃を受けていない。水田は、副官から電話を聞いてびっくりした。彼は即座に意見を表明した。

「森田副官殿、それは危険です。じつは元安夫人の話を聞いたのですが、昨日、狼洞溝の官舎も敵の砲撃を受けていたというのです。それに第三地区隊方面、東綏方面も砲撃、爆撃でさんざんやられているのを、陣地にくる途中の山の上から目撃してるんです。もう司令部は後退してますよ。敵は、すでに東綏の後方にまで進出している可能性もあります。いま行けば、死にに行くようなもんじゃありませんか」

副官は水田の剣幕にたじろいだが、なおもしゃべろうとする曹長をおしとどめて言った。

「わかっている。だから行ってもらうんだ。司令部は転進したかもしれん。だが、情況がはっきりせん。正確な情報を得るために、伝令派遣の命令が下されたんだ」

命令とあれば、黙るよりしかたがない。水田曹長は、しぶしぶ諒解した。

〈あわれな奴め、飯島の奴!〉

曹長は、不運にも伝令に選ばれた飯島軍曹に同情した。

敵はすでに東綏の司令部に進駐してるだろう。司令部は、郭陵の陣地か、または後方に転進している途中ではないだろうか。無線連絡が途絶えているのも、後方に退いているからだろう。いま伝令を走らせても、東綏にも第三地区にも、だれ一人残っていないかもしれない。そのかわり、ソ連兵の大軍が、ローラーで地ならしするようにウヨウヨいるかもしれん。水田は、不安でならなかった。

敵の砲撃が散発化する昼ごろを狙って、飯島軍曹以下三名が勝関陣地から出発した。三名は、馬に一鞭くれると、司令部目ざして猛然と疾駆し、たちまち山のかげに消えていった。

本部前の広場で伝令の一行を見送った水田曹長は、いそいで事務室に駆けもどった。今朝、暗いうちに、命からがら転進してきた、第一展望山派遣の第一中隊の兵員受け入れの処理をすませなくてはならない。各員の配置、兵器、その他必要品の支給など、てきぱきと片づけていった。

三時半頃になった。仕事も一段落したので、水田曹長は一息入れようと部隊本部の裏に出た。敵の砲撃は、午後からピタリとやんでいた。今朝の東勝関山頂の敵斥候撃滅の効果が出たのかもしれない、と彼は考えた。おそらく、敵は作戦をかえてくるにちがいない。さて、どこからどう攻めてくるか？

曹長は陣地をとりまく山々を、ぐるりと見まわした。ふと、歩兵第一中隊の兵舎の方を見ると、汗と泥にまみれた人馬が一騎、半死半生の様子で駆けこんでくるところだった。よく見ると、昼間、飯島軍曹とともに出発した兵である。曹長はハッと息をのんだ。悪い予感が背筋を走る。彼は大声をあげた。

「おうい、上川！　どうしたんだ！」

水田曹長は一目散に駆けよると、馬のくつわをグイと握った。ようやく馬から降りた上川一等兵は、うつろな目を宙にすえて、荒い息を吐いている。何事か、よほどの衝撃に茫然として、言葉も出ない様子である。曹長は、上川を抱きかかえて事務室に運び入れると、水を頭からぶっかけた。

「どうだ、落ち着いたか？」

「は、はい、ありがとうございます。落ち着きました」

「じゃ、話せ。何があったんだ？　飯島はどうしたんだ、小原は？」

上川一等兵は、コップの水を一気に飲み干すと、息苦しそうに胸をおさえながら話しはじめた。

「司令部の入口手前にある野戦郵便局の前まで、自分は最後尾で前進して行きました。司令部前にはトラックが何台も停まっていて、公用行李のようなものを積んでいました。少し様子が変だなと思いましたが、まさか敵が進入しているとは夢にも思わず、そのまま前進したのです。先頭の飯島軍曹殿が、正門の近くまで行くと、突然、左側の物かげから敵兵が一人現われ、自動小銃で撃ってきました。自分の前を行く上等兵殿は、もろにのけぞって落馬しました。先頭の軍曹殿は、馬もろとも哨舎の鉄条網のところに倒れたようでした。あまりのことに、自分は夢中で馬首を返すと、バリバリと撃ってくる敵を後に、いま来た道を急いで引き返しました。夢中で走り、何も考える余裕もなく、ただ道のつづくまま……途中、どこをどう通ってきたかわかりません」

聞いて、水田曹長は愕然とした。

「これは大変だ、飯島はやられたのか！」

水田は興奮しながら電話をとると、陣地の指揮所に報告した。指揮所の気落ちした雰囲気が、受話器を通じて伝わってくるようだった。電話の向こう側から、滝曹長ががっかりした声で水田に言った。

「水田曹長殿、やっぱり飯島はだめだったんでしょうか？」

心配している顔が、ありありとわかる声だった。

「いや、あいつは死んどらん。帰ってくるよ。きっと、帰ってくる。そう簡単にやられるもんか、大丈夫だ！」

水田は強く言い切った。そう言わねば気がすまなかった。彼は飯島の顔を思い浮かべながら、無事を祈った。

飯島軍曹が、かつて石門子の砲兵隊にいたころ、水田は公用で石門子憲兵隊に行ったおりに、よく乗馬を教えてもらった仲である。馬の背の動きに合わせて、腰で調子をとるんだ、と姿勢の矯正からはじまって、飯島は真剣な顔で教示する。

「俺は、女の腹の上なら、すぐに調子がとれるんだがなあ」

冗談をとばすと、本気になって怒る純情な男だった。

戦友の中で、飯島はとくに親しい友である。今日、昼まで元気な顔を見、声を聞いていて、どうして帰ってこないと思えるだろうか。戦死したとは思いたくない。しかし、こうしていつの間にか、一人ずついなくなっていくのが戦争というものか、とも思う。

夕方になると、陣地に夕食を運ばなければならない。酒保《しゅほ》の品物も、そろそろ陣地に運んでおいた方がよいだろう。水田は、戦友の生死を気づかいながら、部下を督励して何度も陣地と本部をトラックで往復した。

その夜、十一時を過ぎたころ、水田は、もうだめだ、と観念した。そして、飯島の遺留品の整理をしてやろう、と考えた。

突然、本部の電話が鳴った。水田はハッと顔を上げた。本能的に彼は、飯島からだ、と思った。夢中で受話器をとる。彼の予感は当たった。飯島軍曹の、咽喉《のど》にひっついたような、うわずった声が受話器をとおして聞こえてくる。

「おう！　水田曹長だ。生きていたか、貴様ッ！」

声が震えた。思わずポロッと涙がこぼれる。水田は絶句して、言葉がつづかない。

「はァ、いま第一水源池に着いたところです。御心配かけました。くわしいことは帰ってから報告します」とにかく司令部は敵に占領されています。

第一水源池は、兵舎から五キロほどはなれた小鳥蛇河の上流にある。狼洞溝に通ずる橋がすぐ近くにかかっていた。河のそばにポンプ小屋があり、ここから取水した水が部隊全域に送られていた。常時、工兵と軍属が勤務している。

「曹長殿、自分は今からすぐに帰ります」

返事がないのを、いぶかるように言った。

「ま、待て……」

馬で迎えに行く、と言おうとしたとき、プツンと電話が切れた。一刻も早く帰って報告しようとする飯島の気持が、曹長の胸にジンと響いた。

敵中突破の伝令行

夜中の一時近く、憔悴《しょうすい》しきって、泥だらけになった飯島軍曹が本部にたどりついた。いかにも、命からがらたどりついたという姿である。疲労の激しいわりに、極度の緊張が持続しているためか、顔は精悍そのものだった。

軍曹のために、と炊事の堀田准尉が、特別に豚肉と韮《にら》を油で炊めた夜食を用意してくれた。むさぼるように食べる飯島軍曹の姿を、水田曹長と堀田准尉は感慨をこめて眺めていた。水田曹長が声をかけた。

「上川一等兵の報告が、指揮所に伝達されている。だいたいのことはわかっている。貴様が到着したら、ゆっくり休ませろ、と部隊長殿の伝言だ。報告は明日にして、どうだ、もう一杯、食わんか？」

「はい、食います……」

こう言って飯島軍曹は、ポロッと涙をこぼした。水田は彼の食器をひったくるようにとると、銀飯を山盛りに盛り上げた。


飯島軍曹は、本部前を部下とともに出発すると、馬首を西に向け、出丸陣地後方の夕陽ヶ丘を一気に駆けぬけ、大きく迂回して仏爺溝方面に進出した。

開戦二日目とは思われぬ静けさである。追いつめられた緊迫感は、まったくなかった。道筋の野原に咲き乱れる夏の草花も平和そのもので、平時の司令部連絡と同じ気持だった。

仏爺溝の満人集落を通りすぎると、韮《にら》畑がある。濃緑の韮が肥えていっぱい育っていた。軍曹は、八路軍の捕虜をつれて、よくここへ来たことがある。中国人は食事に韮をよく食べる。韮がしばらく欠乏すると、てきめんに彼らの労働意欲は減退した。生活の活力もなくなる。軍曹は、そうした中国人の慣習をのみこんでいて、ときどき活力源の韮を必要なだけ採らせていた。

「韮採りにつれて行くぞ」

こう声をかけると、彼らはとたんにニコニコして一日の仕事を半日で片づけた。韮採りは彼らの息ぬきにもなって、軍曹は評判がよかった。仕事が一段落すると、軍曹は約束どおり彼らをトラックに乗せて韮採りに行く。ピクニックのようなものだった。採った韮は、ゆでたり、油で炊《いた》めたり、花は塩漬けにして食べる。コリコリしてうまい。軍曹はよく、捕虜が自前で調理した韮料理の相伴に招かれたりしたものだった。

走りにくい草原から東綏へぬける道路に出ると、馬の脚は一段と速くなった。

やがて、司令部の正門から二〇〇メートルほど手前にある第十七軍事郵便所の前を通過した。そこからは、煉瓦造りの司令部の正門が真正面に見える。手綱をしぼって、並足で駆ける。正門の前にトラックが一輛とまっていて、三、四名の兵が公用行李を運び出していた。行李には「非常持出」の赤紙が張ってあった。

〈さては、後方転進の準備か。それにしても、衛兵所に衛兵がいないのは、どうしたんだろう？　変だな〉

と思ったが、深くは疑わずに馬を進めた。

そのとき、正門に向かって左側に積んである材木のかげから、一人のソ連兵がとび出してきた。一〇メートルと離れていない。軍曹はハッとした。敵兵はもっと驚いたようだ。二人の目が合った。瞬間、敵兵は顔を歪め、恐怖におののいたように、抱えていた自動小銃の引鉄をひいた。

軍曹は、まさか司令部にソ連兵がいようとは思ってもいなかった。敵兵もまた、退却したはずの日本兵が、ノコノコともどってくるとは思ってもみなかったのだろう。あわてて射撃するので狙いが定まらない。自動小銃はめちゃくちゃに火を吹きつづけた。弾丸が馬の脚にあたったらしく、前膝をガクッと折った。そのはずみに軍曹は勢いよく前にのめった。そのとき、彼につづいている小原上等兵の倒れる姿が目に入った。やられたか、と思うと同時に、軍曹はすぐ立ち上がって、道路右側の深さ五メートルの戦車壕にとびこんだ。敵兵がとび出してきてから、ホンの一瞬のことだった。

飯島軍曹が持っている武器といえば、軍刀一本だけである。伝令に出発するとき、斉木部隊長から拳銃を持って行け、と注意を受けたにもかかわらず、重いからと思って携行してこなかったことが悔やまれた。

曲がりくねった戦車壕伝いに、軍曹は司令部とは反対の東綏集落の方面に走りつづけた。しばらくの間、自動小銃の発射音が背後で響いていたが、そのうちあきらめたのか、銃声がやんだ。敵も小兵力だったのだろう、深追いしてこない。

壕の中を、どのくらい走ったかわからない。息が切れて苦しくなった。壕の壁によりかかって一息入れると、同行の兵や、倒れた馬のことが思い出されて気になった。

〈もっと落ち着いて、確かめるべきだった〉

軍曹は、冷静さを欠いた自分を恥じた。馬の鞍につけていた図嚢《ずのう》のことも気になった。ドキッとした。あの中には通信紙が一冊入っているだけだが、その通信紙には命令が記入してある。もうソ連兵の手に入っているかもしれない。

「くそッ！　しまった！」

しかし敵に渡ったとしても、何の価値もない伝令の命令文である。肝心の伝令文書は胸のポケットに入れてある。ホッとして、彼は腹に力を入れると、この情況を部隊に知らせる任務がある、と考えた。あたりを見まわす。深い戦車壕の中は静かで、夏の太陽の光が、目を射るばかりだ。彼は軍刀をにぎると、苦心して深い戦車壕から這い上がった。壕から身をのり出すと、彼は蓬《よもぎ》の生いしげっている草むらに体を投げ出した。やおら首をもたげて周囲を見まわし、これからどこへ行くべきかを考えた。敵兵の姿は、どこにも見えない。三〇〇メートルほど先に、東綏の特飲店が三、四軒かたまって建っている。彼はその建物に近づくことに決めた。

周囲に気を配り、警戒しながら、軍曹は匍匐《ほふく》前進した。立って歩けば二、三分で行ける距離を、どのくらいの時間をかけただろうか。いちばん近い建物にとび込んだときは、さすがにホッとした。

部屋の中は、衣類や紙くずが散乱していた。引き揚げるときの取り乱した様子が手にとるようであった。女が持っていたのだろう。若い将校の写真が二、三枚落ちていた。彼は、身をかくして休息できる場所をさがし、押し入れの中を選んだ。少したつと呼吸もだいぶおさまり、落ち着きをとりもどした。

〈おかしなもんだ……〉

軍曹はニヤリと笑った。勝関の兵営にいたときは、東綏のピー屋に行きたくても行けなかった。日曜だろうと祭日だろうと、部隊を離れることのできない国境守備隊である。女っ気は毛筋もなかった。それがいま、こうしてここにいる。しかもこの店は、将校専用の慰安所だ。いい女がいたはずだ。

〈やれやれ、女はいないが、行きたいと思っていたところに来られたわけだ〉

彼は、舐めるように部屋を見まわした。どう見てもガラクタの散乱する空家である。ちょっとがっかりした。

押し入れの壁にもたれながら、さて、これからどうしようかと考えた。この情況では、自分は敵陣の真っ只中にいるのかもしれない。白昼ノコノコ出て行って、あたら命を捨てることもあるまい。夜まで待つか？　しかし、ここで敵兵に見つかったら絶体絶命だ。逃げ場がない。ピー屋で死ぬなんて、いやなこった。どうせ死ぬなら、こんなところでなく、やるだけのことをやってからだ。

彼は押し入れから這い出ると、出口に足を向けた。咽喉がかわいて焼けつくようだった。ひょっとしたら、と思って台所へ行ってみる。大きな水甕《みずがめ》が一つあった。蓋をとってみると清水がなみなみと張ってある。杓子をとるると、息もつかずにむさぼり飲んだ。

ふと、胸のポケットに手を当てた軍曹は、伝令文書を持ち歩くことの危険を悟った。司令部がいないのだから、処分した方がいい。薄い和紙に書いてある伝令書をひっぱり出すと、どう処分しようかと迷った。燃やして煙が出るとまずい。彼は、いきなり細かく引き裂くと、何回かに分けて水と一緒に飲みこんだ。

建物からソッとぬけ出した軍曹は、道路の向こう側の草むらにころがるようにとびこんだ。部隊へ通ずる道路に出るためには、狼洞溝に通じる路へ出なければならない。ふたたび、草むらから草むらへと、匍匐《ほふく》前進した。幸いなことに、満州の八月は蓬《よもぎ》が一面においしげり、人の背丈ほどに伸びている。彼は草がゆれないように用心しながら、静かに道路のほうに近づいていった。焼けつくような陽の光と、むせかえるような草いきれで、全身から汗が吹き出していた。したたり落ちる汗の玉が、乾いた土に音もなく吸いこまれてゆく。

道路の手前五〇メートルくらいのところから、高粱畑《こうりゃん》が道路沿いにひろがっていた。軍曹は、高粱畑に入り込んで、畑の中を道路に沿って進むことを考え、蓬の草むらから高粱畑にもぐり込んだ。

二メートル以上も成長している高粱畑の中へ入ったら、人の一人や二人、どこにいるかわからない。軍曹はひとまず、ホッとして腰を下ろした。安心すると、防毒面をかけている左の肩が急に重みを感じてきた。この危急の中を、いつまでも重い防毒面をもっていたことに腹がたった。初年兵のとき、この九九式防毒面が軍の機密に属しているとよく聞かされていた。万一、これがソ連の手に入ったら、と思うとまた心配の種子が一つふえた。

彼は防毒面を処分することにした。軍刀の鞘尻で、高粱畑の中で穴を掘りはじめた。防毒面を土中に埋め終わって、額の汗をぬぐっていると、東綏方面から戦車のような地響きが伝わってきた。耳をすますと、明らかにキャタピラの轟音である。それがこちらに向かってくる。一輛や二輛ではない。五、六輛はいるようだ。

軍曹は反射的に高粱畑の中に身を伏せた。心臓が激しく動悸を打っている。俺をさがしに敵の捜索隊が出てきたのか？　戦車に対して戦う武器は、官給品の軍刀一振りである。軍曹は、牛車にふみつぶされる蟷螂《かまきり》の姿を思い浮かべた。

戦車は、軍曹が伏せている方に近づいてきた。畑の中から戦車が通る道路まで、わずか一〇メートルほどしかない。いよいよ近づいてきた戦車は、軍曹の前でピタリと止まった。上目づかいに見ると、キャタピラが目の前に見える。見つかったら万事休すだ。機関銃で、たちまち蜂の巣のようにされるだろう。冷や汗が頬を伝わる。

轟然、耳をつんざく砲声が体をゆさぶる。戦車がいっせいに砲撃を開始したのだ。軍曹は戦車の目標が自分でないことを悟ると、地面に突っ伏したまま歯がみした。これほど敵戦車に肉薄できる機会はまたとないだろう。いま、アンパン地雷があれば、敵戦車全部を破壊することも不可能ではない。彼は死の恐怖と戦いながらも、みすみす敵を身逃す無念さに煮えくりかえっていた。

戦車隊は、およそ三〇分ほど砲撃をつづけていた。目標は、どうやら司令部を中心とした第三地区隊の兵舎のようである。日本兵発見の報告のもとに出動してきたにちがいない。軍曹は身じろぎ一つせず、息を殺して土中に顔を埋めていた。戦車隊は砲撃が終わると、クルリとUターンして東寧方面へ去って行った。軍曹は、体中の力がぬけてしまった。茫然として、地響きが遠去かるのを夢の中のように聞いていた。

〈助かった……〉

と意識したのは、ややしばらくたってからだ。腕時計はとまっていた。太陽の位置でだいたい四時半頃と推定した。もう歩く力もなかった。彼は、この高粱畑の中で、暗くなるまで待とうと決心した。しかし満州の夏の日は長い。いつまで待っても、姿をかくす闇の夜は近づいてこない。

敵戦車が去った安心感と極度の疲労が一度に吹き出したのか、彼は軍刀をかかえたまま、こんこんと眠ってしまった。ハッと目をさましたときは、東寧方面の空は夕焼けで真っ赤になっていた。それは、いつもとかわらぬ、素晴らしい大陸の夕焼け空であった。

日が沈むと、昼間の酷暑が嘘のように思われるほど気温が下がる。汗をかいた体には、冷たさがいっそう身にしみる。軍曹は立ち上がると、周囲の静けさになおも警戒の目を光らせながら、薄暮の中を部隊に向かって歩き出した。

軍刀が歩行の邪魔になる。呂環からはずし、帯革にじかにさし込んだ。静かな夜道に、軍靴の音が響く、彼は靴も脱いで、首に吊るして歩いた。間もなくとっぷりと日が暮れた。闇の道は、どこまで行ってもつづいているようだった。彼は、全身を聴覚にして、来たときの道を逆に歩きつづけた。どこにも灯火はない。暗い戦場の真空地帯であった。

困惑の情況判断

飯島軍曹の決死的な伝令行で、事態が予想した以上に悪化していることを悟った戦闘指揮所では、孤立した勝鬨陣地で、あくまで抵抗をつづけ、後方に転進した司令部からの連絡を待つことにした。

出光中尉は、転進命令が下った場合を想定し、撤退路を夕陽ヶ丘から狼洞溝方面へのルートを考えた。丘陵づたいの退路で難儀は予想されたが、部隊を遮蔽する雑木林がつづき、西方への後退を容易にしてくれる唯一の地域である。中尉はこのルートを、一人、胸の内に入れていた。

翌十一日から、敵の砲撃はますます激しくなった。十二日も、朝はやくから砲撃は激しさを加えるばかり。敵は烏蛇溝河の正面、ソ軍陣地にある通称「一〇一トーチカ」の上に砲列を敷いて発砲していた。いままで扶桑台の峰の向こう側からだったので、ソ軍の砲座はまったく見えなかったが、勝鬨からの反撃がないのを見てとったか、堂々と砲を前面に押し出してきた。双眼鏡で見ると、砲の側面にソ軍将校が悠然と突っ立って指揮をとっている。砲兵はみな上半身裸で、まったくの無防備だ。日本軍には砲がない、と見くびっているのが、ありありとわかった。

「部隊長殿、撃たせて下さい。どうにも我慢ができません。わが軍を舐めてますよ。いまならあの砲列を㋩で吹っとばせます。やらせて下さい！」

重砲の小野中尉が、血相かえて斉木部隊長につめよった。開戦以来、敵に砲撃されるばかりで、一発も反撃できないのが口惜しくてならなかった。

「いかん、発砲すれば重砲の位置がわかってしまう。集中砲撃されるぞ。断じて砲撃してはならん。できれば最後まで撃ちたくないのだ！」

「しかし、それではみすみす、わが陣地は敵の砲撃で崩されてしまいます。お願いです、撃たせて下さい！」

「駄目だ。重砲があることを敵に知られたら、砲撃だけではすまんぞ。爆撃機が来たらどうする。敵の砲撃だけなら、まだまだ陣地は持ちこたえられる。だが爆撃されたら、それこそ陣地は一瞬のうちに壊滅してしまう」

部隊長は、断固として砲撃の許可を与えなかった。小野中尉は、口惜しさに真っ赤な顔をして部隊長をにらんでいたが、憤然として指揮所を出ていった。

東勝関の二七八監視所から観察すると、三岔口正面の旧税関の地点には、戦車、自走砲、トラックなどが集結していた。それが一列になって、ぞくぞくと東綏、東寧方面に向かって進撃している。近代戦の見本を見るようで、それは壮観な光景だった。

「どうやら東寧街道は大丈夫らしいですな。これは、ひょっとすると、戦車はこの陣地に攻めてこないかもしれませんぞ」

出光中尉は推測した。東寧街道は、開戦と同時に工兵隊によって爆破されることになっていた。道路をはさんで左右の平野は、開拓義勇団が耕作する水田や畠になっていたが、耕地を縫うようにして、幾重にもわたって縦横に深い戦車壕が掘ってある。この戦車壕地帯を突破することは、世界に誇るソ軍の戦車部隊をもってしても不可能だろう。平野の外側は丘陵だ。戦車は通れない。

「東寧街道を行くところを見ると、道路は破壊されてはいません。きっと爆破する暇もなく後退したんでしょうな。とすると、ソ軍は道路上を、どんどん奥へ進撃できるわけです。われわれの陣地は、敵の攻撃目標の中から取り残されているんじゃないですかな」

斉木部隊長は、落ち着きを失ったように、あわただしく目をしばたいた。

「では、敵は後方に移っているわけか……それなら、この陣地は、腹背に敵を受けることにならんか？」

「そうなりますなあ……」

部隊長は、ウムとうなって腕を組んだ。勝鬨陣地の中でも、もっとも防備が薄いと見られるのは出丸と栄山である。この方面に敵は突破口を求めてくるだろう。といって、これを強化する手段はまったくない。陣地に落下する砲弾は、ますます激しさを増している。夜になったら、鉄条網を補修しなければならんだろう。穹窖のベトンも、覆土がはげて露出しているかもしれない。このところ毎夜、夜中になると兵を外に出して、陣地の補修作業をくりかえしていた。音を立てないように工事をするので、時間がかかる。危険な作業だが、また今夜もくりかえさねばなるまい。

斉木大尉は、さしあたって何もできないことに気づき、いらいらした。胃が痛みだした。陣地に入ってから胃潰瘍がぶり返したのか、胃痛は日増しにたかまってくる。大尉は重曹の入った茶筒を開けて、スプーンで一匙、口に放り込んだ。

出丸陣地の激戦

十三日の朝はやく、衛生兵の会田一等兵は、筒井中尉に呼ばれて包帯所から東勝閧陣内の挺進隊兵員室に入っていった。

兵員室には、斬込隊の兵が軍装のまま眠りこけていた。みな泥にまみれた服装だった。夜中の陣外警備から帰ってきたばかりのようだった。入口の近くで筒井中尉が待っていた。

「よう、待っていたぞ、会田一等兵。御苦労だが、すぐに出丸陣地へ行ってくれ。二宮見習士官の小隊五〇名が行っとるが、あそこには衛生兵が一人もいない。お前が行け」

「はい」

直立不動の姿勢で命令を受ける会田一等兵に、中尉は小声でつけ加えた。

「お前は、開戦前に営倉に入ったな。この機会にお前の不名誉を挽回してこい」

「わかりました。すぐに出発します」

「うん、しっかり頼むぞ」

会田は、ちょっとバツの悪そうな顔をした。

包帯所で衛生箱を準備し、出丸への道順を聞くと、会田一等兵は単身、出丸陣地へ向かった。勝鬨の山を降りて、大隊本部の前をとおり過ぎる。ソ軍からの砲撃は、まだ始まっていない。今朝は霧がなかった。敵は霧のあるなしにかかわらず、不思議に九時きっかりに砲撃をはじめる。それまでは、安心して行動できるというものだ。兵営のはずれにくると、軍馬が横腹を破かれて死んでいた。死臭が鼻をつく。

会田一等兵は、出丸派遣に自分が選ばれたことを、苦にもしていなかった。営倉入りの不名誉が、これで帳消しになるのなら、もっけの幸いだと内心喜んでいた。営倉入りの記録が残ると昇進にも響くし、隊内でも肩身がせまい。何かにつけて影響する。それにしても、つまらんことで営倉に入ったものだ、と彼は歩きながら苦笑した。

石門子でのことだ。ちょうど筒井中尉が週番士官のとき、医務室では夜になっても中隊の兵舎に帰らず、みんなとぐろを巻いて時のたつのを待っていた。うまい話があったのだ。戦時食糧倉庫に酒があり、それを狙って各中隊の兵隊が毎晩盗みに入っては、よろしくやっているると聞いたのである。われわれもやろうじゃないか。悪いことはすぐに衆議一決する。十時頃、兵営が寝静まったのを見はからって、衛生兵の古参ばかり四、五人、コッソリと倉庫にしのび込んだ。あるある、酒が山と積んである。しめた、手当たり次第、と手を伸ばしたとたん、御用となったのである。運の悪いことに、毎晩盗難があるので、この夜にかぎって炊事軍曹の指揮のもと、炊事班が張り込んでいたのだ。

筒井中尉に、こってり油をしぼられたあげく、頭を冷やせとばかり、全員が営倉にぶち込まれた。カビ臭い営倉で、悄然と身の不運をかこっていると、遠くで砲声が轟いた。今ごろ演習か、というぶかっているところへ、衛兵が駆けつけてきて扉を開け、「戦争だ、出ろ」となった。開戦のおかげで、営倉で夜をすごすことなくすんだのである。

出丸陣地は、岩山の頂上を掘削した巨大な地下要塞である。内部は陣地戦に必要な装備がすべてととのっていた。いわば、小型の勝鬨陣地といってよい。

ここは砲兵を主力とする陣地として構築されたので、陣内には砲を据えつけるだけの大きな砲室がいくつもできていた。かつては出丸だけで、五〇〇名近い兵力を収容したほどの強力な陣地である。

地下陣地の側壁は絶壁になっていて、この横腹に随所に銃眼があけられていた。内部の坑道は迷路のように入りくんでいて、入口から入って奥の出口に達するには、よほど内部に精通した者でなければ、すんなりと到達できない。初めての者は迷いに迷い、内部で一時間も歩きまわる結果となる。

会田一等兵は、出丸山麓の千曲川の浅瀬をジャブジャブと渡り、岩だらけのつづれ折りの山道を登りはじめた。道といっても、かろうじてそれとわかる杣道《そまみち》のような道である。小柄な会田は、背中にくくりつけた衛生箱をゆすり上げながら中腹で立ち止まると、来た道をふり返って見た。おりからはじまった砲撃で、二キロほど彼方の勝鬨本陣地は爆煙に包まれていた。空は薄曇りで、うっとうしい天気である。

山頂の陣地に到着したのは、午前十時ごろだった。守備隊の全員が陣外の散兵壕にいるのを見て、彼はちょっと驚いた。

「衛生兵か。よく来たなあ！」

小隊長の二宮見習士官が、すぐにとんできた。壕の兵たちも、白い歯を見せて歓迎の意思表示をしている。よほどうれしかったのであろう、二宮隊長は兵に言いつけて、陣地内から羊羹《ようかん》を持ってこさせた。

「衛生兵のいないのが心細かったが、これで安心したぞ。さあ、食ってくれ」

山上で、羊羹を食いながら守備隊の全員と顔合わせをする。全員といっても五〇名たらずだ。それも石門子の挺進隊なので、出丸で訓練を受けた者はいない。そればかりか、陣地に進入したのが夜のこととて、本陣地への道順もわからず、地形の特徴も、陣地の有効性もつかんでいない。わずかに数名、陣地の案内役としてついてきた勝関の兵がいるだけである。それでも、出丸はまだソ軍の砲撃を受けていないせいか、兵たちはいたってのんびりとしていた。

「本陣地はどうかね？　かなり砲撃されているようだが」

「それが、ビクともしてません。まだ一兵の負傷者すら出ていません。医務室は閑古鳥《かんこどり》が鳴いています」

「そうか、案外だなあ」

小隊長は感心したように、砲煙下の勝鬨を遠望した。散兵壕は、地下陣地の外側をグルリと取り巻くように掘られていた。軽機が一梃、陣地入口近くの壕に据えられて谷間に向けられている。

正午を過ぎて間もなくであった。哨兵が谷間を進撃してくるソ軍の一隊を発見した。出丸の山頂の地形は、ちょうどU字型の馬蹄状をなしていて、真ん中が崖状の谷になっている。

この谷をソ連兵がのぼってくるところだった。兵力はおよそ五〇〇名ほどと見た。

「戦闘配置につけッ！」

号令とともに、谷側の壕に全兵力が結集し、のぼってくるソ連兵に銃口を向けた。

「撃つな、まだ撃つなよ。崖の中腹にくるまで引きつけるんだ」

二宮小隊長は、岩のかげから下をのぞき見て兵を制した。

楔《くさび》状の谷間は、幅が一〇〇メートルほどはある。かなり切り立った崖に見えるが、案外登りやすい崖だった。ソ連兵はガヤガヤしゃべりながら、かたまって登ってくる。頭上に日本兵がいようとはいまいと、知ったことではないといった大胆さだ。

「あいつら、ここがどういうところか、何も知らされていねえみたいだな」

下士官の一人が呟いた。隣の兵が、

「地獄の一丁目ですからね。知ってちゃ、攻めてこれんでしょ」

「まったくだ。こいつは、おもしれえことになりそうだぞ」

壕から身をのり出し、山上に転がっている岩の間から、兵たちは銃口を出して引鉄に指をかけた。一人一人が、慎重にソ連兵に照準をつける。会田一等兵は、兵隊のうしろから、進撃してくる敵をのぞき見ていた。油汗がジットリと浮いてくる。いよいよ始まると思うと、呼吸をするのも苦しいほどだ。先頭の敵兵が、あと五メートルほどで頂上に到達するというとき、小隊長の鋭い号令が下った。

「いまだ！　撃てッ、撃てッ！」

いっせいに小銃が火をふき、軽機がバリバリと軽快な音をたてる。崖にとりついていたソ連兵は、狙撃されてコロコロと転落した。たちまち一五、六名の死体がころがった。突然の攻撃で、岩かげにすくんだ敵兵を、銃口がさぐり出すようにして狙撃する。面白いように敵はひっくり返った。後続の敵兵は、あわてふためいて、奇声をあげながら逃げ出す。谷間の下方の敵は、どよめいて退いた。

「撃ち方、止めッ」

山頂からは、あまり下方の敵は狙えない。

「どうだ、負傷者はいないか？　みんな大丈夫か？」

小隊長の声に自分の無事を確かめるように、ゴソゴソと体をうごめかしながら、兵たちは興奮して叫んだ。

「異常ありません！」

「よし、あわてるなよ。一発一発、確実に狙え」

態勢を立てなおした敵は、ふたたび頂上めざして同じ道を登って来た。今度は固まらず、斜面に散開して自動小銃を上に向けて撃ってくる。ホースで水をまくように、下から頂上陣地に銃弾をあびせながら遮二《しゃに》無二《むに》登ってきた。

「畜生！　撃てッ、撃てッ、撃ち殺せ！」

山の上から狙い撃ちする有利さはあるが、敵の乱射はそれを上まわるすさまじさだ。一発ずつ引鉄を引くもどかしさに、兵は興奮して、つい頭をもたげる。そこを狙って、麓の狙撃兵が確実に射止める。

「頭を出すな。気をつけろ！」

二宮小隊長は、このままでは敵兵が頂上におどり込んでくるのは時間の問題だ、と判断した。彼は、勝鬨出身の大沢曹長を呼んで言った。

「ただちに本部に連絡、進攻する敵を迫撃砲で砲撃するよう頼んでくれ。弾着は電話で指示すると……」

曹長は地下陣地に駆けこんで電話連絡した。待つ間もなく、後方からキューンと大気を震わして砲弾がとんできた。谷間の崖に轟音をあげて鋭く炸裂する。敵兵一人が空中に吹っとんだ。電話で即座に弾着位置を知らせる。つづいて弾道を修正した第二弾がとんできた。しかし、なかなか敵の弱点を衝くことができない。弾着の修正を通報する。

迫撃砲弾の落下に、敵は明らかにひるんだ。しかし攻撃をやめたわけではない。岩かげにかくれて、なおも射撃してくる。しだいに敵兵はふえてくるようだ。

西勝鬨の中庭の砲兵隊には、出丸までとどく迫撃砲は九七式中迫一門しかなかった。この砲は口径八一・三ミリで、弾重量は三・三三キロ、最大射程二八五〇メートルという性能である。この砲で、勝鬨から出丸の谷間へ撃ち込むには、射程がギリギリ一杯だった。そのうえ、せまい谷間の一点を狙うのは、きわめて困難だ。ちょっとでも狂うと、味方の陣地に落下する。どうしても一発一発を慎重に発射しなければならない。このため、照準に手間がかかり射撃間隔が長くなる。

しかし高射砲で撃ち出した砲弾は、曲射弾道をえがいてほとんど垂直に近く頭上から落下する。したがって、命中すると、威力は大きい。だが、一〇メートル以上はなれて伏せていると、助かる率もまた高い。ソ連兵は、迫撃砲特有の尾翼音を聞いて、すばやく岩かげにかくれてしまう。

二宮小隊長は、一発ずつとんでくる砲弾では、敵を撃退する可能性のないことを見てとった。迫撃砲は山岳戦向きではない、せめて掩護砲撃としての心理的効果しか期待できなかった。

「敵を上げるなッ。撃ちまくれ」

しかし敵は、頭上の日本兵の数が少ないことを、銃声から見ぬいたようである。怖れ気もなく、執拗に攻撃してくる。

「アッ、やられた！」

会田一等兵のすぐ横で、懸命に射撃していた兵が肩を押さえて壕の中にずり落ちた。貫通だった。応急手当てをして地下陣地に入れる。

そのころになると、あちこちで死傷者が出はじめていた。狙撃された者は、例外なく鉄帽をぶち抜かれていた。敵ながらみごとな腕前だ。負傷者は、小銃弾のかすり傷か、自動小銃の弾丸の命中だ。

自動小銃の弾丸は、やたらに飛んでくるが、当たっても皮膚を破る程度で筋肉で止まっていた。ピンセットで取り出してみると、ちょうど拳銃弾と同じ大きさの小型弾だった。

「なんだ、こんなヘロヘロ弾を撃ってきやがって！」

負傷した兵は、癇癪《かんしゃく》を起こしながら包帯で止血すると、ふたたび銃をとった。

出丸の戦いは、明らかに多勢に無勢の不利な戦況だった。手榴弾さえ豊富にあれば、撃退可能なのだが、それも残り少ない。二宮小隊は、しだいに押されてきた。もはやこれまでと見た小隊長は、情況を戦闘指揮所に報告した。

「このままでは、陣地内にたてこもるしか方法がありません。陣内に入っても、どこまで抵抗できるか、予測のかぎりではありません」

切羽つまった報告に、出光中尉は即座に命令した。

「よし、わかった。全員を地下陣地に収容せよ。夜になって出丸は放棄、夜陰に乗じて脱出、本陣地まで転進せよ。いいか、用心するんだぞ、無事に帰ってこいよ」

撤退指示を受けた二宮小隊長は、陣外の壕に駆けもどってみると、すでに敵兵は山頂を登りつめていた。これを蹴落とそうと守備兵は必死に撃ちまくる。手榴弾を投げる。軽機は狂ったように連続射撃をくり返す。山上山下の激闘は、白兵戦一歩手前の様相を呈していた。すでに、戦闘は三時間を経過していた。そろそろ弾薬がつきる。

「陣内に避退しろッ。下がれ。陣地内に入れッ！」

隊長は各散兵壕に命令を下した。このときすでに敵兵は、岩を利用しながら肉薄、散兵壕まであと三〇メートルの至近に迫っていた。兵たちは血走った目をギラギラさせながら、ドッと陣地の中に走り込んだ。これを追って、敵の手榴弾が炸裂する。逃げおくれた兵が仰向けに倒れた。

会田一等兵は転がるように走って、地面より低い陣地入口に駆けこんだ。中に入りこんだとき、兵の一人が「扉を閉めろ！」と叫んだ。しかし戦友がまだ外にいるかもしれない。後続の兵が、鉄扉のそばで外をのぞきながらためらった。このとき、敵は半開きの扉めがけて、手榴弾を投げた。三発だ。とっさに会田は坑道に伏せる。轟然と炸裂する火炎の中で、入口にいた二、三人の兵が倒れた。破片が壁にとび散り跳弾となって鋭く飛散する。会田はすぐに立ち上がると、戦友の死体をとびこえて、重い鉄扉を力まかせに押した。ドーンと鈍い音が反響して、扉はやっと閉まった。腕の太さほどもある鉄の閂《かんぬき》をかけて会田はホッとした。

先に陣内に入った兵は、どんどん奥へ行ったようだ。会田のそばには、さっきの手榴弾を避けて伏せた兵が一〇名ほどうずくまっていた。みな一等兵である。扉には、外から手榴弾が何発も投げられていた。ドカンドカンと激しく炸裂する。ぶち破るつもりだろう。中は薄暗い。とにかく奥へ逃げ込むことだ、と会田は思った。まごまごしている兵を見下ろして、彼らが初年兵であることを悟った。負傷者もいる。俺が先任かな？　と思う。

「だれか、陣地内にくわしい者はいないか？」

会田の声に、答える者がいた。

「だいたい知ってますが」

「だれだ、お前は？」

「勝関二中隊の菅野一等兵です。くわしくはありませんが、見当はつきます」

「ようし。菅野一等兵、ちょっと手を貸せ」

彼は衛生箱から蠟燭《ろうそく》をとり出して火をつけた。洞窟のような坑道が淡く照らし出された。どこまでつづいているのか、くろぐろとした坑道が闇の奥に溶けこんでいる。彼は負傷兵を調べると、簡単に手当てをして、菅野を先に立てて奥へ進むことにした。

敵は扉の爆破にやっきになっているようだ。執拗に手榴弾を投げている。いつかは破られるだろう。会田は最初の一室に来たとき全員を集め、菅野に手持ちの手榴弾を調べさせた。

全部で二六発あった。

「おい、菅野、いっちょう、露助をおどかそうじゃないか」

「どうするんですか？」

「こっちにも備えがあるところを見せて、扉の爆破を少しでも防ぐんだよ」

「ようし、やりましょう！」

菅野一等兵は手榴弾を二個もつと扉の内側に駆けよった。会田は、ソッと閂をはずした。間合いをはかり、グイと扉を薄く開ける。すかさず菅野が手榴弾を外に放り投げた。ただちに閉める。小気味よい炸裂音。適当に投じたが、効果はあったようだ。敵の動きが急に静かになった。

その間に、負傷兵を助けながら、彼らはなおも奥へ進んだ。薄明るい部屋があった。壁に銃眼があいている。

「ここで、小休止だ」

すわりこむと、疲労がドッと出てきた。兵の顔も土気色だ。不安なのだ。入口では、ソ連兵がまた手榴弾を投げだした。

「夜になったら、脱出しましょう。私が案内します」

菅野一等兵は、落ち着いた声で言った。こうなったら長居は無用である。脱出しかない。敵は、ついに扉を破ったようだ。滅茶苦茶に手榴弾を坑道に投げながら前進してくるようだ。炸裂音に陣地はガラガラとゆれた。いつまでもこの場にいては危険である。内部はわかりにくく、敵も前進しにくいだろう。だが、少しでも安全な隠れ場所に移った方がいい。

ふたたび菅野一等兵の案内で、暗い通路をゆっくりと進みはじめた。前方に敵が現われるかもしれない。二人は、全員の手榴弾を手元に集めると、先頭に立って一発ずつ投げながら進むことにした。

「投げるぞ」

声をかける。全員が伏せる。投擲する。炸裂音が坑道に反響して耳を聾する。よし、前進だ。しばらく進んで立ち止まる。耳をすまして前方をうかがい、また一発投げる。

こうして一〇発ほど投げながら進んだ。この方法は、図に当たったようだ。敵はこちらの炸裂音にとまどったのか、不案内の陣地内で戦闘することの愚を悟ったのか、だんだん敵の手榴弾の音が少なくなり、遠のいていった。そしてついに静かになった。

「敵は陣外に出ましたね。外で待機してるんでしょう」

菅野は会田をうながすと、暗い通路をめぐりめぐって別の部屋に入った。この部屋にも銃眼があいている。外を見ると、夕闇がせまっていた。はるか遠くで、電のような閃光が見える。ソ軍砲撃の閃光だろう。連続してパッパッとひらめき、垂れこめた雲に反射して横にひろがっている。会田は、妙に心細い気持になった。戦闘中は夢中で我を忘れていたが、こう物音がしなくなると、自分たちが敵の生け贄《にえ》として残されたようで、妙に情けない寂しさを感じるのだった。

「隊長殿は、どうしたかなあ。ほかの戦友はどこへいったんだろう?」

「陣地のどこかに隠れていますよ。なにしろ出丸は、どこにどういう部屋があるのかわかりませんからね。うっかり探しまわると、それこそ同士討ちになりかねません。ここは隊長のことより、われわれがどうやって脱出するかを考えることです」

スッパリと割り切って考える菅野一等兵の現実主義に、会田も異様なものを見たように目をみはった。えらく勇敢で沈着な男だな、と彼は感じ入った。

脱出するとすれば、この銃眼しか出口はない。重機を据える穹窖とみえて、人がようやく抜け出せる程度の大きさだ。外をのぞくと、銃眼から一二、三メートル下まで垂直に近い崖になっていた。さらにその下は、ややなだらかな傾斜地で、背の高い雑草がびっしりと生えている。

「滑り降りるより方法がないですね」

菅野一等兵は、全員一人一人に下をのぞかせて言った。幸いなことに、この斜面は本陣地側に向いていた。帰るには都合のよい方角へ降りることになる。

待つほどに外は暗くなり、いよいよ行動を起こすことにする。菅野一等兵が外をうかがう。銃眼の上の頭上に、敵の気配が感じられると言う。

「何か投げてみよう。敵がいたら反応するだろう」

会田は、室内に転がっている大きな石を拾ってくると崖下に投げた。意外に大きな音をたてながらころがり落ちた。間もなく草むらで止まる。全員が耳をすます。何も音がしない。この銃眼の上には、敵はいないようだ。

「よし、脱出だ！」

先頭を切って菅野一等兵がまず身をのり出した。闇が濃い。吸い込まれるように姿を消すと、ズルズルと背中で滑ってゆく。無事に草むらの中に姿を消した。これを見て、二人目が脱出する。滑る音がいやに気になる。頭上の敵の気配を全身でさぐり、安全を見きわめて次の者が降りた。こうして最後に会田が滑り降りた。脱出は成功した。

草むらにもぐり込んだ兵たちは、軍靴を脱ぎ、菅野の先導でゆっくりと勝鬨の本陣地に向かった。音を立てないように歩くので、すぐに足が棒のように疲れる。何度も止まって身をひそめ、周囲を警戒する。そのうち、大粒の雨が降ってきた。しめた、この調子だと豪雨になりそうだ。兵たちの顔に、生気がもどった。ほどなく雨は土砂降りとなった。

栄山に一個大隊の敵を殲滅

十四日の朝が明けた。開戦六日目である。昨日、出丸を失ったことは、勝鬨陣地に少なからぬ衝撃を与えた。裏門が崩れたのである。これはソ軍の陣地攻略が目前に迫ってきたことを意味する。敵はかさにかかって攻撃してくるだろう。

出丸の陥落はやむを得ないこととしても、斉木部隊長は、二宮小隊長がいまだに帰陣してこないことに苛立っていた。昨夜中に、合計二〇名ほどの兵が、前後してもどってきたが、彼らの報告を聞くかぎりでは、少なくとも出丸の戦死者は一〇名程度だ。あと約二〇名はどうしたのか。心配する部隊長に、出光中尉はなだめるように言った。

「勝鬨から派遣した兵は、みな帰陣しています。彼らは道を知っているから帰ってこれたんです。二宮見習士官以下の未帰還者たちは、みんな石門子の連中です。道に迷ったか、敵に発見されて途中で戦死したかもしれません」

「戦死！　あの雨だ、そんなことはあるまい。道に迷ったとしても遅すぎるとは思わんかね。

もう七時だ。明るくなったんだから、方角をたどれば帰ってこれるだろう」

「どうでしょうか。途中は起伏があって、おまけに雑木林ですからなあ。初めて歩く者は、迷ってしまいますよ」

部隊長は納得しなかった。いらいらしながら、

「二宮は逃亡したんじゃないのか？　そうだ、きっとそうだ！　残りの兵を連れて、西へ向かったに違いない！」

あたり散らすように怒鳴る。

「部隊長殿！　それはおだやかではありませんぞ。とにかく、いましばらく待ってみましょう」

なだめるのに出光中尉は汗だくだった。根拠もないのに非難し、こうもいきり立つのは精神的に動揺している証拠だろう、困ったもんだ、と中尉は内心うんざりした。軍人である以上、戦争が怖いというのではなかろう、地下壕生活にまいってきたのかも知れん。陣地の生活に慣れていないから、無理もないが。そう思って中尉は、いくぶん部隊長に同情する気持になった。

つぎに狙われるのは、朝日山か？　栄山か？

中尉は、同時電話で各陣地の指揮官を呼び出し、監視を強化するよう命じた。

昨夜の豪雨にもかかわらず、栄山の散兵壕は水捌けがよいせいか、ぬかることもなく朝はやくから兵が配置についていた。掩蔽壕の入口の前に、木造の小さな分哨が建っている。炊

事はもっぱらここで行なっていた。中には哨兵が仮眠できるように、ちょっとした寝台まである。

指揮班長の菅原曹長は、分哨の固いベッドで寝ころんでいた。

「曹長殿、朝食です」

炊事班の田代一等兵が、大声で起こしにきた。

「おう……もう朝か、よく寝た」

曹長は大欠伸《あくび》をしながら土間に立った。昨夜は、出丸が陥落したというので、中隊長代理の木村見習士官と、栄山に敵が進攻してきた場合を想定して、朝方まで図上演習を行なっていたのである。

研究では、現有兵力をどのように配置しても、どう受けて立っても、栄山はソ軍に打ち破られる結果となった。

「これじゃ、玉砕の仕方を演習してるようなもんです。やめましょうや」

曹長は、匙を投げて言ったものである。

彼は、分哨から壕に出ると、のんびりと歯を磨きながら天を仰いだ。空はどんよりと曇っていた。何気なく陣地の南東方に視線を移して、彼はハッとなった。

「おッ！」

目をみはった。ドキンと心臓が音を立てて引き締まる。はるか前方の戦車壕一帯に、ソ軍の大軍がひしめいているではないか。彼はベッと唾を吐くと、歯ブラシを投げ捨てて掩蔽壕に突っ走った。

「敵だ、敵だッ！　第一小隊正面、戦車壕突端前方に敵の大軍が攻撃準備中！　各小隊ただちに配備につけッ！」

壕内の兵は、しゃがみ込んで食事をとっている最中だった。ただちに朝食は中止された。兵はキョトンとして食器を手に、腰を伸ばして前方を見る。

「こいつはいかん。ほんまに敵でっせ！」

あきれたように言いながら、兵は敏速に配置についた。いまのいままで敵の姿はまったく見えなかっただけに、彼らは狐につままれたような表情だった。ソ軍の兵力は約一個大隊、一〇〇〇名をこえる歩兵である。栄山から見ると、ちらばった蟻の大群のように真っ黒になって前進してくるところだった。

菅原曹長は指揮所に駆け込むと、電話で作戦主任の出光中尉に報告し、指示を待った。戦闘指揮所からは、しばらくなんの返事もない。

散兵壕では、中隊全員が射撃命令の下るのを待っていた。ソ軍は、無人の山を散策するようにのんびりと歩いてくる。銃を肩にかつぐ者、おしゃべりする者、わいわいがやがやと、にぎやかな進軍である。日本軍は本陣地の勝関山に集結していて、前進陣地の栄山には、ほとんど兵はいないと、たかをくくっているのであろう。

「ソ連兵というのは、妙な連中だな。出丸でもあの調子で進撃してきたというぜ」

「わからんなあ！　戦争の仕方を知らんのかな？」

「わざと、こっちを油断させてるんじゃないのか？」

「まさかなあ！　あれじゃ、ナポレオン時代の進撃だぜ」

栄山の陣地では、兵があっけにとられて前方を注視していた。たしかにおかしな攻撃態度である。進んでくる方向は、まさしく栄山陣地だ。それなのに棒立ちになって歩いてくるというのはどうしたことか。

菅原曹長は、ジリジリしながら電話口に突っ立っていた。なかなか命令がこない。気が気でなかった。ソ軍は、約一〇〇〇メートル前方に近づいている。

「小隊長殿、まだ射撃命令は出ないのでありますか！」

「まだ撃ってはいかんのですか！」

配置の各分隊長が、ひっきりなしに連絡にとんできては叫んだ。曹長は、たかぶる心を押さえながら、

「もう少し待て。射撃は命令するまで待て」

とくり返すばかりだった。

戦闘指揮所では、緊急作戦会議が開かれていた。監視所から望見すると、敵の大軍はかたまって進撃している。砲撃の目標としては絶好だ。出光中尉は、迫撃砲の砲撃で敵を殲滅《せんめつ》することを提案した。部隊長は中尉の進言に従って、命令を下達した。

「砲兵隊長、立川中尉は、迫撃砲の全力をもって速やかに栄山南側戦車壕付近の敵を撃滅すべし」

立川中尉は復唱すると、電話で中庭第三入口にある迫撃砲陣地に命令し、指揮所前の観測所に登っていった。

観測所は、地下坑道から垂直梯子を昇って上がらねばならない。山頂近くに構築してある

ので、梯子の高さは一〇メートルほどある。内部は直径二メートル、高さ二・五メートルの円筒状の鉄筒で、らくに四、五人はいれるほどの広さである。天蓋の上には二メートル以上も土をかぶせ、自然の草で擬装してある。外から見ても、山の突起物にしか見えない完璧な擬装だ。

立川中尉は、観測所の幅五センチの展望窓から栄山陣地前方をにらんだ。左手に眼鏡、右手に指揮用電話の受話器を握りしめ、かたわらに立っている部隊長に砲撃準備完了を告げた。ふだんはニコニコしている童顔の立川中尉も、このときばかりは緊張に青ざめ、口をキリッと結んでいる。中迫撃砲は栄山南方第三基点の敵の機関銃、小迫撃砲四門は栄山南東方の戦車壕付近の敵散兵群に照準した。栄山までは八〇〇メートルの距離である。敵は雑木の中からぞくぞくと姿を現わし、戦車壕をのりこえはじめた。

「攻撃開始！」

斉木部隊長は、慄然と号令した。

「第一発射！」

立川中尉のかん高い声が、観測所内にキーンと響いた。びっくりするほどの大声である。電話で号令するのだから、大声を張り上げる必要はない。緊張と興奮が、中尉を硬直させていた。

「第二発射！」

つづいて第二弾が発射された。そのとき、最初の第一弾が栄山陣地前方約七〇〇メートルの戦車壕付近に落下し、敵兵の真っ只中で炸裂した。閃光が走り、黒煙が吹き、つづいて白煙とともにソ連兵の体が空中たかく舞い上がった。第二弾は不発だった。中尉は、グッと顎を引き、ますます緊張してつぎつぎと発射を号令する。砲弾は胸のすくように敵大部隊の中で炸裂していた。自動小銃が吹っとび、手、足、胴がバラバラになってとび散った。

遮蔽物のない丘である。敵は大混乱となった。時を移さず出光中尉は、栄山陣地に射撃命令を下した。栄山の壕からいっせいに小銃の狙撃がはじまった。敵は先を争って戦車壕の中へとび込む。そこへ迫撃砲弾が落下、逃げ込んだ敵兵は一瞬のうちに四散する。戦車壕からとびだした敵兵は、栄山陣地からの狙撃でバタバタと倒れる。右往左往する敵兵、大声をあげながら果敢に突撃してくる者も、陣地前の鉄条網にひっかかって、あえなく射殺される。

兵は自信をもって撃ちまくった。ソ連兵は、反撃する余裕もなく地面に突っ伏す。一人の兵が顔を紅潮させて、菅原曹長のところにとんできた。若い初年兵だ。

「曹長殿、自分は四人、撃ち殺しました!」

と報告する。

「何人でもいいぞ、殺《や》れ! 壕を上がってくる奴は、一人のこらず撃ち殺せ!」

「はい……」

うれしそうに兵はとんで行く。銃声は、一つの轟音となって、栄山をおおった。その中を突き抜けるような金属音をあげて、迫撃砲弾は的確に落下しつづける。たった一梃の軽機を持った花田伍長は、神出鬼没に陣地内を移動しては、軽快な発射音をあげて銃火をあびせていた。

わが軍の猛射をあびて、敵はたちまち総崩れとなった。戦死者の上に戦死者が重なった。

逃げる敵の背後から、なおも銃弾が追い討ちをかけた。わずか三〇分ほどで、敵の一個大隊は約五〇〇の死体を遺棄したまま敗走したのである。

指揮所に凱歌があがった。信じられない勝利だった。わが軍は一兵の損害もなく、パーフェクト・ゲームだった。ついにやったのだ。敵の砲撃下に、隠忍自重した結果あげ得た大戦果である。将兵は喜びにわいた。敵はこれにこりて、今日はもう攻めてはこないだろう。うきうきと久しぶりに明るい顔が陣内にあふれた。

戦闘の終了後、どこからともなく敵の砲弾が勝鬨陣地に落下しはじめた。毎度のことである。将兵は気にもとめていなかった。ややあって、砲兵隊の伝令があわただしく指揮所にとびこんできた。

「ただいま、第三入口が砲撃されました。迫撃砲二門、吉野上等兵以下五名が一瞬のうちに吹きとばされてしまいました。野外糧秣庫、野積みの味噌樽、中庭の便所にも命中しました」

思いもかけぬ凶報に戦闘指揮所は一瞬、水を打ったように沈黙した。占領された出丸陣地に進出した敵砲兵陣地からの砲撃だ、と出光中尉は瞬時に判断した。出丸からでなければ中庭の砲兵陣地は照準できないはずだ。くるべきものがついに来たか！　中尉は暗然とした。

第六章　逃避行（第三地区・八月十日〜十四日）

金鳥山にさ迷う

第三地区を撤退した第七八五大隊は、月明かりの道をひたすら東寧へ向かっていた。後方ソ軍の砲声はいまはなく、黒々と行軍する兵の軍靴の音が闇をふるわせていた。兵は疲れ、足なみは乱れがちだった。東綏の兵営を出発してから、すでに四時間は歩きつづけている。

いましがた、東寧の町へ入る直前、部隊は幸運にも出張中の部隊長、島田恒世大尉にめぐりあったところである。大尉は、開戦の情報が入ったとき、手に一物も持たず、身一つで列車にとび乗り、牡丹江から東寧に向かった。終着駅東寧につくなり、大尉は馬を走らせて部隊へ急いだ。その途中、偶然、大隊に出会ったのである。島田部隊長は、河上中尉の情況報告に大きくうなずきながら言った。

「撤退目標の金鳥山は、俺が知っている。じつは牡丹江ではじめて聞いたのだが、開戦とともに関東軍は後方に集結する新作戦準備ができていたんだ。これにもとづく命令だと思う。これから大隊は、旅団司令部に合流すべく、金鳥山からさらに西下して大喊廠に向かう」

「そうですか。安心しました。どこへ進んでいいかわからず、途方にくれていました」

中尉はホッとした。部隊長の指示に従い、大隊は東寧の南を迂回して、城子溝へ進路をとった。


新作戦準備の方策とは、開戦前の五月三十日、ソ軍の極東増強が最高潮に達してきたのを察知した大本営は、関東軍を完全な作戦態勢に切りかえて、戦闘序列を令するとともに、対ソ作戦準備の命令を出していた。この命令によって関東軍は、

「新京と満鮮国境の図們を結ぶ京図線以南、および新京と大連を結ぶ連京線以東の要域を確保して、持久を策す」

という作戦任務の基本を定めたのである。このころ大本営では、本土決戦を決定的なものと考えていた。この決戦を有利にするには、満州の一角に関東軍がたてこもり、大持久戦を展開する必要がある。少なくともソ軍に対しては、千日手に持ち込むような作戦に、相手をまきこむことが望ましい。そこで関東軍は、全満州の四分の三を放棄したとしても、要害険路の山岳地である通化の要域だけは確保しようということに決した。

いまや、貧弱きわまりない関東軍の実力をもっては、満州全体を防衛することは不可能であった。なによりも満州の広さと地形を利用して、できるだけソ軍の侵入を阻止することだ。そのためには、軍の主力を南満と北鮮の山岳地帯に集結して持久抗戦をつづける。関東軍はあくまで日本全体のために有利な一石となって、橋頭堡を保持し、犠牲的軍団になろうとの大方針をたてたのである。

この作戦方針にもとづいて、関東軍の主力は戦線を縮小し、急速に後退していた。第三地

区の島田大隊に転進命令が下ったのも、この作戦の一環として計画されたものだった。

部隊が城子溝の東方高地に達したのは、十日の午前一時頃である。ただちに夜営。しかし兵を完全に休息させるいとまもなく、部隊は夜明け前に出発して大喊廠へと道を急いだ。徒歩の転進で、どれだけソ軍の機械化部隊を振り切ることができるか、予断の限りではない。敵の急追から逃れるためには、一刻を争って前進しなければならない。

桜庭中尉の第二中隊は、いまは尖兵中隊として部隊の前衛をつとめ、たえず索敵行動をとりながら進んだ。城子溝から大喊廠へいたる軍が作った戦略道路を歩くわけにはいかない。道路ほど危険なところはないからだ。大隊は道路沿いの山の中腹に分け入り、谷を進んだ。行動は意のごとくならず、疲れはてた兵は、短い小休止の間も、夏草の中に倒れるようにして眠った。腰を下ろすと、瞼がひとりでに合わさり、吸いこまれるように眠りに落ちる。鼾《いびき》をかき、数分の間に夢さえ見た。

このあたりの山でもとりわけ大きな峰にさしかかったのは、夜の十一時頃だった。ここが最初の目標地の金鳥山だった。雑木が生いしげっていて、部隊の人員を隠蔽するのには絶好の山である。山腹に分け入ろうとして、先頭の斥候が林の中にうごめく人影を発見した。銃をかまえ低く誰何する。

「誰か!」

数人の黒い影が立ち上がった。狙いを定める。

「あ、兵隊さん！　兵隊さんですね！　よかったよかった。みんな、助かったわよ！」

金切り声の女の声に、斥候を指揮していた桜庭中尉はびっくりした。よく見ると、山中のそこここに避難民がすわりこんでいる。ほとんどが女だ。疲れはてて、グッタリとうなだれていた。

「こんなところに、どうされました？」

桜庭中尉は、ひとかたまりの避難民に近づいておどろいた。見れば東綏官舎にいた軍家族である。手まわり品の風呂敷包みにリュックだけの姿で倒れこんでいた。

「列車に乗らなかったのですか？　全員が一緒なのですか？」

せきこむようにたずねると、木綿の半袖にもんぺ姿の中年の女がしゃべりだした。

「乗ったことは乗ったのよ。ちょうど最後に出発する列車に間に合いましたわ。列車が動き出して、ああよかった、とみんなホッと安心していたの。それから三〇分も走ったでしょうか、突然、前のほうで爆発が起きたんです。急停車して、どうしたんだ、とみんな総立ちになったの。そこを、ドカンドカンと、たてつづけに砲撃されたのよ。戦車なんです。敵の戦車が待ちかまえてたんです。窓から見ると、右側から三台の戦車が列車を砲撃しながら走ってくるんです。戦車だッ！　と大声で叫んで、みんなドッと逃げ出したんです。反対側の野原へ。もう無我夢中だったわ。チラッと後を見たけど、もう列車は燃え上がって。幸い、逃げる私たちには、敵は撃ってこなかったので助かったけど、逃げおくれた人もいましたからねえ。ずいぶん亡くなったと思います。あんな怖いことってなかったわ。それから歩きづめで、とにかく南へ行きましょうと、かたまって歩いた方が、盗賊に襲撃されないですむと思って、ようやくここまで来たけど、もうみんな動けなくなっちゃって……」

話しおわって、女は泣き出した。中尉は暗然とした。妻は？　妻の貴子もこの中に一緒にいるのか？　彼は棒立ちになって、あたりを見まわした。そこへ一人の女が、あわただしく駆けよってきて言った。

「将校さん、部隊の中に軍医さんはいませんか？　大変なんです！」

「病人ですか？」

「いえ、お産なんですよ。ショックで産気づいたんですねえ。こんなときに、困ったことですが」

「お産ですと？」

中尉はハッとした。貴子だ！　彼は全身の血が逆流する思いだった。女の案内で、雑木林の奥へ進んだ中尉は、木の根元に横たわっている貴子を発見した。苦痛に玉の汗を浮かべた貴子は、のぞきこむ夫の顔を見て一瞬おどろいたが、ハラハラと涙をこぼした。

「すみません、あなた。こんなことになって……もう生まれそう」

「わかっている。しっかりしろよ、何とかするから」

「生んでも、きっと駄目でしょうねえ」

「そうとは限らんだろう。気を強く持つんだ。幸い部隊も到着したことだし、転進先に一緒に行けるぞ。元気を出せ」

心配そうに集まってきた女たちに、中尉はたずねた。

「この中に産婆さんか、取り上げてくれる人はいませんか？　うちの軍医には無理だと思うんです」

軍医は外科出身の若い中尉で婦人科の経験はない。やってやれないことはないだろうが、ここは慣れた人の方が無難だ、と彼は考えた。女たちは顔を見合わせた。出産にはあまりにも条件が悪い。

「私が面倒を見ましょう。産婆じゃないけど、今まで三人生んでますからね。見よう見まねですけど、男の軍医さんよりはましでしょう」

五十を過ぎたと思われる体格のいい婦人が前に出てきた。

「私の息子は、下田中尉といってね、いま郭陵で戦ってると思いますよ。こういうときは、相身たがいですからねえ」

会ったことはないが、下田中尉の名前は知っていた。うれしかった。この婦人なら頼れるだろう。ホッとして彼は、下田中尉の母親に後事を託して中隊へもどることにした。彼には先発隊の使命がある。妻のそばにいてやれないことが心残りだった。

中尉は、後続部隊の到着を待って島田部隊長と協議した。

「部隊は、暫時、休憩していて下さい。私が前方の斥候に行って参ります」

「よろしい、大休止しよう。頼むぞ」

疲れた顔を上げて部隊長は言った。桜庭中尉は従兵に馬を引かせると、副官をつれて暗闇の道を駆け出した。疲労のためか、筋肉のあちこちが痛む。だが、緊張感が眠気を吹きとばしていた。五キロほど馬を走らせると、前方をトボトボ歩いている数人の男たちを発見した。追いついてみると東寧の居留民である。中尉の質問に、男は東寧の情況を説明した。

「兵隊さん、東寧に入らなかったんですか？　そりゃ、よかった。あそこは、もう駄目ですよ。私ら、敵の戦車が来たのをみて逃げだしたんですわ。知りませんでしたか？　いえ、東寧街道からじゃなくて、あれは万鹿溝の方から下ってきたようですねえ。えらい数でしたよ。いつ、こっちに攻めてくるかわかったもんじゃありませんぜ」

万鹿溝は、東寧の北方にある集落である。東寧街道の延長路にあって、昔からの大路が綏芬河、綏陽、穆稜を経て牡丹江に通じている。この道を敵に押さえられているとしたら、戦車隊が部隊の後方に迫っていることを意味する。中尉は馬首をかえすと、大急ぎで駆けもどった。

中尉の報告で危急を悟った島田部隊長は、大休止をとりやめて全軍にふたたび行軍を命じた。避難家族約一〇〇名を、部隊の真ん中にはさんで護衛する。桜庭中隊は、ふたたび尖兵として前進することになった。

中尉は、部隊があわただしく準備を行なっている間に林の中に駆け込んで妻をさがした。下田夫人が待ちかねたように中尉の袖を引っ張って木陰に呼ぶと、早口で言った。

「お気の毒です、奥さんは死産でした。でもこういうときですから、ものは考えようだと思いますよ。それより心配なのは、産後にすぐ歩くことです。奥さんを乗せる荷車はありませんか？」

死産がよかったか悪かったか、中尉は茫然として判断がつかなかった。とにかく、妻が身一つで逃げられるのが、せめてもの慰めかもしれないと思う。妻が憐れでならなかった。

「貴子、大丈夫か？　敵の戦車が迫っているので、すぐに撤退しなくてはならん。お前を車に乗せてやりたいが馬車もないんだ。部隊長に頼んで、輜重車に乗せてもらおう。いいね」

貴子は黒い小さな布の塊を両手に抱きしめていた。うつろな目だった。死んで生まれた赤子を、彼女はあやすように小さく揺すった。

「私は、この子を連れて行きます。ちゃんとしたところに、お墓を作らなければなりませんもの」

中尉は唖然とした。うろたえた。しかし今は、何も言うべきではないと思った。

「よし、いいだろう」

中尉は、不運な妻を闇の中に見下ろしていた。この先、妻の体がどれだけもつかわからない。

「どちらでしたか？」

下田夫人にソッとたずねた。

「男のお子さんでした」

小さく答えて目を押さえた。

中尉は、これが最後になるかもしれぬと思うと、終生を誓いあった夫婦の絆が、もろくも無意味に散逸してゆくのを覚えた。

彼は、人間の結びつきの空虚さをひしひしと感じていた。夫婦であろうと、親子兄弟であろうと、所詮は自分という一個の人間の実在しか信じられないことの怖ろしさを知った。目の前にうずくまる妻に、何もしてやれない自分の限界がここにあった。中隊の指揮官としての彼には私情は許されない。その限界が、人間のもっとも弱い部分であることを、中尉は苦苦しく悟ったのである。

峠に爆煙、敵戦車の猛砲撃

山は霧におおわれていた。払暁に行動を開始した部隊は、冷たい霧と草露にジットリ濡れながら進んでいた。銃床に露がしたたり落ちて滑りやすい。兵は天秤棒をかつぐように銃をだらしなく肩にかけて歩いた。

東綏の家族を、中隊と中隊の間にサンドウィッチにしているので、後衛の第三、第四中隊の歩みが遅くなる。それでも、家族の中からボツボツ落伍者が出はじめていた。

夜明け頃、部隊は大綏芬河にかかる橋の手前の峠に達した。部隊長は、落伍者の収容と休息のために大休止を令した。ここは大喊廠にいたる戦略道路上だ。桜庭中尉は、道路の両側の草むらにころがる兵を見て危険を感じた。

「部隊長殿、危なくはありませんか？　橋のところまで下って、側面の山林に展開したほうが無難だと思いますが」

「落伍者がだいぶ出たからなあ。ここは峠だから、ソ軍の戦車が来てもすぐに発見できるだろう」

「では、自分の中隊だけでも、警戒部隊として橋の側面に展開させます」

「いいだろう。前方によく注意をはらってくれ」

桜庭中尉は、部隊長の許可を得て中隊に前進を命じた。兵の足には、もうマメができていた。足を引きずる兵が多い。最初にマメができても、我慢すれば正常に歩けるが、マメの下にさらにマメが二重にできると歩くのが困難になる。銃が肩にくいこみ、弾薬盒がやけに重くなってくる。さすがに強行軍の訓練を受けている現役兵や古年兵は強かった。一方、足を引きずっているのは、きまって補充兵だ。

大綏芬河の河原で、中尉は中隊に朝の炊飯を命じた。足を水にひたして、しげしげとマメを見入る兵が多い。

「いつまでも河原にいるなよッ。飯ができたら山中に展開して食え。敵は近いぞ！」

中尉は兵に注意してまわると、山腹を登って雑木林の中に体を横たえた。深夜に馬を走らせて斥候に出たので、疲れがひどかった。目をつぶった瞬間、彼は深い谷底に落ちこむような感じにとらわれた。体が、下へ下へと、果てしなく落下してゆく。中尉は落ちこむ感覚の中で、むさぼるように眠った。

まもなく、激しく体をゆすぶられて中尉は目をさました。あたりはいつの間にか陽が沈んで真っ暗になっていた。体が揺れる。月が冷たく輝いていた。草も木もない砂漠のような盆地が眼前に展開している。どこだろう？　たしか、前に来たことのある場所だが。遠雷が轟く。背後がやたらに騒々しい。ふりかえって見ても誰もいない。中尉は一人だった。沈んだように静かな青黒い風景だ。

「中隊長殿！　中隊長殿、起きて下さい。敵襲ですッ！」

ハッと気がついた。目の前に、引きつった兵の顔があった。ようやく現実にもどった中尉は、叫んだ。

「なんだッ！　どうした？」

「敵の戦車です。峠の向こうから大隊を砲撃しています！」

ガバと跳び起きた。クラッと目まいがする。足を踏みしめて、山の上へと登っていく。峠は白煙がたちこめていた。双眼鏡を目に当てる。峠を駆け下りる者、左右の林の中にとびこむ者など、大休止していた大隊の兵たちが散りぢりになっていた。眼鏡を峠から右へ移動すると、はるか彼方の戦略道路上を驀進するソ軍戦車が、えんえんと一列につながりながら砲口から火を発していた。モクモクとうちなびく土埃の長蛇の列。まさにそれらは獲物に殺到する猛獣の凄まじさだった。ふたたび峠を見る。白煙と黒煙が、湧きあがるように奔騰していた。

「あれじゃ、とても、駄目だ！」

吐き捨てるように、中尉は叫んだ。兵たちは雑木林のかげから友軍の惨状を息をのんで見つめていた。パンパンと小銃の音が聞こえ、つづいて手榴弾の炸裂音が断続して聞こえてくる。おそらく最後尾についた第四中隊が捨て身の攻撃を開始したのであろう。

「戦車に鉄砲じゃ、どうもならんぞ。早く逃げた方がいいのに」

兵の一人が、祈るように呟いた。ひとしきり手榴弾の音が集中して聞こえる。先頭の戦車が白煙に包まれた。道は一本道である。この一輌さえ擱座すれば、後続の戦車隊の進撃を食い止めることができるとの作戦であろう。だが、手榴弾の集中攻撃ぐらいでは、戦車はビクともしない。果敢な肉弾を蹴散らすかのように、ぐんぐんスピードを上げて峠へ突進する。

中尉は観念した。

「もう駄目だ……いいか、みんな、後続部隊にはかまわず、敵に発見されないように身をかくせ。絶対に発砲するな。通り過ぎるまでここに潜んでいるんだ！」

大声で兵につげると、全中隊に命令を徹底させるべく伝令を走らせた。戦車の砲声とともに機銃の音が聞こえてきた。友軍の機銃音ではない重々しい音だった。ソ軍戦車の機銃が、大隊や家族の頭上に降りそそいでいる音である。

〈四中隊は全滅しただろう。大隊は大損害を受けたに違いない。部隊長はどうされたか？貴子は、下田さんは、みんなやられたのだろうか……〉

中尉は、峠の頂点をわがもの顔に乗りこえて進撃する敵戦車を凝視していた。妻は砲弾に吹きとばされたかも知れない。倒れた上を戦車が踏み砕いたか——中尉は胸が締めつけられるようだった。敵は近づいてきた。疾走する戦車の轟音が、この山にも聞こえてきた。それは非情な鋼鉄の音だった。巨大な力だった。怒濤のごとき烈しい圧迫だった。肉体を拒否し、精神を否定し、怒りも悲しみも押し潰す、乾いた力だった。

ソ軍戦車は全部で一五輌だった。山にかくれた桜庭中隊の眼前をすどおりし、山裾の道を右へ進路をとって橋を渡っていく。兵は、初めて目の当たりに見たソ軍戦車の、砲身の長い、分厚い装甲に度胆を抜かれた。これにくらべると、日本軍のはブリキ戦車のようなものだ。

「あの装甲では、戦車爆雷でもききめがないだろうなァ」

うなるような声で言うのが聞こえた。

あの戦車が尖兵として来たのなら、あとからぞくぞくと本隊の機甲部隊が押し寄せてくるだろう。もう道路沿いに行軍することは不可能だ。中尉は、虚脱したように立ちつくしていた。戦車の姿が見えなくなった頃から、灰色の火薬くさい霧雨が降りはじめた。それは、敗北の戦場に立てられた線香の煙を思わせるものがあった。

河ぞいに敵を避けて

峠の部隊は空中分解でもしたかのように、第二中隊に合流してきた者は一人もいなかった。桜庭中尉は、付近の大きな木によじ登り、小糠雨をとおして双眼鏡で偵察した。敵の後続部隊の姿は、まだ現われてはいない。

「いまのうちに前進しよう。戦車と一緒に歩兵部隊がやってきたら厄介なことになるぞ」

中尉は下山を命じると、それまで連れてきた軍馬を山中に放し、中隊をまとめて河岸を上流へと前進した。雨で濡れた河岸の粘土地は滑りやすく、歩きにくい。中隊は一列になって山と河にはさまれた狭い川べりを、草にすがりながら進んでいった。

やがて、河岸は断崖となって、前進が不可能となる。中隊は対岸へ渡ることにした。河幅は一〇〇メートルから、広いところで二〇〇メートルもある。中尉は流れがゆるやかで浅い渡河点をさがすために、自ら河の中へ入って行った。どうにか渡れそうだ。まず一個分隊を先に対岸へ渡河させ、警戒の任にあてる。そのあと五〇名ずつ三回に分けて、渡河は無事に終わった。

ずぶ濡れのまま、さらに中隊は河岸を進んだ。山が両側から迫っているので、ソ軍に発見されにくいのが安心だった。雨は、なおも降りつづく。突然、前方に広い藪が現われた。中尉は背よりも高い藪の中に中隊をまとめると、大休止を告げて全員に言った。

「本日、ここまでこうしてやってきたが、情勢は皆も知ってのとおり厳しいものがある。戦って命を落とすのは易いが、われわれは旅団司令部と合流して、敵に組織的な抗戦をするのが目的である。それまでは、死んではならん。しかし俺は、正直に言って、中隊全員を無事に大喊廠まで連れてゆく自信はない。こうしてまとまって前進すること自体、きわめて危険だからだ。お前たちの中で、中隊と行動をともにしたくない者はしなくていい。だが、行動をともにしようと思う者は、この俺に命をあずけてもらわねばならん。各自で前進しようと思う者には、自由行動を許す。とにかく、生きのびてくれ」

胸につかえていたものを、一気に吐き出すように言うと、中尉はその場にすわりこんだ。兵はみな、黙って下を向いている。やがて雲が薄らぎ、雨がやんだ。

「中隊長殿、濡れた乾麺麭《かんめんぽう》ですが、食わんですか？」

沈黙を破るように村松軍曹が袋ごとさし出した。

「うん、すまん」

一つつまんで口に入れる。ヌルリと口の中で溶けた。食欲はないが、軍曹の心遣いがうれしかった。軍曹は中尉を見つめて言った。

「中隊長殿、お気持は有難いんですが、だれも自由行動する者なんかおりません。われわれは、中隊長殿に訓練を受けてきたんです。あくまで行動をともにします。呼吸を合わせて、最後まで行軍しましょう。喜んで命をあずけます」

軍曹の目はキラキラと輝いていた。桜庭中尉はうなずきながら、おもむろに立ち上がって静かに言った。

「これが最後だ。自由行動をする者は、遠慮なく手を上げろ。責めたりはせん。相談にものるぞ」

兵は中隊長を仰ぎ見た。射るような真剣な目だった。一七〇名のその目には、中尉との同行を願う光がたたえられていた。

いきなり、藪の向こう側から戦車の走る轟音が聞こえてきた。後続の戦車隊だ、数が多い。姿は見えないが、グングン近づいて来る。

「近いな。いいか、みんな、もし敵に発見されたら、一歩でも前進攻撃して、帝国軍人らしく全員玉砕しよう!」

中尉の声に、兵は強くうなずいた。

幸い、轟音を浴びせただけで、戦車は中隊を無視するように通り過ぎていった。ホッとする。緊張が強かっただけに、やわらいだ空気が中隊に流れた。

桜庭中尉は、夜になるまで兵を藪の中に休ませていた。暗くなると、山はいっそう静寂になる。空には雨雲が垂れこめて、色濃い闇が中隊を包んでいた。

「出発準備!」

中尉は低い声で兵に告げた。闇の中に黒い集団が浮かび上がった。中尉は、中隊の先頭に立つと、出発を令して藪をかきわけ、戦車の通り過ぎた道路上に出た。

夜は敵も進撃しないだろう、今のうちにできるだけ前方に進出しよう。中尉は、後方の物音に注意するよう後衛に命じ、前方二〇〇メートル先に斥候を配して前進をはじめた。河岸辺とちがって道路上は歩きやすい。中隊はスピードを上げて歩いた。兵は声もなく、黙々と進む。遠くで砲声が轟いている。だが、どの方向かわからない。

道は戦車のキャタピラで掘り返されていた。キャタピラの跡が、想像以上に幅ひろいのに驚かされた。敵の進んだ道を、中隊はなぞるように歩いた。彼らは小休止もとらず、ひたすら前進する。もう六時間ほど歩きづめだ。隊列が乱れはじめた。苦しげな兵の吐息が聞こえる。これ以上進むと、倒れる者が出てくるだろう。

中尉は斥候を呼びもどすと、側面の山の中へ足を踏み入れた。山腹の疎林の中を、ややしばらく手さぐりで進むと、はじめて中隊に大休止を命じた。兵は全身汗に濡れていた。疲労にうめきながら、その場に倒れると、折り重なるように体を寄せあって深い眠りに入っていった。

草むらの中に突っ伏すように倒れている兵の姿を見ながら、桜庭中尉は自分の指揮に疑問を感じていた。一七〇名の一人一人の命が、彼の両手の中に握られている。それを、当然のことのように委ねきっている兵の信頼感が、たまらなく怖ろしいものに思われた。

〈俺は、死児を抱きしめていた貴子と同じように、一七〇名の死者を抱きかかえているのではないだろうか?〉

彼は闇の中で、ひろげた両の掌を凝視した。誘導を一歩まちがうと、兵は確実にソ軍戦車に蹂躙《じゅうりん》されるだろう。彼は、自分の中隊を、確実な死地へ連れ込みつつあるのではないか、と疑った。もしそうだとしたら、この運命をどうやって転換すればいいのか。中尉は、この闇が永遠につづき、兵もまた、眠りつづけることを願った。夜明けがなく、目がさめなければ、行軍もまたないはずだ。

いつの間にか、中尉は木にもたれ、軍刀を膝の間にかかえたまま熟睡していた。はやばやと夜が明け、草露が玉をつくっていた。夜明けを待ちかねていたかのように、突然、砲弾がブルーッと頭上高く唸ってゆく。砲声に兵は反射的に起きた。

昨夜、林の中をかなり奥まで入ったと思っていたが、意外に道路が間近にあった。一〇〇メートルとは離れていない。木々の間から白っぽい道がチラチラと見える。またも砲弾が頭上をこえ、前方の山林で炸裂した。戦車がためし撃ちをしているようだった。砲弾を叩き込んでみて、応射があればそこに日本兵がいることになる。ソ軍も、手さぐりの進撃であることがわかった。

〈これなら、うまくいくかもしれんぞ〉

桜庭中尉は、安心感がほのぼのと湧いてくるのを覚えた。弱腰を部下に見せてはいかん、と自分に言い聞かせる。敵の戦車が三輛、ゴトゴトとゆっくり通過していった。中尉は命令した。

「各自、携行品を軽量にせよ。手榴弾は二発のみ、小銃弾は一五発、あとは一切この場に捨てて身軽になれ。鉄帽、小銃、銃剣以外のものはすべて捨てよ」

中尉は、ソ軍との遭遇戦を徹底的に避けようと考えた。どんなことをしてでも、一刻もはやく旅団司令部に合流することが先決だ。兵は銃剣で土を掘り、よぶんの弾薬や防毒面などを土中に埋めた。

遭遇した大戦車軍団

道路の向こう側は河だった。ふたたび中隊は、沿岸の藪に分け入って河のほとりに出ると狭い河岸を進んだ。やや進むと、急に河幅が広くなって、行く手に断崖が見えた。対岸に渡らねば前進ができない。中隊は渡河準備をはじめた。そのとき、遠くの上空で爆音が聞こえた。飛行機だ。友軍機でないことは確実である。中尉は、木の枝で全員を擬装させた。鉄帽に葉の繁った木の枝をたっぷりとかぶせ、一個小隊ずつ手を組み、ひとかたまりにかためて渡河させることにした。

向こう岸に渡ってゆく一団は、あたかも河の中の浮き島のように、流れるように対岸へ進んでゆく。最初の一隊は無事に渡り終えた。つづいて、第二隊が河にとびこむ。河の中ほどまで進んだとき、急に爆音が近づき、とうとう河筋に沿って敵戦闘機が一機飛来してきた。

中尉は渡河中の小隊に合図を送った。

「敵機だ！　止まれッ！」

両手を上下に激しくふる。河の中の兵は、体を寄せあい、顎まで水につかって停止した。中尉の予想したように、河の真ん中に小さな緑の島ができた。浅瀬に生えた灌木だ。上空からはどう見えるだろうか、心配だった。飛行機は、河面に低く舞い降りると、そのまま上流に向けて低空飛行で進入してくる。

「畜生！　見つかるなよ！」

両岸では、柳の下にかくれている兵たちが、固唾を飲んで機影をうかがう。飛行機は両岸を偵察しながら、前方へ飛び去った。

「うまくいきましたね。中隊長殿の着想はズバリ図に当たりましたね！」

村松軍曹は、手ばなしで喜んだ。

対岸に渡った中隊は前進を再開した。上流に行くにつれて、何度も渡河点をさがさねばならなかった。そのうち中尉は、崖のあるところに、きまって浅瀬があるのに気づいた。両岸に歩く河原がないときは、崖から対岸へ、対岸から崖へと、河の中をジグザグに渡河しては歩行可能な河岸を求めて前進した。

やがて河幅が狭くなり、両岸に断崖が迫ってきた。急流が音をたてて流れる。もう河筋に沿って前進することは不可能だ。中隊はやむなく、山腹を斜めにめぐって、山の頂上へ進んだ。

九日の夜、東綏を出発して今日で三日目である。そろそろ、体力の限界が近づいている。兵たちは、山の中に自生している山葡萄の葉を引きちぎって嚙んだ。口の中に酸味がひろがって、いくらか疲労を忘れることができた。もうすぐ頂上に到達できるというとき、一人の補充兵が歩行困難を訴えた。四十歳を過ぎた中年の兵である。

「どうした、立てんか？」

先頭から引きかえしてきた中尉に、一等兵は歪んだ顔で言った。

「神経痛です。持病なんです。昨日から我慢していたのですが、もうどうにも痛くて……」

「歩けんのか？」

「腰も立ちません。こうしてすわっているだけでも痛みが走るんです」

苦しそうだった。中尉が腰に触れただけでも、とび上がるように苦しむ。

「どうか先へ行って下さい。自分はしばらくここにいます。よくなったら、あとから追って行きます」

「しかし、ここは山の上だ。よし、下山するまで面倒をみよう」

中尉は元気そうな若い初年兵二名を呼ぶと、動けなくなった一等兵の両脇を抱えさせた。

山頂に出ると、すぐに反対斜面を下る。大喊廠への道が、山間をくねって走っているのが眼下に見えた。その道をソ軍のトラックが兵を満載してひきもきらず前進していた。両軍とも目的地は同じなのだろうか？　中尉は不安だった。

夕暮れになって、道路からほど遠くかくれた山の襞の奥に集結して、夜を明かすことにした。草も木も、昨日の雨に濡れて、焚きものになりそうなものは何一つなかったが、兵たちは、少しでも燃えるものをと木立ちの中をさがしもとめた。かろうじて火が焚かれた。薄暮と靄が、青い煙をかくしてくれる。食べ残した濡れた乾麺麭を焚火の上で乾かして食った。

老兵は、身動きもできないようだった。斜面に仰向けになったままうめいている。

「夜半に出発するが、どうだ、歩けるか？」

中尉は、苦しげに首を横にふる兵を見下ろして思案した。

「そうか、やむを得んな。お前一人のために中隊全員を犠牲にすることはできん。ここにお前を残してゆくが、回復したら必ず中隊を追ってこい。いいな」

「はい、必ずあとから合流します」

必死に中尉の目を見つめて言った。中尉は、兵を一人残すことにしのびなかった。心を鬼にする時期がとうとう来たか、と彼は情けない思いだった。あの男は、駄目かもしれん、と思う。

またも闇の中の行軍がはじまった。昨夜とちがって、道路上をひきもきらず戦車が一列になって進行していた。約五〇メートルの車間距離をとって、えんえんとつづいている。戦車の大軍団だ。中隊はソ軍の威容に圧倒され、雑木林の中から、目だけをのぞかせて隊列を追っていた。

ソ軍の沿海州方面軍司令官メレツコフ元帥は、満州の西部国境から進攻するザバイカル方面軍の進出スピードに比較して、自軍の東部攻略部隊が遅々として進まないのに業を煮やしていた。とくに東寧方面の進出速度がいちじるしく遅れていた。そこで、東寧で強力な抵抗をみせている日本軍陣地には所要の兵力を当てて、他の部隊を前方に進出させることにした。

八月十一日、メレツコフ元帥は、東寧から満鮮国境にいたる幅一〇〇キロの地域を担当する第二五軍司令官Ｉ・Ｍ・チスチャコフ大将に、後方に温存してある方面軍予備の第八八狙撃軍団（三個師団）と、第一〇機械化軍団（戦車一個旅団、機械化九個旅団）を投入することを命じ、

「第一〇機械化軍団と密に協力して、速やかに汪清、図們付近に進出し、満鮮の交通を遮断するとともに、当面の日本軍の捕捉に努めつつ、主力は吉林方面に急進すべし」

という新たな任務を与えたのであった。第二五軍司令官は、この命令にもとづき、十二日から第一〇機械化軍団の主力を出動させたのである。

桜庭中隊が遭遇した大戦車軍団は、この機械化軍団であった。ソ軍は、これより南下して汪清への道をとることになっていた。大喊廠への道は、やや北寄りである。桜庭中隊は、ソ軍戦車の進撃路とクロスして北へ道をとらねばならない。

しばらく戦車隊の通過を待っていたが、切れ目がない。そのうち、後方から歩兵部隊が進撃してくる可能性がある。中尉は意を決した。闇にかくれ、戦車と戦車の間を突きぬけて、道路の向こう側に出ることにした。中隊を通路ぎわの草むらに集結すると、一〇名ずつのグ

ループに分け、目の前を疾走する戦車の直後を一グループずつ敏速に突破させた。五〇メートル後にはつぎの戦車が迫っている。暗闇とはいえ、何回かくり返しているうちに発見されるかもしれない。中尉は気が気ではなかった。

全員が無事に道路を渡り終わったときは、さすがに中尉も、全身冷や汗でグッショリになっていた。ただちに草むら深く身をひそめると、道路と反対側の山の中へもぐりこんでいった。戦車の轟音は、なおもつづいていた。

四たび山中で夜営した中隊は、払暁とともに大喊廠へ向けて出発した。しばらく道路上を歩く。戦車の走行音はなかった。やや安心する。桜庭中尉は、薄明の路上に、何やら白いものが転がっているのを見た。近づくと、日本兵の死体だった。全裸である。気がついてみると、あちこちに死体があった。そのすべてが着衣をつけていない。腹部が紫色にふくれて胸や腹に銃弾の貫通した跡があった。死後、だれかが死体から着衣をはぎとったのだろう。

「それにしても、褌《ふんどし》まではぎとるとはなあ！　徹底したもんだ！」

兵たちは、ダラリと間のびした男の性器をニヤニヤ眺めながら、路傍の草や木の枝を折ってそこにかけてやった。中尉は、死体がまだ新しいのを見て、ソ軍兵力が展開しているかも知れないと考え、中隊を山腹に入れた。山の中を進むうち、こんどは、三人の日本兵の死体を発見した。手榴弾で自決したようである。ここまで逃げのびながら、負傷のためついに命を断ったのであろうか。吹き出るように白い蛆《うじ》がわいていた。

「これは、死後二日目ですな。もう大丈夫でしょう。このへんには、ソ連兵はいませんな」

副官が説明した。真夏の死体は、一日目は腹がふくれ、二日目の蛆がわき、三日目以降から白骨が出てくるという。

中隊は、ふたたび路上に出た。行くさきざきに日本兵の腐乱死体が転がっている。あまりに数が多いので、兵はもう、木の枝をかけてやろうとはしなかった。目礼し、横を向いて通り過ぎた。

中尉は、危険が遠去かっていることを、膚で感じていた。安全なうちに、進めるだけ進んだ方がよい、と判断した。出発以来、彼は一度も小休止をとらせずに、強引に兵をひっぱってきた。すでに一〇時間、歩きどおしである。兵は消耗しきった体力の底に、わずかに残っているエネルギーをふりしぼって歩いていた。

ついに、一人の兵が倒れた。若い一等兵である。疲労のあまり、腰がぬけたようにへたばりこんでいた。中尉は一目見て、大声で怒鳴りつけた。

「この野郎ッ！　立たんか！　貴様だけがつらいんじゃないぞッ。立って歩けッ！」

「もう、駄目です。歩けません」

兵は、目に涙をためて言った。

「おいていって下さい、もう自分は、死んでもいいんです」

涙が出るうちは、まだ見込みがある。仏心を出して休息させると、この兵は行き倒れになってしまうだろう。

「何を言っとるかッ。馬鹿野郎ッ！」

雷のような怒声とともに、中尉はいきなり兵の横っ面を拳でなぐりつけた。二度、三度、鉄拳が炸裂して兵の顔がひんまがった。

「どうだッ！　シャンとしてみろ！」

中尉は、荒い息を吐いて怒鳴りつけた。なぐることで、中尉自身の体力が減少する。ここが我慢のしどころだ。中尉は仁王立ちになって、兵をにらみつけた。なぐられた兵は、びっくりしたようにヌッと立ち上がった。疲労が鉄拳で吹っとんだように、確かな足どりで歩きだした。

「よし、そのまま歩きつづけろ」

中尉は、先頭にもどりながら苦笑した。陸軍伝統の鉄拳制裁が、こういうときに役立つ。個人の精神力だけでは、どうしても限界があることを中尉は知っていた。

中隊を遮蔽するのに適当な山が前方に見えた。もうそろそろ大喊廠の近くまで来ているはずだ、と思いながら、余力を残すべく兵を林の中へ入れた。すでに糧秣は欠乏し、口に入れる一片の乾麺麭もない。兵は水筒の水を飲んで、泥のように眠った。夜になって激しい雨が降りだした。山の斜面を、洪水のように雨水が流れてゆく。その中で、身動きもせず兵は眠りつづけた。

全身ぐしょ濡れの中隊が前進をはじめたのは、十四日の朝、雨が止んだ直後の四時頃である。あれだけの疲労と雨に打たれながら、体調を崩した者は一人もいなかった。想像以上の精神力と緊張感が、彼らの肉体を守っていた。一時間ほど進むと、中隊の後方から一人の兵が叫びながら追ってくるのが見えた。神経痛で落伍した中年の一等兵である。桜庭中尉の顔がパッと輝いた。うれしかった。目頭に熱いものが湧いてくる。

「よかった。よく、もどったな。心配していたぞ」

中尉は、疲れきってゲッソリとやつれた兵の肩を抱いた。

「すみません。御心配をかけました」

「いいんだ、いいんだ。もうすぐ大喊廠だ、さ、行こう」

どんなに苦労して中隊を追ってきたか、中尉には痛いほどわかっていた。これで、一兵の落伍者もなく旅団司令部に合流できる。彼は、晴れ晴れした気持になった。一つの大きな戦いを乗り切ったのである。中尉は先頭に立って、ゆっくりと歩いた。兵は空腹だったが、隊列を乱すことなく中尉に従っていた。突然、前方に張りめぐらした鉄条網がチラと見えた。

木陰から、誰何する声が山中にひびいた。

「誰かッ!」

中尉は、声の方に向かって胸を張ってこたえた。

「第一三二旅団、第七八五大隊、第二中隊、桜庭中尉以下一七〇名!」

大喊廠の哨兵が数人、バラバラと駆けよってきた。

汗と、泥と、襤褸《ぼろ》の中隊を眺めて、哨兵は幽鬼を見るように言葉もなく立ちつくした。

第七章　玉砕戦　(第四地区・八月十日〜十三日)

勾玉山に死を覚悟して

八月十日の払暁、郭陵船口山の二つの陣地から、勾玉《まがたま》山の陣地を撤退した駒沢大隊は、ホッと一息ついていたが、敵は、いつまでも休息させてはくれなかった。

午前九時を期して、ソ軍は勾玉陣地に集中砲撃を浴びせてきたのである。こんどは武勇の峰のときのように、二分間に一発というのんびりした砲撃とは違って、激しい無差別砲撃だった。砲弾は、山頂を中心に、鉢巻きのように山をとりまく素掘りの塹壕に集中して炸裂した。

ソ軍は主として勾玉山の東と北に七六・二ミリ野戦加農砲の砲列をしいて発砲していた。この砲は、ベルリン総攻撃のときに猛威をふるったものだ。対戦車砲としても優秀な成果をあげている。ソ連の砲の中では珍しく近代的な設計で、鋼管製開脚式、防楯つき、ゴムタイヤ装備の近代的加農砲だ。砲弾重量は六・三キロ、最大射程は一万四〇〇〇メートルと、性能はほぼ日本の九〇式野砲に似ているが、機動性に優れたコンパクトな砲である。

加農砲なので、砲弾は上から落下してこないが、一直線に飛来して山肌をえぐり、散兵壕の前面傾斜地を崩して穴をあける強烈な威力がある。

幸い、敵の射線は一方向に偏しているため、陣地の南側と西側には比較的砲弾が命中しない。砲撃が激しくなると、陣地東側に配置している第四中隊と黒木予備中隊は、南側の第三中隊の壕に避退し、北側の第二中隊は西側の第一中隊に避退するという行動をくり返すことになった。

陣地では、砲弾の洗礼を浴びるにまかせるのみで、反撃する手段がまったくなかった。たちまち死傷者が続出する。直撃を受けて倒れた戦死者を埋葬する余地も余裕もない。壕の隅に引きずってゆき、申しわけ程度に死体に土をかけた。負傷者は掩蔽壕の戦闘指揮所に収容された。ここに入れる負傷者は、戦闘能力を完全に奪われた重傷者にかぎられた。動ける者は手持ちの三角巾で傷口をしばって、壕の隅でうずくまっていた。医薬品などはない。わずかに衛生兵が携行しているヨードチンキを、ごく少量、傷口に流し込んでもらうだけだ。

部隊長、駒沢少佐は、戦闘指揮所に各中隊の指揮官を集めて今後の作戦を協議した。だが、だれからも名案は出ない。すでに勾玉陣地は、烏蛇溝河正面と、郭陵船口の北方から渡河進入してきた歩兵部隊によって完全に包囲されていた。わが軍の後方部隊の動向もわからず、他の地区の部隊がどうなっているかもわからない。すべての情報が断たれて、大隊は孤立したものと考えざるを得なかった。集合した者はみな、絶望的な表情で沈黙していた。

「もう、孤立無援ですよ。死を覚悟して最後まで戦うしか方法がないでしょう」

重い沈黙を破って興川中尉が切羽つまった声を上げた。かん高い声だった。

駒沢少佐は顔をしかめながら、気落ちした声で言う。

「最後まで戦うのはいいが……しかし、司令部から、転進の命令がいつくるかわからん。司令部命令に即応できるように、兵力を温存しながら、なお有利に戦う万策はないか、と思うんだが……」

部隊長の言葉にかぶせるように、加瀬中尉が発言した。

「部隊長殿、失礼ですが、それは甘い考えだと思います。旅団司令部が転進するときに言ったことは、要するにわれわれに、ここで死ね、ということだと思います。さすがに部隊長殿には、旅団長閣下も面とむかって、死守せよ、とは言えなかったのではないでしょうか？」

「自分も、そう思います」

黒木少尉も口をきった。

「死守せよ、ということだと思います。ここで玉砕しましょう。どうせ死ぬなら、死んでまで恥をさらすことはありません。将校は、みんな階級章をとりましょう。部隊長殿も兵隊の服装をされた方がいいと思います」

少尉の言葉に、部隊長はムッとした表情をした。

「襟章までとることはないだろう。この階級は、お前にもらったわけじゃないんだ。俺は絶対にとらん！」

駒沢部隊長は、自分の階級が少佐であることに誇りを抱いていた。召集されなかったら、彼は一介の予備役の大尉で終わるところだった。尉官と佐官とでは、世間の見る目がまったく違う。少佐の率いる大隊が無残に全滅して、たとえ自分がここで戦死しようと、ソ連兵に笑われながら屍を蹂躙《じゅうりん》されようと、死してなお陸軍少佐の階級を堅持しておきたかった。この階級は俺の生涯の花なのだ、と彼は思っていた。

　気まずい空気が流れた。下田中尉が、ボソッと言う。

「とにかく、作戦も何もないでしょう。撤退しようにも、陣地はすでに包囲されているし」

「だから、やるしかないんだ。勾玉には、幸い弾薬が豊富です。手榴弾なら五〇〇個の備蓄があります。これで徹底的に抵抗して、相手がどう出るか、それから考えても遅くはないでしょう。やるだけやってみると、案外、突破口が開けるかもしれんし……」

　言いながら中原中尉は、葡萄酒を一口グイと呷った。駒沢少佐の表情は、しだいに悲痛なものにかわっていった。土気色の顔には、急に老けこんだように深い皺が刻みこまれた。

「こうなっては、やむを得んなあ。私が指揮をとっていても意味がないだろう。これからは各中隊長の判断によって、それぞれの配置を指揮してくれ。君たちにまかせよう、よろしく頼む……」

　老部隊長は、ふかぶかと頭をたれたまま、いつまでも顔を上げようとはしなかった。

　砲撃が途絶えて、配置にもどった黒木少尉は、崩れた東側陣地の補修を指揮していた。円《えん》匙《ぴ》で塹壕の土を盛り上げ、叺《かます》に土を入れて壕を補強する。

「頭を下げろ、決して壕から頭を出すな！　ぶっとばされるぞッ」

　声をからして注意を与える。ソ連兵の狙撃は百発百中だった。ついさっき、少尉が分隊長の伍長を呼んで指示を与えているとき、伍長は不用意にも塹壕から頭を半分出していた。そこを山の下から狙撃された。伍長は、黒木少尉の命令を復唱しながら、崩れるように倒れたのだ。足もとに横たわる伍長の姿を、少尉はわけがわからず眺めていた。　銃弾が伍長の鉄帽の真横をプッツリと貫通していた。即死だった。

狙撃による被害は、敵の砲撃が止んでから急増していた。どこから弾丸がとんでくるのかわからない。僚友がやられて、いきりたった兵が、敵の狙撃兵を逆に狙撃しようとして、かえって首筋に銃弾を受けた。弾丸は首をかすめた程度に見えたが、頸動脈を切られて、首から勢いよく血潮が吹き出した。即座に三角巾で首を巻いたが、吹き出る鮮血は布をとおしてしたたり落ちる。

「大丈夫です。たいしたことありません」

と言いながら、兵の顔はみるみる青ざめてゆく。止血の方法も手当てのしようもなかった。

「すぐに掩蔽壕へ行って休め」

少尉の命令に従って歩きだしたその兵は、一〇メートルと進まぬうちにバッタリ倒れた。出血多量で、間もなく兵は息を引きとった。

「おーい、黒木少尉はいるか！」

突然、塹壕の外から中原中尉の声がした。妙なところから声が聞こえると思いながら少尉は、土嚢のかげから前方をうかがうと、中原中尉が一人の曹長とともに壕外を匍匐《ほふく》しながらこちらへくるところだった。北側の第三中隊の壕と、東側の黒木隊の壕は、ちょうど山腹をU字形にうねっていた。内部の壕を伝ってくるより、壕外を直角に渡ったほうが早かったのだ。

「中尉殿、危険です。引き返して下さい。狙撃されます！」

黒木は、あわてて制した。

「なーに、大丈夫だ、すぐ、そっちへ行く」

二人はかさなるようにして這ってくる。黒木はハラハラしながら見守っていた。豪胆をもって鳴る中原中尉のことである。このくらいの危険に身をさらした方が、戦争をしている気になるのだろう。グングン這い進んであと五、六メートル。それにしても無茶な、と思ったとき、

「アッ！」「畜生ッ！」

中尉と曹長が同時に叫んだ。二人は顔をしかめると、肘でいそがしく地面をかきながら前進し、壕を乗りこえてころがりこんできた。

「やられたッ、あ、ツゥ！」

中尉の左大腿部が血に染まっている。曹長は尻っぺただ。二人とも貫通銃創だった。応急手当てをする。

「二人とも、妙な具合にやられましたねえ？」

黒木は、ならんで横たわる二人を見て、貫通した位置がかさなっているのに気がついた。一発の弾丸で、二人ともやられたのだ。まず外側を這っている曹長の尻の二つの山を貫通したあと、ならんで這っている内側の中尉の左大腿部を貫通したというわけである。事情を知って中尉は口惜しがった。

「なんだッ、処女玉じゃなくて、曹長の尻で使用後だったのか。けしからんッ」

曹長も、負けずにやり返した。

「消毒済みの玉だから、中隊長殿の傷はきれいなもんですよ」
「嘘つけ、かえって腐るぞ！」
痛みをこらえながら軽口をたたく二人に、とりまいた兵はドッと湧いた。久し振りの笑い声だった。

死闘、敵を撃退

八月十一日の朝は、濃い霧が勾玉山をおおっていた。陣地では、霧を衝いてソ軍が山上に攻撃してくることを予想した。各中隊長は、塹壕の前方約一〇〇メートルに張りめぐらした鉄条網の内側に、それぞれ斥候を配してソ軍の動静をうかがっていた。しかし予想に反してソ軍は霧を衝いてまで突撃してはこなかった。山頂から霧が晴れだして、潮の退くように煙霧が後退すると、勾玉山のおよそ二〇〇〇メートル四周には、ソ軍歩兵部隊の大軍が集結しているのが見られた。

さらに遠く、三岔口から東寧にいたる街道上を、戦車、自走砲、トラックが、えんえんたる隊列で満領内に進撃しているのが見える。

兵は落ち着きを失っていた。目前の大包囲軍と、背後の大機械化部隊にはさまれて、彼らは自分たちが置かれている立場を、ようやく認識した。

「中隊長殿、ほんとうにわが軍は、ここで敵を食い止めるんですか？　そんなこと、できるんですか？」

川添伍長が、黒木少尉のそばににじりよって聞いた。

「できるもできんもないだろう。俺たちは袋の鼠《ねずみ》なんだ。身を守るためには、敵を撃退するしかないだろう」

　黒木は、すでに少尉の階級章をむしりとっていた。襟章のない少尉の姿に気がついた川添伍長は、ハッと胸を衝かれたように言う。

「中隊長殿は、玉砕のお覚悟ですか？」

　心配そうな口ぶりに、黒木はニヤリとした。

「馬鹿、だれが死んでたまるか。いいか川添、この戦闘は異常だと思わんか？　後方部隊との連絡もなければ、旅団司令部からは命令はこないし、どこへズラかったのか行先不明だ。そんなことってあるか？　南方の孤島じゃあるまいし、勝手知ったるこの満州で、玉砕するなんてこたあ、間抜けな話だよ。そう思わんか？」

　黒木は、部隊長に進言したこととは矛盾したことを言いだした。

「そう言われれば、そうですねえ」

「そうだろう。だからここは一丁、露助どもの鼻をあかしておいて、そのすきに撤退するのが筋道だと思うんだがな」

「うまくいきますかねえ」

「わからん。やってみるしかない。部隊長殿は、中隊単位で独自の行動をとってもいいと言われた。だから俺は思いどおりにやるぞ」

　黒木少尉は、下士官を集めると補充兵に銃の撃ち方、手榴弾の投げ方を指導するよう命じた。黒木隊約八〇名のうち二〇名が補充兵で、まだ小銃の訓練すらしていない。この中に、開拓義勇団の中学生が二人いた。

ソ軍は、なぜか砲撃してこない。それがかえって不気味だった。しかし前方に見える大部隊の行動は、活発化しつつあった。およそ一個連隊の兵力はある。それが、徐々に前進を開始していた。

「くるぞ！　敵襲だ。落ち着いてかかれ」

ソ軍は、勾玉山を一気に押しつぶすつもりなのだろう、袋の口をしばるように、そのままグイグイ包囲網を縮めてくる。この情況を見て、黒木少尉は面くらった。まるで日露戦争当時の人海戦術そのままである。近代兵棋では、すでに古典的な戦法で、現代では実用になる代物ではない。兵の損耗をかえりみず、戦力の経済性を無視して、ひたすら無制限に陣地奪取を目的とするなら、これは確実に勝利を得る確かな戦法かもしれない。こいつはひょっとすると、えらいことになるぞ、と少尉は顔色をかえた。

ソ軍は、黒い絨毯《じゅうたん》を敷きつめたように山麓に迫ってきた。それがアメーバの触手のように伸び縮みしながら、山上に押し寄せてくる。

「まだ撃つな。鉄条網にひっかかるまで撃ってはならんぞ」

「うんと引きよせてからだ。慎重にかまえろ」

古年兵の叱咤激励が壕内にとんだ。

ソ連兵の顔が、識別できるほど近づいてきた。匍匐する兵は一人もいない。敵は幅二〇メートルで帯状に張りめぐらした最初の低鉄条網帯に入ってきた。大きく足を上げてまたぎながら難なく乗りこえてくると、つぎに屋根型鉄条網の壁にさしかかる。一・五メートルの高さの鉄条網を前にして、彼らは銃床で鉄線を叩き切ったり、鉄の杭を押し倒すのに手間どっていた。

この情況を待っていた山上の守備隊は、それ、とばかりいっせいに射撃を開始した。距離は一〇〇メートル、敵は蜘蛛《くも》の巣にかかった蝶のように身動きがならない。バタバタと倒れた。あわてて引き返す者は、低鉄条網に足をとられてひっくり返る。そこを狙い撃つ。敵は大混乱となった。

「撃て、撃てッ、撃ちまくれッ！」

黒木少尉は有頂天になって叫んだ。すぐ横で、開拓団の少年が真っ青になって小銃をもてあましていた。気がついた少尉は、

「おい、坊主、撃ち方を教えてやるぞ」

少年の後ろから銃を支えて手をそえると、

「照準しろ。よし、引鉄は、こう、静かに」

指にスッと力を入れる。発砲とともに、狙ったソ連兵が吹っとぶように倒れた。

「あ、当たった！」

少年は、うれしそうに叫んだ。急に元気づく。

「その調子で、さあ、やれ」

激しい日本軍の反撃に、包囲軍は大量の死者を残して全戦線から後退した。ソ軍の後退の仕方も、日本兵には珍しいものだった。背を向けて、いっせいに走って行く。負傷した者は例外なく大声で泣き叫びながら逃げ出していた。黒木少尉は、ふたたびあっけにとられた。

しかしよく見ていると、全部隊がこのような未訓練の兵ばかりとは思われない。後方の部隊は、比較的整然としている。わが軍の反撃に浮き足立っているのは、尖兵だけのようである。敵は前線に押し出す消耗部隊と、実戦闘部隊の二段構えのようである。

後退したソ軍は、ふたたび攻撃してくる気配がなかった。そのかわり午後になって、一段と激しい砲撃が始まった。陣地から一斉射撃をしたので、散兵壕の全貌が確認されたようだった。きわめて正確な照準で砲弾が撃ち込まれてきた。またも死傷者が激増していった。

砲弾による死傷者は、これまで実に、部隊の五分の一にも達していた。損害の激しさにおどろいていた駒沢部隊長は、いままで隠しもっていた営庭の重砲陣地に対し、敵の観測所になっていると思われる一貫山と郭陵陣地を砲撃するよう命令を下した。

三〇センチ榴弾砲の威力は絶大なものがある。ところが連続発射できないところが重砲の弱味でもあった。一発撃つと、ウインチで弾丸を吊り上げて砲身にこめるので、二発目まで五分近く時間がかかる。

勾玉山の頭上を、大気を引き裂く音を残して巨弾がとび去った。遠く一貫山の頂上付近に逆円錐状の爆煙が吹き上がった。つづいて郭陵の武勇山頂を砲撃する。部隊長の狙いは図にあたった。敵の砲撃の命中確度がやや落ちてきた。敵は砲側照準を余儀なくされてきたのだ。つづいて部隊長は、敵の砲座に照準を命じた。戦闘指揮所から電話で、射撃諸元の号令をつぎつぎに下しているうち、突然、爆音が聞こえてきたかと思うと、敵戦闘機二機が重砲陣地に殺到、小型爆弾二個を落としたあと、くり返し機銃掃射をはじめた。さすがの重砲も、空襲にはかなわない。わずか四、五発発砲したのみで、重砲陣地は敵機によって苦もなく沈黙させられたのであった。

倒れた少年戦士

黒木少尉は、果敢に戦っていたあの少年がどこへ行ったかと壕の中を捜しまわっていた。よくやった、とひとこと激励してやりたかったのだ。ソ連兵を倒したときの、少年の純真な笑顔が彼の胸に焼きついていた。

「おい、戦闘中にここにいた中学生は、どこへ行ったか知らんか?」

土の中から出てきたように、全身、泥をかぶってすわりこんでいる兵に少尉は聞いた。

「あ、あの子なら……そこに倒れています」

兵が指さす方を見て、少尉は目をみはった。薄ぐらい壕の片隅で、少年は仰向けに倒れていた。ザックリと腹部がえぐられ、溢れるように内臓がはみ出ていた。直撃に近い砲弾にやられたのだろう、胸部が無残にも押しつぶされて薄くなっている。

「これはひどい! かわいそうに……」

少尉は、少年のかたわらに膝をついて合掌した。国境に来た少年には、おそらく無限の夢があったはずだ。王道楽土の国家建設の大号令を、少年は純粋に信じていたに違いない。開拓に汗する崇高な目標が、このような無残な結末となったことに、少年は何を考え、どう感じたことだろうか。黒木少尉は、死んで急に大人びた表情となっている少年の顔を、つくづくと眺めた。

そのとき、まったく突然、少尉は慄然として立ち上がった。今まで忘れ去っていたことを、この少年の死によって思い出したのだ。

〈家族は！　家族があのままだ！〉

彼はとっさに走り出した。あえぐように息をはずませて薄暮の壕内を突っ走ると、あわただしく戦闘指揮所にころがり込んだ。

「部隊長殿、たいへんなことを忘れていますぞ！　家族です。弾薬庫の中の家族は、そのままじゃないですか！」

「あッ！」

駒沢部隊長は、大声を発して棒立ちとなった。彼もまた陣地転進と防戦に懸命なあまり、家族の処置をまったく忘却していたのだ。

「今日は……おうッ！　もう三日もたっているのか！」

「あの弾薬庫は、内側から開けられません。閉じこめられたままか、あるいは、ソ連兵に……」

黒木はゴクリと生唾を飲んだ。少佐は顔をひきつらせながら、副官に全中隊長の集合を命じた。

弾薬庫には六四名の婦女子がいる。大部分が開拓義勇団の妻子だが、その中には駒沢少佐の妻と娘をはじめ、加瀬中尉夫人、興川中尉夫人、中原中尉の夫人と子供がいた。岩本軍医大尉の夫人は、いまだに良人の戦死すら知らないでいる。

集まった中隊長たちは、家族のことを聞いて改めて気がつき愕然とした。信じられない忘却だった。部隊長は沈痛な口調で言った。

「今まで、なんの処置もしていなかったことを諸君におわびする。正直言って、私は家族をどうしていいかわからない。諸君の意見に従おうと思うが、どうか処置方法を決めてもらいたいのだ」

みな茫然としていた。言うべき言葉もなかった。ガックリと机に両手をついて、当惑したように加瀬中尉がたずねた。

「決めろと言われても、どう決めればいいのですか？」

部隊長は絶句していた。太い溜息をつくのみだった。ややあって、中原中尉が言った。

「まあ、待て。いろんな条件が考えられるだろう。家族全員をこの陣地に誘導して行動をともにするか。あるいは家族のみの敵中突破を試みて南下させ、山の中に逃げ込ませるか。非戦闘員だから、ソ軍に投降して保護してもらうかだ……」

「すべて不可能だ！」

吐き出すように興川中尉が叫んだ。

「陣地に連れてきても、足手まといになるばかりか、われわれ自体がここで玉砕することになるかもしれんのだ。どうせ死ぬなら、連れてくるだけ無駄なことだろう。第一、この敵の重囲下を、どうやって六四名もの婦女子を武勇から連れてくるんだ。残念だができんことだ。それに敵中突破と言うは易いが、女子供の足で可能と思うか？　これも駄目だ。最後に、ソ軍に投降するとはどういうことだ。いやしくも日本人たるもの、そんな恥辱を実行できると思うか？　よし、できたとしても、露助が保護するだろうか。奴らに嬲《なぶ》られ、凌辱されて、最後には虐殺されるのがおちだろう。絶対に許せんことだ」

「では、どうすればいいんだ？」

いらいらしながら、加瀬中尉がたたみかける。

「救出する方法は、ほかにないのか……」

興川中尉は、ジロリと加瀬中尉を見て言った。

「ない！」

深刻な沈黙がつづいた。下田、黒木の両人には、言うべき言葉は何もなかった。自分たちに家族がいない以上、発言はすべて無責任なものとなる。二人は沈鬱《ちんうつ》に黙りこんでいた。駒沢少佐は、目をつぶって腕組みをしたままだった。いたずらに時が流れてゆく。

「家族が、いまなお健在だという確証はあるのかなあ」

ポツリと中原中尉が呟いた。

「それもない。いや、はっきりせんわけだ」

興川中尉が、かすれた声で言った。いま、彼らの心の内には一つのことが浮かんでいた。集団自決である。救出が不可能で、しかも部隊そのものの運命が旦夕に迫っているとなっては、家族に自分の手で、自分の生命を処理してもらうほか方法がなかった。部隊長はおもむろに腕をほどくと、ゆっくりと言った。

「みなの考えも同じだと思うが、やはり、立派に自決していただくしかない」

壁のランプの炎が、ゆらめいた。凝然と立ちつくす将校たちの顔が青白く映えて、指揮所内にひときわ凄絶な空気が流れた。だれもが、かわききった表情だった。部隊長の最後の言葉を諒解する保証は、いつまでもつづく彼らの沈黙だった。

惨、家族の自決

〝家族自決〟の重大任務は、下田中尉の第四中隊に命じられた。駒沢部隊長夫人以下、加瀬、興川、中原の各中隊長夫人に面識がなく、開拓義勇団ともかかわりのない者を選ぶことが配慮されたのである。

第四中隊には、七月末に東寧の航空部隊から、監視哨要員として派遣された兵員がいた。彼らは着任早々なので、部隊幹部の夫人までは顔を覚えていない。

下田中尉は、添谷曹長を長として、口の堅い四名の兵を選んで命令を言いふくめた。彼らは、十二日の未明、ひそかに勾玉山をおりて行った。銃は持たず、手榴弾五個と、ガソリン入りの石油缶一個を携行していた。ソ軍の包囲網のなかで、もっとも危険視していた秩父の山麓には、意外にもソ連兵はいなかった。彼らは、灌木のなかをジリジリと進み、草深い山裾を迂回して目ざす弾薬庫へと近づいていった。明け方の薄明が、あたりをうっすらと浮き上がらせていた。

木立にかこまれた半地下の弾薬庫は、鉄の扉が厳重に閉じられたままであった。一目で、この弾薬庫が、まだソ連兵に発見されていないことがわかる。鉄扉の前で、五名の兵はうずくまり、鋭く周囲を警戒する。耳をすまして内部をうかがったが、コトリとも音がしない。

曹長は兵に目くばせすると、

「よし、かかれ」

低く令した。

鉄扉の錠が開けられ、閂《かんぬき》をはずし、静かに扉をひっぱった。鉄のきしむ音が、早朝の冷気のなかに輪郭をえがいた。ムッと、酸っぱいような、いがらっぽい臭気が鼻をつく。

弾薬庫の中では、女たちが倒れ伏していた。突然さし込む明かりにおびえたように、顔をもたげて数人の女がうごめいた。飢えと渇きに、体力を失った青白い女たちの緩慢なうごめきは、兵たちの目には、凄烈で、妖艶なものに映じた。一瞬のたじろぎを覚えながら、

「投げろ！」

曹長は号令した。五個の手榴弾が、いっせいに女たちのかたまりの中に投じられた。すかさず鉄扉が締められた。激しい悲鳴にかさなって轟然と手榴弾が炸裂した。

音が静まって、ふたたび扉が開けられた。そこには悲惨な光景が展開していた。体を裂かれた死体、吹きとんだ腕や足、着衣がちぎれ、半裸となってもがき苦しむ女、懸命に逃げ出そうとする血まみれの女、断末魔のうめきと、流れる血潮と、振り乱した髪と――兵は、まだ息のある女たちに襲いかかった。帯剣を抜いて、つぎつぎと止めを刺した。女の体は抵抗がなかった。やわらかい豆腐を突くように、ゴボウ剣は苦もなく肉体をつらぬいた。

惨劇は、たちまちのうちに終わった。六四人の婦女子は、一人残らず薄明の弾薬庫で散華した。死体が一個所に集められ、ガソリンがかけられた。吹き上がる烈火に、女たちの屍はつつまれていった。

突破された山頂

十二日の午後になって、勾玉山の攻防戦はこれまでにない激しいものとなった。ソ軍は、

前日と異なって、山頂陣地に砲弾を雨と降らせ、その間に歩兵を前進させてきた。砲撃が止んだときは、敵は山腹に壕を掘って散開し、自動小銃を間断なく陣地に撃ち上げてきた。頭を出すと、たちまち箒で掃くように銃弾が降り注ぐ。守りをかためるわが軍は、応射することもできないほどだった。

敵は、陣地前一〇〇メートルに迫っていた。その地点には、鉄条網を分厚い幅で張りめぐらしてあったのだが、いまは敵の砲撃で吹きとばされ、ズタズタに切断されていた。

山腹にへばりついた敵はジリジリと圧迫してくる。突入してくるのは時間の問題だった。目前の敵を射撃するには、至近距離ではあったが、山上から撃つために、どうしても身を乗り出さなければならない。そのたびに狙い撃たれて、兵の損耗が激しい。黒木少尉は、情況の不利を悟って部下に、射撃を押しとどめた。むしろ、敵がもっと近づく方が戦いやすい。斜面を這い上がってくる敵兵を、土嚢のかげからジッとにらんでいた少尉は、部下に手榴弾の投擲用意を令した。

敵が、前方三〇メートルまで匍匐前進してきたとき、少尉は大声で手榴弾攻撃を令した。たちまち起こる炸裂音とともに、兵はいっせいに射撃を開始した。つぎつぎに手榴弾を投げては銃を撃ちまくる。

だが、ソ連兵の反撃はすさまじいものがあった。自動小銃を乱射しながら猛然と突っ込んでくる。これが昨日、泣き叫びながら逃げ出した敵兵か、と少尉は疑った。捨て身の肉薄は、まさに日本軍の突撃戦法である。夢中で応戦しているうち、突然、後方で激しい銃声が連続した。ふり返って少尉は、アッと驚いた。いつの間にか陣地の一角が突破されて、ソ連兵が山頂に立っていた。自動小銃を腰だめにして、眼下のわが陣地を掃射している。背後から撃たれて、部下がバタバタと倒れた。

「くそッ！」

少尉は小銃を構えるのももどかしく、頭上の敵に狙いをつけた。一発のもとに敵兵はころがり落ちた。また一人上がってくる。これも狙い撃つ。少尉は、山頂の敵を撃ち、眼下の敵を撃った。

白兵戦一歩手前で、どうにか敵を撃退できたが、山の下へ追い落とすことはできなかった。敵は依然として一〇〇メートル前方に踏みとどまっていた。敵味方があまりに接近しているため、さすがに砲撃はしてこない。しかし一刻も油断がならない。生き残った兵は、緊張のあまり声も出ないありさまだ。下のほうで、ソ連兵が壕を掘る音が聞こえる。山腹に橋頭堡を築き、日本軍を殲滅しようと、準備を着々と進めているのが手にとるようにわかった。

夕方から雨が降り出してきた。少尉はホッとした。空を見上げると豪雨になりそうな雲行きだった。勾玉山の上空一帯が、真っ黒な雲におおわれつつある。

厚い雨雲のせいか、夕闇が急速に戦場を覆いはじめた。今日の戦死者は想像以上に多い。壕のいたるところに死体がころがっていた。掩蔽壕には重傷者があふれるほどで、通路まで一杯に横たわっていた。その中で、駒沢部隊長は放心したようにすわりこんでいる。もはや指揮することもなく、虚脱したように膝をかかえこんでいた。妻子を殺し、部下を殺し、目前の負傷者のうめき声を耳にして、老部隊長の心中はズタズタにちぎれ、混乱していた。

黒木少尉は、憔悴しきった部隊長の姿を見て、損害を報告する勇気がなかった。彼は黙って指揮所を出ると、残兵を集合させている東陣地の下田中尉のそばへ行った。

「中尉殿のところは、何名になりましたか？」

「見ろ、このとおりだ。三〇名しか残っとらんよ」

「私のところはもっとひどいですよ。五体満足なのは私を入れてたった五名です」

「そうか。もう駄目だなあ。こうなったら、奇襲戦法しか残っとらん」

「何か、やるんですか？」

少尉の質問に、下田中尉は一瞬どぎまぎしながら言った。

「うん、やろうと思う。これから俺は部下を連れて、敵の後方を攪乱しようと思っとるんだ。この暗闇だ、うまくいくと思う。まあ、吉報を待っててくれ」

「しっかり頼みます」

黒木は、中尉を激励して自分の持ち場へ走った。すでに大隊は、戦闘可能な兵力は激減していた。もう一度、敵の総攻撃をまともにくったら全滅するだろう。

黒木は、指揮所から抱えてきた乾麺麭と葡萄酒を部下に分配した。コツコツと、壕を掘りつづける音が下からいつまでも聞こえてくる。この分だと敵の夜襲はない、と判断した黒木少尉は、急に疲労がドッと出てきて、壕の中でうとうとと眠った。

豪雨の中、敵を刺殺

真夜中になって雨は本格的になり、土砂降りの豪雨となった。二メートル先が見えないほどになった。

下田中隊が後方攪乱に出発して、すでに六、七時間経過している。それと思われる銃声もなく、帰陣の気配もない。雨に打たれながら黒木少尉は、ああそうか、とうなずいた。下田中尉は、兵を連れて後方に脱出したにちがいない。この陣地には見切りをつけたのだろう。そのほうが利口だ。彼は、ひとり合点しながら、横にうずくまっている無傷の四人の兵を呼んだ。

「これから、露助の陣地に斬り込むぞ。絶対に発砲はするな。銃剣で手当たりしだいに突き殺せ。この雨だ。奴らも壕の中でうずくまってるだろう。そこがつけ目だ」

部下は、川添伍長以下、上等兵三名の現役である。度胸はあるはずだ。

「いよいよ中隊長殿の本領発揮ですね」

伍長はニコリとして言った。闇の中で、付け剣の金属音が小さく響いた。

「行くぞ！」

壕を這い出た少尉は、右手に鞘を払った軍刀をにぎりしめて匍匐前進する。雨で溶けた粘土で、たちまち全身が泥にまみれる。後続の兵も泥でこねたかたまりとなってうごめいていた。

すさまじい雨音が、五人のたてるもの音をかき消してくれた。彼らは斜面をズルズルと滑るように前進すると、敵の壕を迂回して後方にすべりこみ、背後からソッとしのびよった。警戒の歩哨はいない。

〈しめた！〉

ソ連兵は、四、五人ずつひとかたまりとなり、壕の中でテントをすっぽりかぶってうずくまっていた。少尉は、一名ずつ攻撃配置を指示すると、無言のまま、人間のかたまりに力いっぱい軍刀を刺し込んだ。プスウッと手応えがある。

かすかなうめきが漏れた。グイと軍刀を引き抜いてまた突く。突いて突いて突きまくった。人間の体が、意外にやわらかいものであることを少尉は知った。声もなく、かたまりがテントの下で平べったくなった。つづいてとなりの一団に移って突きまくる。四人の兵も、壕の上に仁王立ちとなり、狂ったように銃剣を振りまわしていた。

夢中で突きまくっているうちに、少尉の軍刀が曲がってしまった。骨に当たったか、石を突いてしまったのだろう。もう突けなくなって、少尉は部下に「引け！」と合図した。

何人突き殺したかわからない。彼らは、血の匂いを嗅いで逆上していた。なおも豪雨は降りつづく。ふたたび泥の中を這いずりまわりながら、五人は山を登っていった。だが闇の中で方角を失った彼らは、行くさきざきでソ軍のたむろする壕に突き当たってしまう。二度、三度、彼らは帰陣の道を求めて山腹を往復した。

だが、どうしても戻ることができない。ここでふたたび、死を賭して帰陣の血路を開く勇気はなかった。怖ろしかった。やがて雨が小降りになってきた。これ以上ウロウロしていると敵に発見されてしまう。

「やむを得ん。山を下りるぞ」

少尉は、兵をうながして、どんどん斜面を下っていった。谷間のトーチカ陣地のそばをとおって、彼らは郭陵の馬廠陣地の方へ出た。家族の屍のある弾薬庫の近くである。激しい疲労に膝がふるえて、歩行が困難になった。草むらの中に倒れるように体を投げ出すと、あらい息を吐きながら五人は身を潜めた。

「おい、何人やった？」

「さあ……」

だれも答えられない。無我夢中だったが、一人で少なくとも一〇名くらいは突き殺しているはずだ。とすると、五〇名はかたい。予想外の戦果だ。フウッ、と吐息をつきながら、いま、こうして生きている自分がつくづく不思議でならなかった。

夜明けとともに、黒木少尉は勾玉山がこころなしか騒然となったように思った。夜陰の斬り込みを知って、ソ軍陣営に変化が起きたようにも思われる。少尉は心配になってきた。草むらの中から、彼は山頂に今なお残っている戦友たちの身を案じた。

突然、砲声が轟き、山頂の陣地付近にパッと土煙が上がった。つづいてソ軍の猛砲撃がつづく。山頂は、連続砲撃の爆煙にすっぽりと包みこまれた。

「いよいよ玉砕のときがきましたね、中隊長殿」

川添伍長が興奮した声を上げた。少尉は、砲撃に揺れる勾玉山を食い入るように見つめていた。それはヒステリックで、狂気のような砲撃だった。山そのものを吹きとばし、けずり取ってしまうかのようだった。

パタリと、急に砲声が途絶えた。山は静かだった。嘘のような死の静けさだ。あのものすごい砲撃は斬り込みに対する報復攻撃だったろうか。それなら、玉砕を早め、残存部隊を死に追い込んでいるのは、この俺の行動からなのか。少尉は、やり場のない焦燥にかられた。

そのとき、まったく突然、戦闘指揮所の掩蔽壕が、すさまじい爆煙とともに轟然と吹っとんだ。巨大な爆発である。あれは砲撃によるものではない。ソ軍が仕掛けた強力な爆薬にちがいない。とうとうソ連兵は陣地に進入してきたのか。つづいて、ソ軍独特の自動小銃の乱射が輻輳して響いてきた。

少尉は茫然とした。駒沢部隊長も、豪快な中原中尉も、あの爆発で無残に戦死したことだろう。興川中尉も、加瀬中尉も、いまや一片の肉塊となって山上に散乱したことだろう。たとえ壕内に生きのびていたとしても、負傷こそすれ、脱出することは不可能だ。少尉は、ガックリと首をうなだれた。

「俺たちは生きのびることができた。だがなあ、死ぬよりもつらいぞ、これからの逃亡は……」

四人の兵は、少尉を注視してうなずいた。決死行を前にして、彼らの顔は意外なほど明るかった。黒木少尉は、生きていてよかった、と思う反面、なぜあのとき死を賭して帰陣の血路を開かなかったのか、と思う。やってやれないことはなかったのだ。暗闇と豪雨、そして斬り込みの大成功、条件はわれわれに有利だった。俺は臆病だった、と思う。

第八章　停戦勧告　（第一地区・八月十四日〜十七日）

火を吐く重砲

栄山での大勝利に、勝関陣地の将兵は、戦闘継続に自信を持った。愁眉を開いた兵は、現金なものである。反動的に攻撃精神が昂揚し、守りにつくだけでは消極的だ、速やかにこの機をのがさず、陣地を出撃して攻勢に転ずべし、という声が湧き起こった。意気まさに天を衝く。ソ軍弱し。敵大部隊なんするものぞ、と勝どきの声たからかである。

出光中尉は、兵の敵愾心と士気の昂揚が予期以上のものであることに満足した。彼が兵に求めていたものは、じつにこのムードであった。ただでさえ地下陣地で、日のめも見ずに終日待機していると、だんだん気が滅入り、萎縮して憂鬱な感情になってくる。陣地からとび出さんばかりの兵を、かえっておさえねばならない状態の方がよいのだ。

十四日の夜もふけたころ、通信の軍曹が出光中尉のところに情報をもってきた。

「平文の無電を傍受したものですが、明十五日正午、重大放送があるので、大日本帝国臣民は内地、外地を問わずかならず謹聴すること、とありました。いったい、なんのことでしょうか」

中尉にはピンときた。いよいよ一億総玉砕の大号令が下るか、さもなければ停戦協定が成立したのかもしれない、と考えた。彼は開戦前に、アメリカが想像もつかないものすごい爆弾を内地のどこかに落としたらしいとの報告を聞いていたので、ついに最後の決断が下されたのだろう、と直感した。

「そのことは、だれかに言ったか？」

「はい、通信の下士官二、三人に知らせて、なんのことだろうと、話をしていました」

「そうか、それ以上、だれにも言うな。多分、重大なことだろう。受信漏れのないように、いざというときに備えて、明日は無線機を背負って聞いておれ」

曹長に口止めを命じ、中尉は部隊長に報告した。

翌十五日、朝から敵は一段と激しい砲撃に加えて空爆を行なってきた。栄山の敗北を、砲爆撃でとりもどそうとでもするかのように、手のつけられない攻撃ぶりである。山全体が、巨大なハンマーで叩きつぶされているようで、地下陣地は震動と轟音に圧迫されていた。こういうときは何も手がつかず、兵は顔をしかめて、とぐろを巻いているしかない。戦闘指揮所では、滝曹長が退屈しのぎに、落下する弾丸の数を算盤《そろばん》で一つ二つと数えていた。数日前の砲撃では、一日に八〇〇〇発まで数えたことがある。今朝は三時間で早くも三〇〇〇発をこえてしまった。記録的な数になるかもしれない。

㋩重砲の中隊長、小野中尉のいる指揮所は「ヨ」の穹窖寄りでソ領陣地の一〇一トーチカが肉眼でもよく見える。敵はトーチカの右側の陣外稜線上に三門の榴弾砲を据えていた。砲の両側には兵が整列していて、一人の将校が、地図か図板を片手に持ち、学科でもしているように砲撃指導をしている。日本軍からは一度も砲撃されないので、重砲はないものと決めてかかり、実戦訓練としゃれこんでいるのだろう。ときどき兵がいろいろな動作をしたり、将校が手まねで指図している。

「くそッ！　露助め！」

小野中尉は口惜しがった。三岔口の旧税関からは、戦車がぞくぞくと進入している。中尉はついに語気荒く怒鳴った。

「もう我慢ならん。一発お見舞いしてやるか！」

部隊長からは発砲を厳禁されているが、みすみす御馳走を目の前にして、指をくわえて見ていることなど、激しい気性の中尉にはできない相談である。

「射撃用意！　目標、三岔口の敵戦車！」

射撃諸元を観測班が計算する必要はなかった。戦闘に入ってから、目標物をあらかじめ選定してあり、距離、射角、照準点の数字が一覧表にできあがっている。指揮官は射撃目標を言うだけでよかった。砲身は一瞬のうちに固定された。

「撃てッ！」

第一弾は敵戦車の至近に落下、急いで照準を修正する。第二弾発射。爆発と同時に戦車二輛が空中に浮いた。と見るまに、エンジンを噴かせてスースー走ってゆく。またも至近弾である。

「畜生ッ！　何をやっとるか！　よし、目標右に変え、一〇一トーチカ上の火砲！」

大声で命令する。中尉は明らかに興奮していた。眼鏡を目から離さず、食い入るように見守っている。第一弾が発射された。発砲の轟音が消えないうちに、敵トーチカ上の砲列に閃光が走った。モクッと真っ黒い煙が立つ。瞬間、車輛と人と岩とが一度に吹き上がった。つづいて爆発音がこだまし、いんいんと余韻が長びく。

「やったア!」

歓声が湧く。つづいて二発、三発、敵の砲列も砲兵も木っ端みじんに砕け散り、跡かたもなくなった。一〇一トーチカにも巨弾が命中し、真っ黒い煙が吹き出している。㋩重砲の強烈な威力をまざまざと見せつけた一瞬であった。

敵は、よほど驚いたのであろう。しばらく砲撃が途絶えた。しかし重砲の位置は発砲の閃光でわかったはずだ。案の定、部隊長が憂慮していた返礼射撃がはじまった。ソ軍は、こちらからは射撃できない扶桑台の稜線の向こう側と、出丸の頂上、奮闘ヶ丘の砲座から、重砲位置に向けてやみくもに砲弾を注ぎこんできた。弾着は正確である。たちまち一門の砲がやられて大破した。つづいて装薬に引火して爆発、近くの掩蔽部にいた兵は全身に火傷を負う。あわててとび出したところを落下した至近弾で吹きとんだ。

熾烈な敵の砲撃は、第三入口を破壊し、東勝関の山上といわず、山腹といわず、なめるように撃ち込んでくる。

指揮所壊滅

正午近く、各隊の戦死者、負傷者を調査するため、水田曹長は坑道を包帯所へ向かっていた。砲弾の炸裂音が坑道にこだまし増幅されて、音の圧力を感じるほどだ、南向逆襲口手前の航空無線室にさしかかると、中からアブラを売りに来ていた滝曹長に声をかけられた。手持ちぶさたの通信兵が喜んで曹長を迎え入れる。連日の砲撃音にあきあきしている彼らは、だれかれかまわずダべるしか、時間をつぶす方法がないのだ。

他愛のないやりとりをしていたとき、突然、だれかが大声で怒鳴るのが耳に入った。話をやめて聞き耳を立てる。こんどは逆襲口の近くでまた叫んだ。

「本部が全滅だ。戦闘指揮所がガスでやられたぞ！」

ハッとして水田と滝は、坑道にとび出した。早くも滝は夢中で指揮所の方へ走って行く。

「滝、待てッ、防毒面がないと危ないぞ！」

呼び止めても滝は夢中で耳に入らない。水田は、航空無線の兵から防毒面を借りると、軍刀を腰に差し込んで走った。指揮所まで約一五〇メートルの距離がいやに長く感じられる。坑道は岩の割れ目から地下水が湧き出してぬかっていた。途中に兵が泥まみれになって倒れている。坑道の両壁に張られてある電話線をつかんで、よろけながら歩いている兵、倒れては起き、起きては倒れる兵など、惨憺たる有様だった。

水田は、懸命に指揮所へ走った。部隊長や副官を、一刻も早く救出しなければならない。もしものことがあったら、これからの戦闘はどうなるのか。とにかく幹部を助けなければ、と彼は心を鬼にして倒れている兵を見捨てて指揮所に駆け込んだ。

内部には、白っぽい煙が充満していた。本部の兵や通信兵が倒れていた。部隊長は、コンクリートの床の上に硬直したように倒れている。小柄な部隊長が長く見えた。口から白い泡を吐き出している。森田副官は椅子によりかかるようにして、やはり口いっぱいに泡を吹いている。当番室の近くには、清水軍曹や当番兵が仰向けに倒れていた。

「清水、おい、しっかりしろ」

防毒面の中から叫び、背中にかついで坑道に出た。南向逆襲口の入口に清水軍曹をかつぎ出すと、上衣のボタンをバリバリはぎ取って外の空気に当てると、すぐに指揮所に引き返した。応援にきた兵を見つけ、担架をここへ、と叫ぶが防毒面の中では聞こえない。兵の手から担架をひったくり、部隊長をのせた。包帯所までは約三〇〇メートルある。その途中、何回も前を担っている兵がガスでつぶれてしまい、新手と交替させる。後ろを担う水田も苦しかった。ようやく包帯所へ運んで酸素吸入する。出光中尉が飛んできた。

「中尉殿、指揮所がガスでやられました。いま部隊長殿を運んできましたが、副官殿も他の兵も相当やられているようです。こんなときに敵の攻撃を受けたら大変です。各中隊に厳重警戒を願います。それに負傷兵搬出の応援を頼んで下さい」

彼は、指揮所へ引き返そうとすると、騎兵将校の軍服を着込んだ元安夫人がせきこむように言う。

「水田さん、また行くんですか。今度はあなたがやられてしまいますよ。やめなさい。応援の人がいま行きますから」

「いや、大丈夫です」

言う間ももどかしく、彼は坑道を突っ走った。

二七八偵察班に命中弾があったらしい。加農砲の砲弾が、監視口からとびこんで、地下陣地内で爆発したのだが、陣地内の薄い酸素のため、火薬が不完全燃焼をおこし、一酸化炭素のガスを発生したのである。

せまい包帯所は、たちまちガス中毒の患者で埋まってしまった。彼らは息をほとんどしていない。窒息状態だ。尾上軍医大尉は、呼吸中枢の刺激剤であるロベリンと強心剤のカンフルを使うことにした。

軍医は衛生兵に分担作業を命じた。アンプルを切る者、注射器に薬を入れる者、注射する者など、騒然となった。包帯所の女たちは、運び込まれる患者の胸を手ばやくひろげる。そこへ右と左の胸にそれぞれちがう注射液を機械的に注射してゆく。初めは二CCずつやっていたが間に合わない。そこで二〇CC入りの太い注射器に一杯入れて、つぎからつぎへとブスブス注射する。包帯所ばかりでなく、坑道にも兵が倒れている。衛生兵は注射器を何本も抱え、包帯所をとび出してはまた補給に駆けもどってくる。

元安夫人や兵寮の女たちは、看護婦としてきびきびと立ち働いていた。患者の扱い方を知らなくても、生命を回復させようと願う真剣な熱意が彼女たちを有能な看護婦にしていた。

急増するガス中毒の兵に、てんてこ舞いをしているうち、寒暖計の水銀で自殺をはかった女が、だれも看取る者のいない衛生兵控え室で息を引きとっていた。水銀中毒特有の耐えられないほどの腹部の激痛に苦しみつづけていた彼女も、死後の顔は安らかだった。陣内の錯綜する喧騒の中で、ここだけが真空のように静かだった。

重大放送、受信せず

防毒面は、一酸化炭素用のものではないので、ほとんど役に立たない。防毒面をかけたまま倒れる兵も出てきた。しかし、ないよりましだ。水田曹長は、包帯所から指揮所へもどる間に、苦しくなって幾度か倒れそうになった。何くそ、とこらえつづける。坑道には多くの兵が倒れたり、うめきながら這いまわったり、さながら地獄図絵である。

指揮所から森田副官を担架にのせて包帯所へ向かう途中、電線が担架にひっかかり、前を担っていた兵が、よろめいた拍子にそのまま倒れてしまった。近くにいた兵を交替させてなおも進む。しかし航空無線室の曲がり角までくると、その兵も参ってしまった。彼はやむを得ず、担架の前を一人で担うと、泥んこの坑道を引きずって副官を救出した。

包帯所で苦しい息を休ませるひまもなく、長沢衛生曹長から炭酸水を飲ませてもらい、止めるのも聞かずにまた駆けだした。指揮所の前の暗号室に国井軍曹がいたはずだ。飲み友だちのあいつを、なんとかして助け出そう。彼は入口に走りよった。いた、いた。将校用の赤い長靴《ちょうか》をはいた片足を入口からつき出して倒れている。国井の奴、こんな立派な長靴をだれにもらったのだ。こんどはこの男の番だ。水田は、出ている片足を思いきり引っぱった。ところが長靴だけがスポンとぬけて、水田は泥んこの坑道にいやというほど尻もちをつく。それでも、なんとか引きずり出して南向逆襲口にかつぎ出した。

さすがの水田曹長も、ガスを吸いすぎてこれ以上はつづかなかった。頭が割れるように痛む。苦しい息を野砲陣地の右側にある擬装網の下で、仰向けになって静めた。空は真っ青に晴れわたり、太陽がギラギラと輝いていた。息苦しさのあまり、中毒寸前の兵が坑道から出てきた。敵は、わが方が陣外に出たことを知ったのか、とたんに砲撃を開始してきた。そこにもここにも榴弾がつづけざまに降ってくる。もの凄い爆風で立ってはいられない。彼はピタリと地面に伏せた。炸裂音とともに爆風が襲い、頭にも体にも、土や石がバラバラと落ちてくる。フラフラしながら坑道を出てきた兵が、ひとたまりもなく爆風にとばされ、コンクリートの坑道や岩壁にたたきつけられて倒れる。つぎからつぎへと、ガスの苦しみから逃れようと坑道から出てくる兵が、またたく間に入口付近に折りかさなって倒れていった。

「這ってこい、這い出すんだ。立ってくると爆風でやられてしまうぞ。這って出ろ！」

大声で怒鳴るが、兵たちにはまったく聞こえない。敵は、ますます集中砲火を激しく浴びせてきた。そのうちに爆音が聞こえてきた。飛行機が三機、低空でやってくる。バラッと爆弾が機体を離れるのが、はっきり見えた。初めは横になって落ち、しだいに丸くなり、垂直になったかと思うとスピードを増して眼前に落下してくる。

轟然と地をえぐる音、黄色い煙とともに岩と土とを吹き上げた。彼は亀の子のように首をひっこめて小さくなった。約三〇分ほど、爆撃と機銃掃射をくり返して、敵機はソ領に去っていった。彼はやっとわれに返り、坑道へふたたび這いこんだ。砲撃はあいかわらず激しくつづいている。

このガスの一件があって、重大放送はついに聞き漏らしてしまった。運わるく、通信兵がガスでやられ、倒れたとき背負っていた無線機が床に落ちて故障するというおまけまでついてしまった。

翌日、斉木部隊長のガス中毒は回復した。死んだように呼吸が止まっていた者も、順次快方に向かっていった。一発の砲弾で、一時は、勝鬨本陣地の中は約三〇〇名が一時的に戦闘能力を失ったのである。しかし、ついに回復不能の重症者も出た。鬼軍曹といわれ、大隊随一の銃剣術の使い手であった秋間軍曹は、トロンとした目で空間を見つめ、毛糸の腹巻きの中から砂でも掻き出すように、両手でクリクリといつまでも掻きまわしていた。軍医は、懸命に各種の注射を打ちつづけた。声をかけても、反応はない。心臓の鼓動が弱く、やがて軍曹は、眠るように息を引きとった。

挺進斬込隊の出撃

勝輿本陣地の挺進斬込隊は、筒井中尉の指揮のもと、命令一下いつでも出撃できるように待機していた。挺進隊は配属部隊なので、筒井中尉の独断で兵を動かすことができる。中尉は、兵を三人一組に編成し、どんな場合でも三人がともに行動するよう厳命していた。地下の陣地では、昼間は沈黙し、できるだけ睡眠をとるようにするのだが、なかなか眠れるものではない。鉄帽をとって銃をかかえたまま眠っている者、横になってはいるが目玉をギョロギョロさせている者、一点だけを見つめたまま、しょげきっている者もいる。みんな仮眠の連続で疲れていた。

このままでいくと、士気は低下し体力を失う、と考えた筒井中尉は、陣内で格闘術の訓練をはじめた。帯剣で、いかにすばやく確実に敵を倒すかの訓練である。敵陣に斬り込みに行くときは、武器はゴボウ剣一本と二発の手榴弾だけだ。身軽に潜入できるように、銃の携行は許されない。剣一本で敵の歩哨を声もなく刺殺し、幕舎にしのびよって手榴弾を投げこむという捨て身の攻撃法である。できれば、敵の兵器弾薬を奪取して使うことだ。兵員室で、坑道で、兵は命がけで格闘訓練に励んだ。

自らを犠牲にする挺進隊の任務に、彼らは切羽つまって荒れがちである。中尉は、このことをいちばん警戒していた。

「おい、みんなで歌おう。まず隊長から歌うぞ」

筒井中尉のテノールは、よくとおる艶やかな声だった。いつしか心のすみずみに溶け入る清冽な清水のように美しい声である。兵たちは隊長の歌を聞くのが楽しみだった。細くしなやかに歌うピアニシモは乙女の初恋のごとく、声量一杯の鋭いフォルティッシモは逆巻く大海の怒濤を思わせた。コミカルなリズムで歌うこともある。兵は陽気になり、肩をゆする。

筒井中尉は、決して軍歌は歌わない。『荒城の月』『故郷』ときには『桃太郎さん』など、幼き日の童謡や、心に染まった民謡をえらんで歌った。兵の顔はほころび、柔和な目になった。だれもが知っている歌を、できるだけ引き出すように中尉は心がけた。

「こんどは自分が、郷里の民謡を歌います。聞いて下さい」

「そのつぎは俺がやるぞ」

兵は競って、のど自慢を披露するようになった。『安来節』『五つ木の子守唄』『秋田おばこ』『黒田節』『追分』など、民謡は北海道から九州まで日本を縦断した。浪花節、都々逸、万才、落語、それに謎なぞまでとび出してきた。この一瞬が、兵の心のよりどころとなった。ときには猛烈な砲爆下のさなか、地中では歌声が朗々と響くこともあった。

「隊長殿、なにか歌って下さい」

注文がかかるようになった。そのたびに中尉は、大きな喜びを感じた。部下の中には妻帯者も多い。故郷に両親や妻子を残して、いまここに死と直面した宿命に縛られている。こうした兵に、一片の命令や号令で、満足な安定感を与えることなどできはしない。まして空虚な言葉で、彼らをやわらげたり、いさめたりすることなどできようか。部下が心を開き、感動のふれあいを持てるのは歌以外にはなかった。中尉は、心から歌った。自分の持てる感情を、すべて歌に託して表現した。悲しみも怒りも、希望も期待も、彼は歌を人間として歌いつづけた。

やがて、挺進斬込隊の出撃のチャンスが到来した。栄山前方の軍艦山に敵の幕舎が建ち、狙撃一個大隊が集結していることを斥候が確認してきたのである。栄山攻撃に失敗した敵は、いよいよゆっくりと構えて、包囲作戦に転じてきたのだろう。これを攪乱することが、目下の急務だ。筒井中尉は決断した。

「命令。石井一等兵ほか二名は、軍艦山付近に集結せる敵の幕舎を襲い、斬り込みを敢行せよ」

石井一等兵は、冷静に命令を受領した。いささかの気負いも興奮もなかった。彼は銃剣術が強く、模範兵である。気性が強く、沈着剛毅なところがあった。中尉は、この男なら、きっと任務を果たしてくれる、と確信した。石井班に加えて、さらに中尉は援護斬込隊を三組選び、時を同じくして出撃させることにした。

一二名の斬込隊員を集めて、中尉は作戦を指示した。陣地出撃は夜九時、敵陣攻撃は夜中の一時から二時とした。二日分の乾麺麭と、二個の手榴弾を渡す。

「最悪の場合、一発は自分用だぞ。もし三人が一緒だったら、五発は敵に投げ、一発で三人が自決すること。だが、そんなことは、なるべくするなよ。どんな方法でもいい、かならず生きて帰ってきてくれ。人員はながもちさせなくてはならんからな。肉弾突入だけは、つつしんでくれ。攻撃が失敗だと思ったら、さっさと帰ってこい。恥にはならん。また行けばいいんだから」

「わかりました。かならず帰ってきます」

「おい、石井、ニコニコしているが大丈夫か」

「はい、石井は大丈夫です。かならず成功してみせます」

「三人がバラバラになっても、一人で斬り込むのが斬込隊だぞ。もう一度、身のまわりをよく調べておけ。何か言っておくことはないか」

「別に何もありません」

「よし、それでは祝杯だ」

石門子の営庭を出発するとき、羊羹《ようかん》を捨てさせ、酒を持ってきたのが役に立った。一杯の酒で、緊迫した気持がほぐれてゆく。中尉は、斬込隊を歩哨線のところまで送って別れた。

「注意して行ってこい。かならず帰ってこいよ」

かたい握手を交わす。互いに目が、ガッチリと合った。兵の目には、悲しみなどはなかった。死に向かう者の悲愴感もなかった。与えられた任務を自分の力で貫こうという覚悟が、目の奥で底光りを発していた。

夜中の一時ごろ、昼間の砲撃であとかたもなくひっくり返された陣地の頂上に、中尉は横山小隊長と二人で登った。戦争をしている現実を忘れさせるような静かな月の夜であった。

虫の音が聞こえる。だが、足もとには、砲弾の爪跡が満月の光に、なまなましく浮き出していた。

「横山、君の生まれは北海道だったな。人間の運命とは、わからんものだなあ。俺は長崎だよ。北と南の男が、こうして、こんなところで語りあえるとは、平時なら、考えもつかんことだ」

幾分、感傷的になる。横山見習士官は、何かを考えているように、黙って月を仰ぎ見ていた。

「こうして生きているのも、時間の問題かもしれんぞ。どこで生きても同じことだ。最後まで、しっかりやろうな。俺に、もしものことがあったときの、第一小隊長としての覚悟と処置はわかっているだろう」

それには答えず、横山見習士官は中尉の顔をキッと見つめて言った。

「隊長殿、このままの守備で、この陣地はどのくらい持ちこたえられるでしょうか？」

「まあ、来年の二月までは大丈夫だろう。ただし食糧だけの話だぞ。心配なのは、それまで持ちこたえる精神力と肉体だ」

そうは言ったものの、中尉の本心は今後の作戦にあった。出丸を失ったことが、陣地戦に大きく影響していることは事実だ。出丸さえわが手にあれば、このような犠牲もなく、悲惨な損害も受けずにいられたであろう。出丸を奪取しなければならない、と中尉は考えた。

敵に占領された出丸に、ソ軍は二〇センチ級の砲一〇門以上を並べ、陣地を終始おびやかしていた。勝鬨を守るべき出丸に敵が陣取ったのだから、たまったものではなかった。

陣地では、兵たちが出丸の敵砲兵の射撃を〝小便射撃〟とあだ名していた。ソ連兵はどういうわけか、夜中に理由もなく一発、二発と突然、撃ってくることがあった。そこで口の悪いのが、露助は、夜、小便に起きたついでに、だれでも砲をぶっ放し、つぎの者のためにまた弾丸をこめておくのだろう、と言ったものである。この話は陣内で、おおいにうけた。陣地では、弾薬を極度に節約しているので、ソ軍の無駄弾を嘲笑する材料としてはうってつけだった。

「横山、そろそろ石井班がつくころではないか」

闇をとおして、軍艦山に目を向けた。そのとき、目標地点と思われるところで閃光が走った。

「隊長殿、銃声です」

「うん、やったぞ。あの光はたしかに幕舎斬り込みだ」

中尉は祈った。斬り込み成功に喜びながらも、心配なのは、無事に彼らが脱出して帰ってくるかどうかであった。握りしめた拳に、汗がジットリとたまる。

このとき、石井一等兵は敵の将校幕舎にしのびより、寝込みを襲って手榴弾を一発投げこみ、つづいて隣接する兵の幕舎に最後の一発を放りこんだ。敵陣は大混乱となった。恐怖の叫びが闇を裂く。その隙に乗じて、他の斬込隊も思い思いに幕舎を攻撃した。斬込隊の手榴弾攻撃が一個所に集中せず、前後左右に炸裂するので、それがソ軍部隊をますます恐慌状態に陥れた。

あわてふためいたソ連兵が、あたりかまわず自動小銃を乱射するので、あちこちで同士討ちが起こった。大混乱の中で、斬込隊員は敵のマンドリン銃や手榴弾を失敬しては、すばやく草むらに逃げこんだ。一兵の死傷者もなく、彼らは三々五々、陣地に無事帰ってきた。敵には、よほどの損害が出たのであろう。翌朝、担架や病院車を先頭に、大隊が烏蛇溝河を渡って退却して行くのが望見された。夜間の奇襲が、みごとに効を奏したのである。いわばゲリラ戦法ともいうべき斬込隊の戦果が、きわめて効果的であることに自信を深めた筒井中尉は、これから連日のように斬込隊を出撃させた。兵は夜行性の野鼠のように、神出鬼没の攻撃をくり返し、ソ軍を悩ましつづけたのである。

軍使を射殺

八月十七日、この日も朝から晴れわたり、雲一つない好天であった。砲声は途絶えて、戦場とは思われぬ平穏な空気である。

この日、陣地内には一つの情報が流れていた。出所は航空無線室からだった。日本が十五日に無条件降伏したという電波をキャッチした、というのである。情報はまもなく部隊長の耳にも入った。ただちに通信係が呼ばれた。部隊長は真偽をただすため、終戦の情報を確実にキャッチすることを厳命した。

「えらいことが部隊長の耳に入りましたな」

筒井中尉は、戦闘に消極的な部隊長の態度から、これはとんでもないことになりはしないかと心配した。出光中尉も顔をしかめて、

「ただでさえ戦闘意欲の弱い人だからねえ。これ幸いに白旗をあげるようなことにでもなっ

たら大変だよ」

深刻な表情である。

「それより、このことが部隊全体にひろがりでもすると、士気に影響します。秘密にしておいた方がいいでしょう」

「とにかく、部隊長の目に触れないように、無線機をかくしてしまおう」

出光中尉は、通信班に無線機を西勝興の兵員室へ移動するよう、コッソリ命じた。

夕方近く、突然、監視所から連絡が入った。

「陣地正面より、白旗を持った満人が一名、進入してきます。ソ軍の軍使かと思われます」

指揮所にいた斉木部隊長は、ただちに監視所に駆け登った。出光中尉もあとを追う。監視口から見ると、木の枝にくくりつけた白布を右手で左右にふりながら、満人が一名、おそるおそるやってくるところだった。左手には一枚の紙を持ってヒラヒラさせていた。鉄条網のところまでくると、彼はその場に紙を置き、小石で押さえると、ふりかえりもせず一目散に逃げ出した。突然、銃声が一発、正面の穹窖から聞こえたと思うと、走っていた満人は、突んのめるようにバッタリ倒れた。

「何をするかッ！　だれが撃てと言った！」

いきなり部隊長は、大声でわめいた。

「勝手なことをする。軍法会議ものだぞ。軍使を撃つとは何事か。帝国軍人のすることではないッ！　卑劣きわまる！」

激しい怒りに、出光中尉は困惑した。

「とにかく、何が書いてあるか、見てみましょう」

激怒する部隊長をなだめながら、中尉は下士官に命じて軍使の置いていった紙片を取りにやらせた。持ってきた紙には、日本語、中国語、英語、ロシア語の四とおりの文字で、つぎのように書かれてあった。

「貴軍には、ラジオがあるはずなり。日本天皇は停戦の命令を放送している。関東軍もすでに降伏せり。何故に貴軍は天皇の命にそむき、関東軍司令官の命にそむいて戦闘を続行するや。もし貴軍が戦闘を行なうなら、当方もまた攻撃を続行せん。停戦に応ずるなら、明朝九時、第三渡河点に将校一名、兵二名の軍使を派遣せよ」

出光中尉は、首をかしげた。あの重大放送というのは、この文面にある、停戦を意味するものだったのだろうか？　しかし、不審な点もある。関東軍が降伏したのなら、その旨、無線連絡があるはずだ。たしかに空中を飛んでいる電波の中には、戦争が終わったような意味のものが流れているが、軍命令は何一つない。これは敵の謀略かも知れんぞ。

「中尉、やっぱり終戦になったんだ。わしの考えていたとおりだ。よかったよかった。無駄に死なんで、お互いによかったなあ」

部隊長は、小躍りせんばかりに相好をくずした。

「ちょっと待って下さい、部隊長殿！　一片の敵の紙片を、そう簡単に信じてもらっては困ります。これは投降させようとする敵の謀略とも考えられます。とにかく全中隊長を集合して、この件に関して協議したいと思います」

断固たる口調に、部隊長はムッと沈黙した。

その夜、戦闘指揮所に各陣地から中隊長が集められた。斉木部隊長の瞳には、異様な光がただよっていた。そばにいる森田副官も、出光中尉も、口を結んだまま黙然としている。指揮所内は、緊迫した空気がみなぎった。

「全員、集合しました」

副官がソッと部隊長に告げた。斉木大尉は、

「諸君、御苦労さん。じつは去る十五日に、天皇陛下の御詔勅が放送され、日本は無条件降伏し、戦争は終わったというのだが……」

と言って、そのまま沈黙した。だれ一人として身動きもしない。部隊長のつぎの言葉を待った。部隊長は、ジッと下を向いたまま、それ以上は語ろうとはしなかった。

「どういうことですか？　もう少し説明して下さい」

朝日山陣地から駆けつけた元安中尉が、きょとんとしてたずねた。部隊長にかわって出光中尉がこれまでの経過を説明し、軍使の紙片を回覧した。真っ先に尾上軍医が口を切った。

「われわれは、天皇陛下の命によって戦っているのです。その天皇が戦争をやめよ、と言われるのなら、やめたらどうです？　軍使として出かけると、一行は、ひょっとすると敵に殺されるかもしれない。しかし、それによって多くの兵が救われるのなら、将校が命を失うとしてもよいではないですか」

これに対して、小野中尉が噛みつくように言った。

「しかし、完全な敵の謀略だったらどうします？　犬死にですよ。この紙に書いてあるように、天皇が停戦の命令を放送されたなど、信じられますか？　天皇陛下御自身が放送するな

んて、ソ連軍の考えそうな嘘っぱちじゃないですか」

軍医はうなずきながら、

「そう言えば、おかしいふしがないでもない。本当に終戦になっているなら、軍命令があるはずだし、無線連絡が困難なら、命令書を持った、しかるべき人物を軍使として、敵が連れてくるとか、関東軍総司令官の正式命令文書をとどけるとか、なんらかの方法で、戦さの終わったことを知らせることが可能なはずだな……」

「そうですとも。それを満人に、こんなものを持たせてきたって、信用できるわけがないでしょう」

紙片をめぐって意見がかわされた。しだいに論議は、敵の謀略説に傾いてゆく。立川中尉が慎重な口調で言った。

「もし、かりにだ、もし本当に終戦になっていたら、どうする？　それでも、われわれは戦闘をつづけるべきだろうか？」

一瞬、声が止まった。フッと顔を見合わせる。温和な声で元安中尉が言った。

「やはり、やるべきだろうね。こちらが終戦を確認できない以上、戦闘は継続するしかないね。われわれに終戦を確認させる責任は、むしろソ連側にあるわけだろう」

この説に、一同はうなずいた。では、どうやって戦闘をつづけるのか？　論議は、にわかに戦術の問題に移っていった。斬り込み攻撃の続行、全軍のゲリラ化、関連部隊との連絡など、さまざまな案が活発にとび出した。

その中で、当面の方針として確認されたのは、(一)出丸陣地の奪回、(二)第四地区、郭陵船口部隊への伝令派遣、（三）斬り込み作戦の積極的継続、以上の三項であった。終戦に関する未確認情報は、明確になるまでこれを凍結し、全軍の兵には極秘として、従来どおり守備の任をつづけるということに決定した。

「いかがですか、部隊長殿、この線で……」

出光中尉の声に、斉木部隊長は一言も発せず、しぶしぶうなずいた。失望の色が、ありありと顔に現われていた。胸中の苦悩をおしかくすように、斉木大尉は腕を組んで静かに瞑目した。彼には言うべき言葉がなかった。何かを言えば、それは愚痴になる。生も死も、すべてを若き指揮官たちに任せるしか方法がなかった。

第九章　奇襲戦（第一地区・八月十八日〜二十四日）

出丸陣地、奪回に失敗

ソ軍の停戦勧告を無視した勝鬨の大隊は、十八日、昼ころからまたしても熾烈な砲撃に見舞われた。とくに出丸からの砲撃がすさまじく、各所で陣地が破壊された。敵は、陣地掩蔽部をいくら砲撃しても貫通しないことを悟り、土砂がはがれて露出してきた穹窖の銃眼を狙い撃つようになってきた。

ついに東勝鬨の南側、「リ」の穹窖の銃眼から砲弾がとびこみ、坑道内で炸裂、ガスを発生した。爆発個所の坑道はくずれ、近くの掩蔽部に避退していた十数名の兵が閉じこめられてガス中毒で戦死。つづいて第一入口近く、第一中隊の掩蔽部にも命中、同様にガスによる戦死者が続出した。出丸の敵陣が、いよいよ真価を発揮してきたのだ。この敵の砲座をつぶさなければ、勝鬨陣地の運命は風前の灯である。

その夜、筒井中隊は、出丸陣地奪回をもくろみ、斬込隊の派遣を決意した。中尉は、東勝鬨陣地予備隊、第三小隊の山野小隊長を斬込隊長に選んだ。

「命令。山野見習士官は、部下一八名をもって出丸の敵砲兵の拠点を奇襲すべし」

山野見習士官は、秋田の出身である。東北出身者に見られる、純情で、芯の強い青年将校だった。一八名の部下たちも、小隊長自身に選ばせた。中尉は、彼らにゲリラ戦法を提示した。

「敵の砲座付近に潜入し、隙をみて砲を爆破せよ。一人でも二人でもいい、できるだけ敵兵を殺害してこい。絶好の攻撃機会がくるまで、たとえ何日かかろうと待機し、任務を達成せよ」

厳しい条件ではあるが、この斬込隊に期待をつなぐしかなかった。

「隊長殿、行ってきます。あとのことはよろしく頼みます。隊長殿もお元気で」

山野小隊長の顔面には、決死の覚悟がみなぎっていた。中尉は、〝あとのこと〟という言葉のひびきが気になった。夜の闇の中に吸い込まれるように去って行く斬込隊を見送って、中尉は胸を締めつけられるような寂しさを感じた。

夜半に入って、突然、出丸の山上でひとしきり銃声が起こった。手榴弾の炸裂音もひびいてくる。それも束の間、一、二分でふたたび静寂がもどった。斬込隊はどうしたのか、うまく敵の攻撃をかわしていてくれればよいが、と思っていると、いきなり陣地の直上に、出丸からの砲弾が落下してきた。いつもの夜半の小便射撃にしては執拗で、熾烈な砲撃である。やはり駄目だったのか、彼らは発見されたに違いない。中尉は腹の中で、はっきりと悟った。

敵は勝ち誇ったように、なおも砲弾を注いできた。それはまるで、敵の砲が無傷であることを証明し、誇示しているように思われた。事実、山野小隊長以下一九名の斬込隊は、このときすでに、全員玉砕していた。

敵前三〇メートルまで肉薄接近したとき、一人の兵が不覚にも咳込んだのである。奇襲は失敗した。敵はむらがるように包囲してくると、自動小銃を乱射、斬込隊は突入寸前に阻止されたのであった。

旅団司令部を求めて

八月二十日、うちつづく激闘下で、戦闘指揮所は焦燥に包まれていた。開戦以来、旅団司令部からは、一片の命令も伝達してこない。戦闘を有利に導くためにも、どうしても司令部との連絡が必要である。まして、第四地区隊との連携も考えねばならない。これ以上盲目的な戦闘には限界がある、と判断した大隊本部は、地理に明るい佐野伍長と石橋兵長の両名を伝令に出すことにした。斉木部隊長は、二人を呼んで命令を下達した。

「命令。佐野伍長と石橋兵長は、第四地区隊の三角山陣地にいたり、旅団長閣下に第一地区隊の、開戦いらい今日までの戦闘を報告し、司令部より当隊に対する命令を受領し、速やかに帰隊せよ」

一気に命令を伝達したあと、しみじみとした口調で言った。

「伝令は戦闘が目的でないから、敵に発見されても絶対に戦うなよ。できるだけ逃げて、あくまでも生命をまっとうし、任務を果たしてくれ」

肩をたたいて激励すると、アルミの食器になみなみと酒をついで乾杯した。

この日まで、旅団司令部からなんの連絡もないのは異常である。異常の原因がなんであるかを探るのが、伝令のもう一つの任務でもあった。佐野伍長は、任務の重大さに緊張した。伝令いかんによっては、勝関の戦闘を左右することにもなりかねない。二人の伝令は、帯剣と手榴弾二個、糧食二日分を携行して夜の九時に出発した。

勝関山を下れば、兵営である。その向こうは山だ。兵営付近にも敵が進入しているかもしれない。二人の伝令は、地を這うようにして進んだ。兵営も過ぎて、兵舎前の道路を早駆けで通過するとき、突然、右側方から猛烈な機銃の射撃を受けた。しかし闇夜に鉄砲である。射撃は見当ちがいの方向だった。二人は無事に山にとびこんだ。

山中にも敵がいるかも知れない。だが、今夜中に、元第二地区隊の扶桑見台分哨まで行こうと決心する。二人は一路、林の中を分け進んだ。あいにく雨がシトシトと降ってきた。周囲は一寸先も見えない真の闇である。潜行するには都合がよいが、方角がわからない。周囲を警戒しながら、彼らはかんを働かして山中を進んだ。しかし、暗夜の山中は意外に道がはかどらず、目ざす扶桑見台分哨にはなかなか達しない。伍長は、方角を間違えたのではないか、と心配になってきた。

「石橋兵長、今夜はここで野宿しよう。下手に歩いて無駄足を踏んでは、予定どおり司令部に行くことができないかもしれん」

二人はその場に尻をつき、背中合わせにすわると、前後を警戒しながら一夜を明かした。朝になって、雨はすっかり止んでいた。二人はすぐに分哨を発見した。

分哨の周囲には草が生いしげり、かくれて休むにはもってこいの場所である。木の間をとおして、前方、第三地区の赤羽山を眺めると、敵兵が点々と動いているのが見える。陣地は敵に占領されていた。扶桑見台分哨と赤羽山との間は盆地になっていて、中間には大肚子川が流れている。その川岸付近にも敵の歩哨が配置されているのが見える。ひととおり敵状を観察した伍長は、この敵中を突破することは、容易なことではないと判断、薄暮を期して警戒きびしい敵中を潜行することにした。

二人は、分哨から一歩も出ずに、体を休めていた。やがて日が暮れた。彼らは、やおら行動を開始した。なにしろ、前方は一面の平地である。姿勢を低くしたり、四つん這いになったりしながら、歩哨線を突破した。やがて赤羽山にさしかかる。さすがに敵も、ここを要地とみてか警戒がきびしい。月が冴えて明るいので、凹地や草深い場所を選んで潜行する。敵はときどき鋭く口笛を吹いたり、信号弾を上げていたが、発見されることなく無事に通過することができた。

つぎの難関は、東寧街道の横断である。その手前に南山根という満人集落がある。二人は南山根の手前まできたとき、先行の石橋兵長が右手を上げた。姿勢を低くして前方を透視すると、ソ連兵が一〇名ほど、こちらに向かって走ってくる。二人はとっさに三、四〇メートル後退すると、付近の高粱畑にとびこんで身をかくした。敵は激しく合図しながら、どうやら高粱畑を包囲しようとしているらしい。敵はしだいに人数を増したようである。鋭い口笛、走りまわる足音がする。万事休す。二人は観念した。

伍長は、万一の場合を考えて、石橋兵長と二人で報告書の処理をすることにした。だが焼くわけにもゆかず、食うのが一番と、まるめて飲みこんだ。あとはただ自決するのみだ。二個の手榴弾の安全栓を抜き、いつでも発火できるように身がまえた。しかし、包囲されたからといって、脱出不可能と決まったわけでもあるまい、と伍長は腹に力を入れて敵の動きを観察した。敵もあわてているようだ。二人が後退して高粱畑に隠れたので、逃げられるとでも思ったか、畑の左右、後方の三方を包囲し、肝心の前方を空けていた。

「しめた！　前方へ脱出だ」

二人は背負袋を腰に巻きつけ、手榴弾を両手に持ち、畑の中を前方に向かって這った。ところが背負袋が高粱の茎にさわってカサコソ音を立てる。これでは敵にこっちの行動を知らせるようなものだ。やむなく背負袋をその場に捨てる。畑の端に来てあたりを見れば敵の影もない。前方は一面の原野である。二人は全速で突っ走った。後方に数発の銃声を聞いたが夢中で駆けた。やがて前方に大きな高粱畑があった。二人はふたたび畑の奥深くしのびこんだ。

彼らは、やがて最後の難関である綏芬河に到達した。このうえは泳いで渡ることにし、あちこちと場所を選択していると、ソ連兵の死体が一人、二人と漂っている。二人は手榴弾を手拭に包み、頭の上にくくりつけて水に入った。岸辺は胸くらいの深さであったが、二、三メートルも行かぬうちに背が立たず、抜き手を切って泳ぎはじめたが、軍靴に巻脚絆、帯剣を吊り、頭には手榴弾二発を乗っけているため身体の自由がきかない。やむなく岸に引き返した。そこで二人は上流の方へと渡河点を捜す。しばらくして流れの音の激しいところを見つけた。

「ようし、ここなら渡れるだろう。音の激しいのは浅い証拠だ」

とはいえ、水勢はものすごく、いかなるものも押し流してしまうような勢いだ。河幅は一〇〇メートルもあろうか。このころ、ようやく東の空が白んできた。二人は徐々に渡りはじめた。岸を離れるにしたがって、水勢はますます激しく、いまにも体が押し流されそうである。水深は腹くらい、流れが急なため、河床の土砂はすっかり流されて大きな石だけがゴロゴロしている。この石につまずいてころがったら最後、たちまち水に流されるだろう。二人は岸でひろった木の枝を杖に、一歩一歩つま先に力を入れて渡った。

対岸にたどりついたときは、足は棒のようになり、つま先は感覚がなくなっていた。しかし周囲は薄明るくなっているので、いそいで第四地区隊の区域内の山に入る。四地区に潜入して二人は異様な感じを抱いた。砲声は絶えて人影もなく、いやに森閑としている。

「石橋兵長、なんだか変だぞ、三角山はどこだ？　行ってみよう」

空腹と疲労のため、けわしい山をこえて行くのは容易なことではない。糧秣を入れた背負袋は捨ててきたので食べるものもなかった。佐野伍長はふと、胸のポケットに手を当てた。あった！　勝鬨を出るとき、上官の曹長が、疲れたときは砂糖が一番だ、と乾麺麭の袋に入れてくれた白砂糖である。濡れてはいたが、二人で分けあい、しばらく横になった。口に含んだ砂糖の甘さが、体中にしみこんでゆくようだ。

いつまでも、ぐずぐずしてはいられない。二人は疲れた足を引きずって三角山を登ってゆく。陣地にたどりついて驚いた。二尺にあまるベトンは木っ端みじんに打ち砕かれ、将兵は折り重なって倒れていた。周囲の山には寂として音もない。

「四地区隊は全滅したのではないか？　司令部の所在地がこのありさまでは……」

驚いて叫ぶ佐野伍長に、

「そうかもしれませんね。でも、三角山はあまり堅固な陣地ではありませんからねえ。前線の郭陵や勾玉の各陣地の方が堅固だから、そっちに移っているかも知れません。行ってみましょう」

兵長は山を降りはじめた。ふたたび重い足を引きずりながら郭陵に向かう。郭陵の武勇と秩父の両陣地をはるかに望めば、山は赤く焼けただれ、銃声も聞こえず、人影も見えず、森閑と静まり返っていた。第四地区隊がいまだ健在ならば、敵の飛行機も飛ぶだろう、彼我の砲声も聞こえるだろう、今はそれがない。二人は半信半疑のまま、しだいに郭陵陣地に近づいて行った。

道路の曲がり角まで来たとき、二人は不意に「おい！」と声をかけられた。ハッとして灌木のしげみの中に身を隠す。ソッとあたりを見まわすと、向こう側の林の中に三人の日本兵がいて手招きしていた。

「どこから来たんだ？」

泥にまみれ、妖しい目の光をたたえながら兵が聞いた。

「第一地区隊から伝令に来た。旅団司令部はどこだ？」

佐野伍長は勢いこんでたずねた。

「ここは危険だから、こっちへ来い」

兵のあとについて行くと、林の中に掩蔽壕があった。馬廠陣地の中である。見ると、中には四〇名ほどの将兵がいた。数名の無傷の者を除けば、すべて重傷者である。包帯に血をにじませている者、砲弾の破片でやられたのか、巻く包帯もなく傷口が柘榴《ざくろ》のように開いてい

る者など、酸鼻をきわめた光景であった。奥のほうから将校が、

「ご苦労」

と声をかけた。中原中尉である。二人の伝令は中尉の前へ行き、第一地区の戦闘情況を伝え、司令部の所在地を聞いた。

「俺もよくは知らんのだ。なんでも大喊廠に撤退したということだがね。各大隊は、その後の命令あるまで、陣地を堅持せよ、と言ったまま撤退したが、その後、何らの命令もないので大いに困っておる。そうか、お前らのところにも連絡がないのか……」

中尉はそう言いながら、顔をしかめた。左の膝が砕かれて、足がブラブラになっていた。大腿部にも負傷をしているらしい。痛みをこらえながら、中尉は勾玉山の最後の模様を語った。

「司令部撤退後、第四地区隊は勾玉山に集結したが、猛烈な敵の攻撃を受けてなあ。悪戦苦闘だったよ。あれは十三日だったかな、敵の総攻撃を受けて部隊の大半は死傷し、戦闘指揮所も爆破されてしまった。駒沢部隊長殿は重傷を負い、陣地は白兵戦となったが、なんとか手榴弾で撃退したんだがね。夜になって、今後、統制ある戦闘を続行することは困難だということで、各隊は各個に挺進戦闘に移ることにしたんだ。陣地はもう役に立たんので、生き残りが固まって、各個に敵の包囲網突破を試みたわけだ。われわれは運よく突破できたが、あとはみんな全滅しただろう……帰ったらよくこの情況を大隊長殿に話してくれ。さあ、腹も減ってるだろう。飯を食ってゆっくり休んでくれ」

「で、中隊長殿は今後どうなされます？」

伍長の問いに、中尉は寂しく笑った。

「もう少しここで休んで、みんなの体が少しでも回復したら後方に撤退するつもりでいるが、どうなるかねえ」

死を覚悟しているような口調に、伍長は慄然とした。二人は、乏しい食糧の中から分けてくれた飯を、感謝の気持で食べると疲れ果てた体を横たえた。

第四地区隊の全滅を確認した佐野伍長は、その夜、重傷者の集団に別れを告げた。元気な兵が五名、綏芬河の渡河点まで護衛についてきてくれた。帰路は、敵の配備の弱点もわかっていたので、つとめて危険地帯を避け、無事に勝鬨陣地に到着することができた。

伝令の成功に、指揮班は眼を輝やかして喜んだが、同時に勝鬨の部隊のみが完全に孤立していることも判明した。

佐野伍長は、出光中尉から「殊勲甲だ」といわれて、心の底からうれしかった。部隊全体が、自分を歓迎してくれたことにも感謝した。任務を果たしたことの満足感が、大きく胸の中でふくらんだ。だが、掩蔽壕の中に横たわる無残な四〇名の重傷者を、彼は忘れることができなかった。

あの中尉は、きっと自決するだろう、と彼は心の中で呟いていた。

損害、日に増加す

堅牢を誇る勝鬨の陣地も、連日の砲火にさらされて死傷者が後をたたない。朝日山の陣地でも、予想外の被害が出て、事態は深刻化してきた。

「中隊長殿、吉本がやられました！」

死者をかかえながら、兵が坑道に入ってくる。元安中尉は一目見て驚いた。頭がない。

「頭はどうした？　さがしてこい」

たとえバラバラにされても、頭だけはくっつけて埋葬してやりたかった。砲弾のふりそそぐ中を、中尉もまた頭さがしに出かけていった。吉本一等兵が敵情監視に立っていたところは、朝日山南側の陣地トンネル入口付近で、ここから正面ソ領の東半分、南方の奮闘ヶ丘、勝鬨主陣地、さらに西方勲山、出丸まで見渡せるところである。しかも正面ソ軍側からは勿論、後方の出丸からさえ、こんなところに陣地の入口があるとは気づかれないよう、稜線を巧みに利用してつくられてあった。いわば安全地帯の一つであったはずだ。

歩哨の位置は、入口から五メートルとは離れていない散兵壕沿いの一角にあった。厚い鉄製の蓋をかぶり、径約一・五メートル、高さ二・五メートルの胴全体も、ぜんぶ厚い鉄製の円筒型の一人用の監視塔である。小さい砲弾など、とうてい突き破れそうもない丈夫なもので、地形を利用して擬装されていた。

見ると、その厚い重い鉄蓋は、吹きとばされて陣地の下に、笠をさかさにしたように仰向けにころがっている。蓋が溶接されていた鉄筒の上部は、むしりとったようにひん曲がって、砲撃の激しさをものがたっている。直撃にしても、こんな芸当のできる砲弾はよほど大きなものであろう。中尉は、しばらく吉本の頭をさがしたが、ついに見当たらない。おそらく、砲弾の炸裂とともに、粉砕されて消しとんでしまったのであろう。

熾烈な砲撃のため、朝日山陣地の坑内は、つねに小刻みに震動し、爆発のたびに激しい風圧がかかってくる。このため、発電機は故障し、間隔を置いて通路に吊るしている十数個のランプは、砲弾が炸裂するたびにいっぺんに吹き消されてしまう。そのたびに兵が走りまわって火をつける。何十回となくつけては消されていた。

「中隊長殿、野村がやられました！」

見れば、かついできた野村の右腕が、付け根から軍服もろとも引きちぎられていた。至近弾による即死だ。北側陣地で、敵情監視中にやられたのである。吉本のつぎは野村、犠牲者がふえる一方だ。野村一等兵は、責任観念の強い優秀な兵隊だった。こんな立派な兵隊が、つぎからつぎへと殺されてゆくのはたまらない。元安中尉はカッとなった。ただ敵への憎しみが全身を逆流する。

「砲弾が近くに落ちはじめたら、かならず安全と思う位置まで避退せよ。砲声が止みしだい、後続歩兵部隊の有無を確かめて報告せよ！」

何度も厳命しているのだが、兵はいっこうに避退してくれない。彼らの闘志は、敵の砲撃の激しさに比例して増大して行く一方である。大事な兵を砲弾で殺されてはならない。元安中尉は、陣地の一つ一つをまわっては叫んだ。

「ここで死ぬときは、俺と一緒だぞ。そのときは露助と刺し違えるときだ！　無駄に死んでくれるなよ」

朝日山陣地ばかりではない。勝関の本陣地も急激に死傷者がふえてきた。小野中尉が戦死したのは、二十日の昼ころだった。集中砲撃の一弾が、㋩中隊の待機している東勝関の第二弾薬庫前に命中し、坑道の天井が落下、弾薬庫入口の鉄扉が土砂のため密閉された。

ただちに工兵隊が坑道内の土砂を搬出し、閉じ込められている重砲中隊の兵を、鉄扉をこじ開けて一人ずつ手を引っ張って引き出した。このとき、弾薬庫内には、薄い一酸化炭素ガスが充満していたとみえ、小野中尉は軽い中毒症状を起こしていた。その様子に気がついた出光中尉は、

「しばらく外気を吸って気分をなおせ、残りの兵はぜんぶ救出しておくぞ」

と言って、第四入口付近につれて行き、砲撃の被害のない場所に寝かせた。出光中尉はただちに弾薬庫にひき返し、救出作業を指揮し、全員無事に引き出して指揮所へもどった。しばらくすると、小野中尉の戦死の報告が伝えられた。驚いて駆けつけてみると、小野中尉は弾薬庫入口付近で、心臓のちかくに砲弾の破片をうけて死んでいた。

「おそらく彼は、気をとりもどしてから弾薬庫に残っている部下のことを案じ、駆けつけてきたのだろう。そこへ運わるく、砲弾が落ちてきたのだろう」

出光中尉は、空が見えるように、ポッカリ開いた弾薬庫入口の上部をいまいましげに仰ぎ見ながら言った。

指揮官の戦死は、戦闘指導に大きな影響を与える。その翌日、こんどは栄山の敵一個大隊を迫撃砲で撃滅した殊勲の立川中尉が戦死した。

ときおり集中的に砲撃してくる敵情を、立川中尉は南向きの野砲観測所に入って、部下一〇名とともに監視していた。その天蓋に砲弾が命中したのである。天蓋は落盤し、中に置いてあった石油缶に引火して、なかば火葬されたような格好で全員死亡した。

たてつづけに僚友が戦死して、出光中尉は愕然とした。あくまで守備態勢にある以上、こ

のことのあることは充分に予期されたことだった。しかし、それが現実になってくると、作戦の指導に変化を与えなくてはならない。作戦要務令には、いみじくもこう書かれている。

「防御の主眼は地形の利用、工事の施設、戦闘準備の周到等、物質的利益に依り、兵力の劣勢を補いかつ火力及び逆襲を併用して敵の攻撃を破摧するにあり」

いま、この陣地にあるものは、地形と逆襲の兵員のみである。要務令にあてはめていえば、陣地はその能力を失い、防御の手段もない状態と化している。敵に屈することは、時間の問題ということになる。そうだろうか？　中尉は、この作戦要務令を否定したい気持にとらわれた。

〈戦闘員がいる以上、陣地を敵にぬかれることはないだろう。周到な物質的準備はないが、周到な知恵で戦いつづけることができるのではなかろうか〉

勿論、中尉は、いずれ力つきるときがくるであろうことを知っていた。問題は、どこまで、いつまで戦いつづけることができるか、それが中尉にとって、陣地戦を仕上げるための眼目であった。

軍艦山へ挺進斬り込み

もっとも劣弱陣地と憂慮されていた栄山陣地が、いまではもっとも安全な陣地となっていた。十三日の敵一個大隊殲滅以来、迫撃砲を発射した勝鬨本陣地に目が奪われたのか、ソ軍の攻撃からは等閑視された形となった。敵の砲撃はもっぱら勝鬨山に集中し、栄山には一発も落下しない。たまにやってくる飛行機が機銃掃射をしていく程度である。戦場の滑稽で不合理な一面だった。

二十一日早朝、八戸軍曹は陣地から敵情を視察していると、栄山前方八〇〇メートルの軍艦山に砲兵陣地を構築しているのが望見された。あの地点から砲撃されたら、栄山はおろか西勝関までたちまち制圧されてしまう。軍曹は、中隊長代理の木村見習士官にこのことを報告し、自ら斬込隊の参加を志願した。

事態は急を要する。敵陣が完成する前に先制攻撃を実施し、砲を破壊する必要があった。軍艦山は、かつて勝関大隊の外郭守備陣地で、散兵壕が構築されてある。今でこそ兵力不足で放棄しているが、戦略的要地であることはこちらが充分知っていた。もし砲座が完成すれば、ソ軍の歩兵部隊が進出し、本格的な攻勢に転じてくるだろう。

守備隊長も、これを認めないわけにはいかない。数日前、筒井中隊の斬込隊が幕舎を襲って撃退したにもかかわらず、ふたたび進出してきたところを見ると、ソ軍はこの地点を重視していることがわかる。これを橋頭堡として、勝関陣地攻略の突破口を作ろうとの意図であろう。

ただちに命令は下った。三人一組で三班が選ばれた。八戸軍曹は、石田一等兵と森一等兵で一班を構成した。他は、大脇兵長、石黒上等兵の二班である。軍曹は、敵から分捕った自動小銃を手にしていた。円盤型の弾倉の中に、口径約七ミリの拳銃弾ほどの小粒の弾丸が七〇発ほど入っている。軍曹はこれを詰め込んで九〇発ほど無理に装填した。これでバリバリやれば、歩兵銃より接近戦に向いている。まして敵の銃だから、音を聞いて安心するだろう、と一石二鳥を考えてのことだった。

九名の斬込隊は、正午に出発した。明るいうちに軍艦山周辺の敵状を偵察し、情況を充分に把握したのち、夜陰を利して突入しようとの企図である。

灌木と草むらの中を、ジリジリと這いながら軍艦山の突端にたどりつく。栄山から直距離で一〇分ほどの行程である。だが、敵に遮蔽しながらの前進はそうはいかない。五〇〇メートル進むのに二時間を費やした。

八戸軍曹は、斬込隊を山裾の窪地に集めて身を潜めさせ、この場所を攻撃準備位置とした。まず敵情の確認だ。軍曹は石田一等兵と二人だけで情況偵察に出かけることにした。太陽は輝き、草いきれがひどい。鉄帽は木の枝で擬装しているが、日に照らされて熱い薬缶《やかん》をかぶっているようなものだ。豪胆な八戸軍曹は、木陰から木陰へと敏捷に身を潜めながら、敵陣に迫って行った。軍艦山の正面では、敵がわが軍の散兵壕を利用して、銃座を構築中だった。機銃が数梃、まとめておいてある。その後方は、歩兵の主力陣地と思われた。さかんに幕舎を設営している。栄山から望見された軍艦山の北側灌木地帯では、砲兵陣地の構築の真っ最中だ。木材を運搬したり、穴を掘ったり、ソ軍砲兵が上半身裸になって工事中である。情況を確認した軍曹は、石田一等兵とともに攻撃準備位置にもどった。

「これでわかったぞ。みんな集まってよく見てくれ」

軍曹は、持参した通信紙をとり出すと、視察情況を図に書いて説明した。

「石黒班は、この砲座を爆破しろ。敵は三個分隊ほどで、防備は手薄だ。大脇班はこの銃座だ。一個小隊もいたようだが、なあに、たいしたことないよ。俺は幕舎をやる」

説明が終わったころには夕闇が迫っていた。あたりは物音一つしない静けさである。全員、腹ごしらえをする。噛み砕く乾麵麭の音がやけに耳につく。

午後九時。軍曹は最後の打ち合わせを行なった。時計を合わせる。一斉攻撃は午前零時と決めた。攻撃するときは、まず八戸班が射撃を開始して敵の注意を引きつける。その直後に各班が両陣地を爆破する、という手順である。九時三十分、出発の時刻となった。

「出かけましょう、時間です」

大脇兵長が力強く言った。さっきから、うずうずしているのがよくわかった。

「落ち着いてやれよ。失敗は許されんぞ」

「わかってます」

三つの班は、それぞれの方角にたちまち消えて行った。あたりは、夏虫の鳴き声が一段と高まっている。月はやや西に傾き、夜露が草に落ちはじめていた。風もなく、ちぎれ雲だけがゆっくりと流れている。

八戸軍曹は、時計の動きに注意しながら、敵の歩哨を警戒して前進した。敵陣近くになると、前進スピードを落とす。月が雲間にかくれるのを待って、毛虫のように這い、木陰に潜んで息を殺した。零時近くになって、軍曹たちは敵の幕舎に三〇メートルと近づいた。歩哨は二人だけらしい。散兵壕に入っている。まずこいつを軍曹が片づけることにした。

息を殺し、銃をかまえた。時計を見る。ちょうど零時だ。三人はいっせいにとび出した。

軍曹は自動小銃の引鉄を引いた。パーン、一発しか出ない。あわてて引鉄を引く。また一発だ。他の二人は幕舎攻撃に突っ込んでいる。あわてた軍曹は、カチカチと引鉄を引きつづけた。そのうち弾丸も出なくなった。あまり弾丸を詰め込みすぎたので、弾丸送りがきつくなり、弾倉の中でつまってしまったのである。

　突然、照明弾が打ち上げられた。敵の歩哨が軍曹めがけて自動小銃を腰だめでぶっ放す。胸にジーンと熱いものを感じた。一瞬、彼は草むらの中に身をかくす。故障した銃を放り出すと、軍曹は軍刀をぬいた。五、六メートル先で、敵の歩哨が軍曹を見失ってウロウロしている。すかさずとび出すと、後ろから袈裟《けさ》掛けに切りつけた。もう一人の敵兵には体当たりで突き刺した。

　幕舎からとび出してきた素手のソ連兵に、軍曹は猛然と飛びかかって斬りつける。ところが手に軍刀がない。振り返ると地面に落ちている。敵をにらみつけておいて、急いでひろおうとするが軍刀を握ることができない。右手がきかないのだ。とっさに左手で持つと、エイとばかり斬りつけた。逆手なので手もとが定まらず、軍刀が方向違いに流れてしまう。幕舎がつぎつぎに炸裂した。石田と森の手榴弾攻撃の成功だ。二人の小銃の音が聞こえる。たちまちソ連兵がとび出して、自動小銃を乱射する。軍曹はころがるように草むらの中へ身を伏せた。ちょうど放り出した自動小銃が脇にあった。ひろって背にかけると、彼は斜面をころがりながら灌木のしげみに姿をかくした。

　軍曹はガックリした。石田や森はどうしたろう。気を取りなおして、予定していた第一集合地に向かった。上空を曳光弾がさかんに交錯していた。蛍が飛んでるような美しさだ。ふと、軍曹は、曳光弾が出丸の方角からとんできているのを見て苦笑した。

〈あれじゃ、味方を撃ってるようなものじゃないか〉

　ソ軍の間のぬけた掩護射撃に、気持が落ち着いた。灌木地帯をぬけて、草むらを歩きながら鳩笛を吹いた。合図の笛である。しばらく待ったが誰もこない。さらに歩いているうちに、軍曹の足もとがくずれて深い穴の中にころげ落ちた。いやというほど腰を打つ。

〈なんの穴だろう?〉

見まわすと、どうやら雨が降ったときに山の斜面から流れ込む、小さな滝壺のようだ。三メートルほどの深さがある。軍曹はしばらく休むことにした。頭上に照明弾と曳光弾が美しく輝いている。

〈あのとき、なぜ刀が握れなかったのだろう〉

いまは軍刀を左手で握っているし、自動小銃も持っている。不思議だった。右手で軍刀を持とうとした。やはり握れない。左手でさすってみる。ベットリと血に濡れていた。初めて軍曹は、自分が敵弾を受けていることに気がついた。刀の下げ緒をはずして手首を血止めする。痛みはなかった。

〈そうだ、部下を集めねば……〉

軍曹は立ち上がると、穴から出ようとした。右手が使えないのでなかなか上がれない。彼は、軍刀を穴の壁に突き刺し、それを足場にして体を持ち上げた。穴の上から垂れている蓬《よもぎ》を束にして握ると、口でくわえて這い上がった。

攻撃後の集合地には、だれ一人姿を見せなかった。彼は根気よく待った。しかし暗いうちに陣地に帰ったほうが無難である。一人でとぼとぼと歩き出した。頭がぼんやりしていた。

陣地にたどりついたのは、夜も白みかけたころだった。陣地前の鉄条網をまたごうとしたが、足が上がらず、ふんばりもきかない。なんとしてもまたげなかった。そこへ、軍曹の姿を見つけた宮本兵長がとんできた。

「班長殿ですか？」

「俺だ。ほかの連中は帰ってるか？」

「いえ、まだです」

軍曹は、ハッとした。生き残ったのは俺だけか？　そういえば、交戦中に爆発音が聞こえたが、あれはもしかすると……軍曹は自動小銃を兵長に渡すと、

「部下をさがしてくる」と言って、背を向けた。

「班長殿、待って下さい。負傷してますね。行っては駄目です」

兵長の温情のあふれた声が、軍曹の胸に滲みた。急に目の前に色とりどりの美しい水玉がつぎつぎに大きく浮かび上がってきた。それが風船のようにユラユラと遠くへ消えてゆく。

軍曹は、うっとりとその光景を眺めていた。

陣地に運びこまれた軍曹は重傷だった。負傷個所は、右手貫通銃創一発、両胸部盲貫銃創二発、左大腿部盲貫一発、同じく弾片三発。出血多量で絶対安静の状態だった。

奇襲斬り込みは成功した。他の八名も、その後、無事に帰陣した。敵の砲は破壊し、そのとき炸薬に火が移って大火災となり、ソ連兵多数が死傷した。機銃座破壊も成功だった。幕舎では、ソ軍側に多くの戦死者が出た。信じられないほどの大成功である。その後、ソ軍はこの陣地をふたたび強化しようとはしなかった。

焦燥の陣地戦

戦闘は、終盤戦の様相をおびてきた。連日の猛砲撃で陣地の各所はくずれ、穹窖の掩蔽土砂は剝げ落ちて、白いベトンが骨のように山の中から突き出てきた。山腹をえぐる砲撃のために、地下陣内の一部兵員室は、あと三メートルほどで穴が開くほど、防壁が薄くなったところも出てきた。坑道も砲撃でいつ不通になるかわからない。すでに壁面がくずれだし、戦闘指揮所との連絡も困難になりはじめていた。

八月二十四日、斉木部隊長は、各中隊の独自戦闘に切りかえることを指令した。指揮統制が麻痺する前にとった処置であった。このことは包帯所にも達せられた。

「包帯所は、今後、独自の戦闘を行なうように。武運を祈る」

という通告である。もう他の援助は期待できぬところまで来たのである。尾上軍医は、収容している元安夫人をはじめ、兵寮の女たちの処置に苦慮した。

〈いざというときは、手術室の奥の一室に閉じ込め、手榴弾を投げ込むしかない〉

軍医は、ひそかに決心した。自分は拳銃で自決すればいいのだ。妻がやったように、と思う。彼は九四式自動拳銃をソッと取り出した。銃口は顳顬《こめかみ》に当て、引鉄に指をかけてみた。これがあと三ミリも動けば、すべてが終わりなのだ。早くその時期がきてくれればいい、と期待する気持が心の隅に湧いた。

斉木部隊長は、陣内に収容している中国人捕虜の処置を問題にしていた。糧秣庫に軟禁状態でつめこんであるが、彼らはいたっておとなしかった。不平一つ言わず、ジッとすわりこんでいた。出光中尉は、彼らの食糧を、兵とまったく同じものを提供するよう命じていた。そのうえ、彼らの世話係として兵一名をつけておいた。しかし事態が切迫したいま、捕虜の処置方法を決めておかねばならない。

「釈放するわけにもいきませんなあ。陣地の秘密が敵に漏れるおそれがありますし」

「いっそのこと、毒殺したらどうか。庫内に閉じ込めてガスを投入するとか、毒饅頭を食わせるとか」

　部隊長は殺害方針を主張する。ところが、部隊には毒物も毒ガスもなかった。あとは爆殺するしかない。

「それはどうでしょうかなあ。人道上の罪悪ですよ、殺害するということは。不賛成です」

　出光中尉は、殺害には真っ向から反対した。結論は出なかった。

　この間にも、挺進斬込隊は毎夜のように出撃していた。国境線の烏蛇溝河沿いに集結しているソ軍陣営に、彼らはたびたび肉薄攻撃をかけては戦果をあげていた。これにともなって、当然、人員も消耗してゆく。すでに戦死、行方不明者は五〇名をこえていた。

　このまま戦闘がつづき、毎夜、斬り込みを敢行していると、筒井中隊三三六名は、一ヵ月以内に全滅することにもなりかねない。悲愴な空気が、陣内にただよいはじめていた。

第十章　勝どきの旗（第一地区・八月二十四日〜二十六日）

ソ軍、関東軍に懇請

満鮮国境にほど近く、地味の豊かな平野部を流れる海蘭河のほとりに、昔ながらの古い間島の街がある。この地は、満州南東部の交通の要衝でもあった。ここに、関東軍の第三軍司令部が、昭和二十年の早春、牡丹江郊外の掖河から移動していた。

高野定夫中佐は、兵站参謀としてもっぱら兵器、弾薬、資材、糧秣の調達、輸送を任務としていたが、終戦になってからは、間島に流れ込む邦人の収容、および第三軍の兵員の収容維持にあたっていた。

八月二十四日の朝はやく、間島の収容所へ一台のソ軍乗用車がやってきた。ソ連の将校が乗っている。呼ばれて、中佐が出て行くと、通訳が、第三軍司令官の命令を伝えにきたという。

「ソ連の将校が、日本軍司令官の命令を伝達しにくるのは、ちょっと筋ちがいじゃないかね？」

不審がる中佐に通訳は、

「とにかく、手紙を御覧になって下さい」

と言う。中佐は、封筒の中身をとり出し、一読して微笑した。渡された命令は、勝関陣地において、いまなお交戦中の斉木大隊に停戦命令を下達し、戦闘行動を中止せしむべし、というものであり、停戦に関する詔勅と、関東軍総司令官の第三軍に対する停戦命令、および第三軍司令官の停戦命令の三通が同封してあった。

「要するに、ソ軍の要請によるものですね」

通訳が伝えると、ソ連将校は、すなおに大きくうなずいた。彼はトールピン大尉といって極東軍司令部付だと言う。おとなしい男だった。中佐は即座に諒承した。かつて第十二師団に職を奉じたとき、中佐は再三、勝関陣地を視察しており、地形を熟知していた。そのために指名されたのだろう、と中佐は推測した。

翌二十五日、トールピン大尉は自動車で迎えにきた。間島飛行場は八月十日以来、ソ軍の単発偵察機Y2型機が常時、数機待機していた。この飛行機は複座で、開放座席の旧式機である。高野中佐とトールピン大尉は、べつべつの機に搭乗し二機で午前十時ころ離陸した。

間島から東寧にいたる鉄道沿いに北上すると、残存日本軍の射撃を受ける危険があるので、図們から清津にぬけ、海岸線に沿ってポシェット、ウォロシロフ、つぎに西進してノーボーギョルゲフカに出ると言う。夏とはいえ、上空は寒い。速度は遅いし、風防で身をかくしているのだが、中佐はとうとう座席の中で小便をしてしまった。

十二時ころ、戦闘機がならんでいるノーボーギョルゲフカの飛行場に着いた。この飛行場は満領からみると、ちょうど扶桑台の裏側にあたっていた。飛行場におり立つと、東寧方面の国境付近から盛んに砲声が聞こえてくる。中佐は内心、よくぞやってるな、と満足感を覚えた。

飛行場長の少佐がとんできて高野中佐を出迎えた。中佐は内心、よくぞやってるな、と満足感を覚えた。

少憩の後、飛行場長はノーボーギョルゲフカの街のレストランに中佐を案内した。中に五、六人のソ連兵がいたが、飛行場長は手を叩いて彼らを追い出してしまった。気をつかっていることがわかって、中佐は内心愉快だった。ウォッカで乾杯し、食事をとる。食事が終わると、トールピン大尉が気の毒そうな顔で、

「高野中佐殿、これから勝鬨へ行って、早く停戦させてくれませんか」

と言う。中佐は腕時計を見た。

「これから行けば、戦場に到着するのは暗くなってからです。したがって、本日の停戦は不可能でしょう。明日にしましょう。しかも現在、ソ軍は砲撃を続行しているではありませんか。こんな状態では、明日の停戦だって不可能です。速やかにソ軍は砲撃を中止しなさい。それに私は、眠くなったので少し休ませてもらいますよ」

トールピン大尉は、首をふりながら、攻撃軍の師団長に連絡すると言って出ていった。中佐は、ウォッカの酔いも手伝って、レストランの別室のベッドでぐっすりと眠った。ノックの音で眼をさますと、トールピン大尉が入ってきて、これから第一線の後方へ行ってくれぬか、とおずおずした態度である。

中佐は、車に乗るとノーボーギョルゲフカを出発した。進むにつれて、激しい砲撃の音が聞こえてくる。綏芬河を渡り西へ進む。戦線からは絶えず負傷者が後送されていた。トール

ピン大尉は、負傷者を見るたびに、中佐に早く停戦してくれるよう懇願した。

「停戦がおくれれば、負傷者が多くなります。なぜ斉木大尉は皇帝の命令を聞かんのです」

ブツブツと同じことをくり返していた。やがて車が台上に上がると、郭陵船口の山が眼前に屹立していた。扶桑台の後方、サンチャゴ谷に車が入り、約二キロほど進むと一台の乗用車が戦線から下ってきた。勝関攻撃師団の師団長で少将だった。高野中佐の前に来た師団長は、

「なぜカピタン斉木は、ミカドの命令を聞かないのか？　軍使を出しても返答もせん！」

怒鳴るようにまくしたてる。

「陣地は、通信手段が破壊されているのでしょう。停戦命令を彼に伝えるには、直接会って伝えるしか方法がありません。そのために私が来たのです。しかし、このように砲撃をしていたのでは停戦はできません。師団長閣下は、速やかにソ軍の砲撃中止を命令して下さい。これが実行できなければ、明日の停戦は保証しかねますぞ」

ここぞとばかり、中佐は力説した。

「よかろう。砲撃中止の命令をするから、そのかわり日本軍にも戦闘を中止させろ」

「しかし、日本軍に対しては通信手段がないのです。そのために明日、私が行くのではないですか」

少将は大きく両手を広げて、フウッと吐息をついた。

師団長が陣地の中に消えると、しばらくして、ソ軍の砲撃は中止された。しかし、日本軍は依然として戦闘の手をゆるめず、ときおり手榴弾の炸裂音が聞こえてきた。中佐は小気味

よかった。ペテンにかけたような気がしないでもない。しかし、ソ軍が砲撃を中止すれば、日本軍の心を冷静にすることができ、停戦勧告の効果をあげることができるだろう、と中佐はは考えた。

師団からきた中尉が、高野中佐を案内してサンチャゴ谷の突き当たりにある一軒家に招じ入れた。外見はあばら家だったが、中は整然としていた。中佐の目を驚かせたのは、各種の無線機がならび、スパイが用いると思われるさまざまな設備、資材が準備されていた。いわばこの家は、諜者投入の基地であり、スパイ活動の工作拠点であった。

すでに日は西に傾き、空は黄色に染まっていた。中佐は椅子に腰を下ろすと、膝の力が一時にぬけたような疲労を覚えた。一人のソ連兵が水の入ったバケツを下げて入ってきた。手まねで顔を洗えという。渡された大きなロシア・タオルをひたして顔や手を拭いた。すべてサービスは、いたれりつくせりである。

やがて夕食が運ばれてきた。ソ連軍中尉とトールピン大尉の三人で食卓についた。高野中佐は、斉木大隊の行動について質問した。中尉は、深刻な表情で言った。

「友軍の第一線は、すでに朝鮮の平壌に到着しているのに、わずか一〇〇〇名たらずの敵に対し、われわれは一個大隊以上の損害をこうむっています。師団長は上司から、何をもたもたしているかと、だいぶ叱られているようです」

「ほう、それはお気の毒なことです」

中佐は、笑うわけにもいかない。

「何しろ日本軍は、毎晩、夜暗を利して夜襲に出てくる。これが一番の悩みです。昼間は陣地内にひそんで顔も出しません。接近すると銃眼から狙い撃たれるので近よるわけにもいかんのです。毎晩、人員や器材の損害があるし、初期には栄山で迫撃砲で一個大隊が全滅しました」

「それでは今晩も、日本軍がこの小屋を襲撃し、手榴弾でも投げられては、私は明日の任務が達成できませんぞ。日本軍の夜襲を受けぬよう、警備を厳重にして下さい」

中佐の要求に、中尉は肩をすくめた。それでも司令部に連絡すると一個中隊が派遣され、家屋を厳重に包囲して警戒する。夜を徹した警戒に、中佐はニンマリした。勝関への攻撃をこれでいくらかでも妨害することになろう。友軍の将兵が、一人でも生き長らえることを中佐は祈念した。

参謀、勝関山に登る

東満国境の夏の夜は、四時ころには明けはじめる。外は深い霧で、一〇メートル先が見えないほどである。やがてその霧も、九時ころになるとすっかり晴れてくる。

迎えに来た車に乗って、中佐はまずペルオマヤへ向かった。ここは烏蛇溝河のソ領側の沿岸地である。警備隊長の中尉と面会し、当面の情況を聞くと、昨夜も日本軍の奇襲を受けて通信線が破壊され、兵も数名殺害されたと言う。

「終戦になったと言うのに、われわれは夜も眠ることができません。なんとか停戦するように、はやく説得してください」

すっかり参った表情で、コーヒーをすすめる。中佐は、一応、遺憾の意を表わしながら、心の中では勝鬨のわが戦友の勇敢な行動を讃えていた。それは、大人を打ちのめした子供の立場にも似ていた。

ペルオマヤを出て勝鬨に向かう路上には、なるほど昨夜の奇襲の様子がなまなましく残っていた。破壊された通信機、切断された電話線、壕の中には兵の死体がころがっていた。いよいよ満領へ入り、軍艦山の麓を通過し、石門子に通ずる三叉路まで来ると、正面になだらかな、椀を伏せたような勝鬨山が現われた。

車はここで停車した。ソ軍側は、ここからはわれわれは同行することができない、高野中佐殿が一人で行ってくれ、と言う。師団長が後の車から降りてくると、つぎのようなことを指示した。

一、陣地の中央に正午に白旗を掲げること。
二、できるだけ速やかに五列縦隊で陣地の外に出ること。順序は、彼我の負傷者、ソ軍捕虜、非戦闘員、将校、下士官、兵、軍属。
三、陣地を出たら、地区隊の北門道路上に停止。
四、北門付近に兵器を集積し、ソ軍に引き渡す。
五、陣地内の設備は、いっさい変更せず、そのまま残置すること。

以上、師団長と簡単に打ち合わせをすると、高野中佐は白旗を肩に、守備隊に通ずる道路を北上した。地区隊の南門を入り、兵舎の間を通り抜けた。寂として声もない。支那馬が一頭、爆死していて悪臭がひどい。仰げば陣地は人なきがごとく、まったく眠っているようである。陣地のあちこちには、ソ軍の不発弾がころがっている。中佐は、だれかはやく、自分の存在を発見してくれぬか、と気が気でなかった。

勝関神社を過ぎ、左へ山道をしばらく登っても、だれも誰何する者がいない。左へ曲がろうとして、突然、右上から誰何された。

「私は第三軍司令部の高野参謀だ。重大な使命で、関東軍の命令を持って来た」と大声で答える。

歩哨は、中佐の参謀肩章を見て、びっくりしたように捧げ銃の敬礼をする。やっと安心した中佐は、指揮所を歩哨に聞くと、坑道の入口へどんどん進む。

入口の歩哨に、身分と任務を述べて大隊長に面会を求めたが、歩哨はガンとして取りつがない。

「お前は参謀肩章を吊っているが、朝鮮人の便衣だろう。停戦？　嘘をつくな。そんな謀略で日本軍をだませると思うか！」

銃剣を突きつけて、いまにも刺殺しかねない剣幕である。

勝関陣地では、中佐の一行が烏蛇溝河を渡ったときから注視していた。金山の銃眼、監視口などから、逐一行動を見張っていた。中佐が陣地に接近してきたときは、重機、軽機が銃口を向け、兵の小銃は、中佐にピタリと照準が合わせられていた。異常が認められた瞬間、中佐の体は蜂の巣になるだろう。

陣内から、あご髭を生やした下士官が出てきた。中佐と歩哨の問答を聞いて、おおいに闘志を燃やし、貴様は便衣に間違いない、と言って軍刀を取り上げた。中佐は困惑した。こうなっては、任務達成のために、自決をしてでもこの書類を渡し、関東軍の参謀であることを証明しなければならないか、と覚悟した。

出光中尉は、全陣地に同時電話で、第三軍司令部の高野中佐の顔を知っている者はいないかとたずねた。だれも知っている者がいなかった。部隊長は、まったく知らないという。それではやはり敵の謀略かもしれない、と指揮所では、殺気立った空気になった。そのとき、柳田主計見習士官から電話で、高野参謀の顔なら自分が知っている、と連絡が入った。すぐに首実検に派遣する。

坑道入口に集まっていた将兵をかき分けて、柳田見習士官がとび出してきた。彼は開戦直前、第三軍から転属してきたばかりだった。

「アッ、高野参謀殿！　お懐かしゅうございます」

柳田は一目見て、参謀の前にかけよった。

「間違いない。第三軍の高野参謀だ！」

入口では、将兵がどよめいた。参謀を認めることは、終戦が事実であることを立証したことになる。将兵は茫然と立ちすくんだ。

翻る、勝鬨の旗

戦闘指揮所にツカツカと入室した高野中佐は、斉木部隊長の前に来ると握手を求めた。二人は無言でかたい握手を交わした。斉木大尉は、感動と困惑の入りまじった複雑な心境を覚えた。

中佐は、明らかに感動していた。このやせた、小柄な男が、あれほどまでにソ軍を悩ませたとは思われなかった。そんな闘志がこの男の、どこにあるのだろう？

心の静まるのを待って、中佐は静かに口を開いた。

「戦争は、終わりました。八月十五日には、天皇陛下が、大日本帝国はじまって以来かつてなかったラジオ放送をされ、終戦の詔勅を下されました。六日には広島、九日には長崎へ新型爆弾が落とされ、陛下は日本臣民の滅亡をおそれられ、耐え難きを耐え、忍び難きを忍んで降伏する、との大御心でありました。関東軍も、戦闘を終結しました。ソ軍の言うには、関東軍でいまだに戦闘している部隊がある。それはこの勝鬨陣地だ、ということがわかり、地理にくわしい将校を勝鬨に派遣、速やかに戦闘を止めさせよ、との厳命があり、勝鬨陣地を知っている私が選ばれ、ソ軍の飛行機で飛んできたのです。開戦以来、よく戦ってくれました。感謝にたえません。しかし、戦争はすでに終わっているのです。諸君も涙をのんで、一刻も早く停戦して下さい。他の部隊は、武装解除も終わり、後方に集結して、内地へ帰還するのを待っている情況です」

高野中佐は命令書を手にすると、静かに読みはじめた。読み進むうちに、中佐はしだいに声がかすれてきた。斉木部隊長はうなだれ、声をしのんで泣いた。指揮所の将兵も、直立不動の姿勢で、流れ落ちる涙を拭おうともしなかった。重苦しい悲哀が、うすよごれた洞窟の壁に滲みこみ、空気もふるえた。

出光中尉は、茫然自失した。俺は、なんのために戦ってきたのだ。死んだ戦友は、なんのために命を落としたのだ。この戦いはいったいなんだったのか。目的のない戦闘に、完成された陣地戦を求めることなどできようか。中尉は、作りあげつつあった無限の創造物が、音を立てて崩れるのを感じた。

しかし、不思議に失望はなかった。全力を投入し、全身を燃焼させたこの戦闘に悔いはなかった。勝鬨の戦いが、敗北で終わったのではなく、むしろ勝利で終結したことに深い感動と誇りを感じた。

部隊長の命令で、勝鬨の最高地である二七八監視所の上に白旗が高く掲げられた。それは勝鬨の陣営に、初めて揚がる旗でもあった。軍旗を持たない独立大隊が、自分の手で揚げた部隊の旗であった。

讃えられた英雄部隊

戦闘指揮所で、停戦の詔勅をはじめ、軍司令官の即時抗戦停止、無条件降伏の命令書を受けたとき、筒井中尉はその真実を真っ向から受けとめることができなかった。日本が敗れ、戦いは終わったのだという実感が、どうしても心の中に湧いてこなかったのである。

勝鬨には、まだ戦う余裕が残っている。関東軍が潰滅し、日本が敗れるのは、自分たちが玉砕した後のことでなければならない。いまここで降伏することは、出丸に散った戦友や、敵陣に斬り込んで戦死した戦友たちの行動を無駄にするものである。その無駄を、俺は命令してきたのだ。たとえ虜囚のはずかしめに耐え、生き永らえることができようとも、死んでいった部下たちへの責任を、俺はどうやって償うことができるのか。

彼は戦いつづけたかった。死の戦闘の中に、わが身を投げ込みたかった。ソ軍の砲撃が、勝鬨の陣地を破壊しつくさなかったことを、彼は呪った。

〝戦い終われり〟という事実を前に、筒井中尉は、斬込隊長としての複雑な混迷した心境の中に立たされていた。ジッと目を閉じて、自分を落ち着けることに心を集中した。冷静、沈着、責任感、任務遂行、必勝の信念、という文字が、彼の脳裡につぎつぎと浮かんでは消えていった。一つの観念が消え、つぎに浮かぶ観念がまた放り出され、しだいに中尉の頭の中は空虚になっていった。

ひときわ、斉木部隊長の声が胸に響いた。

「命令に服従して、全軍、陣地を放棄、陣外中庭に集合せよ」

命令は、軍人にとって最大のアキレス腱である。中尉は、このことを部下にどう伝えたらよいのかと思案した。一部の兵士は喜ぶだろう。一部の者は、唖然として迷うことだろう。血気にはやる分隊長や古年兵の中には、玉砕を叫び、自決を主張する者も出てくるかもしれない。中尉は、指揮所から中隊本部までの約二〇メートルの坑道を、ゆっくりとしずかに歩いてもどった。

彼は、重い気持を振り払うように、昂然と顔を上げて部下の前に立った。

「全員注目。これから話す中隊長の言葉は命令ではない。指示でもない。だが、真実を伝える最後の言葉である」

兵はみな、殺気だった目を中尉に集中していた。中尉は語をついで言った。

「日本は戦いに敗れ、連合軍に降伏した。戦争は終わったのである。これから武装を解除し、日本に帰る準備をする」

兵は、どよめいた。それは、異様などよめきだった。人間の生と死と絶望を乗りこえた、地底のどす黒いどよめきだった。中尉は、部下の動揺を防ぎ、中隊としての統率を最後まで完了しなければならない自分の任務を思った。彼らの中から、一兵といえども事故者を出してはならないのだ。日本軍人として、関東軍最後の国境守備隊斬込中隊として、永遠の思い出と誇りをもって、日本に帰還するまで彼らの生命を全うさせなければならない。中尉は、願いをこめて訴えた。

「中隊長としての最後の命令を聞け！　これから武装解除に移る。表へ出て整列する。ソ連兵が来ているが、どんなことがあっても内地に帰るまで、日本軍人として、日本人としての立派な行動をするように、いまここで中隊長に誓ってもらいたいのだ」

兵は沈黙し、深く首をうなだれた。

陣地内の各地から、ぞくぞくと兵が勝鬨陣地中庭に集合しはじめた。蟻が土中の巣から出てくるように、彼らはいたるところから現われてきた。久しぶりに太陽の光線を全身に浴びた兵たちは、青黒い顔をまぶしげにしかめながら天を仰いだ。

水田曹長は、部隊長の命により、御勅諭と勝鬨神社の御神体を指揮所の奉納所から奉戴し、中庭の近くの窪地に安置した。整列を終えた将兵の前に立った部隊長は、全員の顔を一人一人たしかめるように見まわすと、軍刀を抜いて大声で令した。

「着け剣！　皇居遙拝。捧げー銃ッ！」

部隊長の号令は力強いが、涙にむせんだ声だった。号令と同時に、水田曹長は御勅諭と御神体にランプの火を移した。青い煙が立ちのぼった。

だれの頬にも涙が流れていた。真昼時の激しい太陽の熱線が、流れる涙をたちまち乾燥させた。長い皇居遙拝だった。周囲はシンと静まりかえって、物音一つなかった。真空の中の儀式のように、兵はいつまでも凝然と立ちつくしていた。

日本軍の最後の儀式を、もの珍しそうに眺めていたソ軍兵士の中から、一人の将校がつかつかと現われると、整列している部隊の前で大声で何事か叫んだ。

部隊長の命令で、ロシア語の堪能な増村一等兵が呼ばれた。彼は東京外語のロシア語科出身である。通訳を命ぜられて、増村一等兵は一瞬、青ざめた。ソ軍将校は、彼を自分の横に立たせると、ふたたび大声で叫んだ。

「斬込隊長はいるか？　いたら前に出ろ！」

筒井中尉は覚悟した。ソ軍将校の腰の拳銃が大きく目にとびこんできた。中尉はキッと唇を結んで四、五歩前に出ると、まっすぐに将校の顔をにらんだ。陽に焼けた、やせた顔の、鷹の目のような精悍なソ軍将校は少佐だった。軍服の襟が汗でひどく汚れている。中尉は、いまにも少佐の手が拳銃に伸びるかと思った。過ぎ去った半生のすべての記憶が、電光のように彼の脳裡を横切った。少佐は鷹の目を炯々と光らせながら、鋭く中尉の顔を見つめた。

このとき、予期しない奇妙なことが起こった。少佐は二、三歩近よると、ニッコリ笑いながら筒井中尉の肩を叩いて言った。

「君は英雄《ゲロー》だ。すばらしい英雄だ。よくぞ戦った。ソ連は勇気を尊ぶ。独ソ戦では、われわれの勇気で敵を撃破した。君は勇気をもって、わがソ軍を悩ましてきた。われわれは、英雄を尊敬する！」

ついで少佐は、斉木部隊長を振り返って言った。

「この部隊は英雄部隊である。私は諸君と握手したい」

少佐は、さも愉快そうに笑いながら部隊長に握手を求め、つづいて各中隊長の前へ歩み寄っては、ニコニコと握手をくり返した。兵たちの顔がなごんだ。敵に讃えられたことで、くすぐったい気持だったが、悪い気はしない。彼らは、はじめて自分たちが勝利の戦闘をつづけてきたことを悟った。言いしれぬ感動と誇りが、腹の底から突き上げてくるのを覚えた。一八日間の苦しかった穴ぐらでの戦闘が、ようやく報われた思いだった。

八月二十六日まで戦闘をつづけ、しかも一歩も退かなかった関東軍の部隊は、自分たちの第七八三大隊以外にないことを、彼らはこのとき初めて知ったのである。

故国をめざして

陣地を下がるについて、出光中尉にはやることが多かった。まず適当な処置を考えねばならぬのは兵寮の女性たちのことである。

彼女たちの身分が、単なる女給であり、酒場の従業員であることが知れると、ソ連兵は何をするかわからない。おそらく女たちを拉致《らち》して、性の処理対象としてもてあそぶに違いない。戦闘中、ともに労苦を分けあい、負傷兵の看護につくしてくれた彼女たちを、ここで見放すことなどできるものではない。出光中尉はひそかに森田副官と相談して、元安夫人のように、彼女たちを臨時に将校の妻として取り扱うことにした。さしずめ中尉は、自分を含めて筒井中尉、堀田准尉、森田副官の四人が偽の夫となって女たちをソ連兵から守ることにした。

このことは、たちまち効果を発揮した。部隊内に女のいることを発見したソ連兵は目の色を変えた。だがそれが、すべて将校夫人であると知って、出しかけた手を引っ込めたのである。将校に対する尊敬度は、彼らの軍隊でも厳しいものがあった。

第二の問題は、中国人捕虜の処置である。ソ軍では、すでに部隊内に抑留している中国人の人数とその名前を把握していた。一枚の名簿を突きつけられて、出光中尉はソ軍の情報活動がそこまで手を伸ばしていることに内心驚いた。だが同時にホッとした。外に出てきた捕虜たちは、すべて名簿どおりであることが確認されたのである。

出光中尉は、経理が確保していた現金をぜんぶ持ってこさせると、中国人の一人一人にすべて分配した。一人当たり約三〇〇円ずつの満州国紙幣が渡された。中尉は彼らに頭を下げると、

「ながい間、あなた方にはたいへん迷惑をかけました。まことに少ない金額だが、部隊にある現金はこれでぜんぶです。ただいまから、あなたたちは自由の身です。本当は、われわれがあなたたちを郷里まで送って行かねばならないのだが、ご覧のとおりソ軍の命令で後方に集結しなければなりません。どうか各自で、ここにある食糧を持てるだけ持って、一刻も早く無事に郷里に帰って下さい」

中尉の言葉に、彼らもまた茫然としていた。いずれは日本軍に殺される、と覚悟していただけに、降って湧いた突然の自由が実感として受けとれなかったのであろう。ややあって、

中の一人が進み出て言った。

「わかりました。お世話になりました。兵隊さんたちもお元気で。多謝《ターシェ》、多謝《ターシェ》」

罵詈雑言を覚悟していた中尉は、意外に温和な憎しみのない彼らの態度に深く感動した。中国人捕虜だからといって、部隊では彼らを酷使したことはなかった。重労働をさせねばならぬような用件もなかったので、いわばなんとなく雑用を命じて収容していただけである。兵との間にもトラブルはなかったし、陣地内ではむしろ保護していた形である。それがよかったと中尉は思った。しかし、危うく爆殺の危機があったことを思い出して、彼はひそかに冷や汗を流した。

出光中尉が最後に心残りだったことは、撤去した重砲陣地のカラの砲塔内に安置した戦死者のことだった。火葬に付す時間もなく、ソ軍が、責任をもって処置すると言う言葉を信じるよりほかに方法がなかった。

中尉は、武装解除で混雑している兵の群れからはなれて、ただ一人、砲塔内に入って行った。五十数体の遺体が、冷たいベトンの床の上にきちんと並べられてあった。ここだけは、たとえようもない静寂があった。中尉は、立ったまま遺体に合掌した。頭を垂れて、ジッと瞑目していると、戦死者の姿の中から、偉大なものが浮かび上がってくるのを感じた。それは、たぐいなき人間の威厳であり、生命を投じた巨大な誇りだった。中尉は激しく魂をゆさぶられるのを覚えた。これほどの感動をもって、彼はいままで、戦死者に対したことがなかった。

彼らはみな、名もなき若き青年である。この若者たちが、国家の前面に立って戦ったのである。敗れたりとはいえ日本の国は残った。若き兵の礎の上に、国体は支えられた。中尉は彼らの死が、日本を救ったことを感じた。両手を合わせていると、彼らの誇り高き姿が大きくふくれあがり、目の前をおおうのを覚えた。

五時ころになると、ソ連側からつぎのような指示が出された。

「いまから列車の通っている金蒼まで行軍し、日本に帰還する。日本軍が後方撤退のさいに国境付近の鉄道をいっさい破壊したので、五日間ぐらい行軍しなければならないだろう。各人はできるだけの食糧を携行するように。なお負傷兵は、トラックでソ領のノーボーギョルゲフカに送り、当地の野戦病院で治療したうえで本国に送還される」

兵は、持てるかぎりの食糧を準備した。米、乾麺麭、砂糖、塩、甘味品などを包んで背負い、雑嚢には煙草、日用品、通信紙などをつめこめるだけつめた。

六時過ぎ、太陽が軍艦山にかかろうとするころ、部隊は第一日目の宿泊地である石門子の兵営に向かって行軍を開始した。ソ軍兵士は、マンドリン銃を首から下げて、薄気味わるそうに隊列の横を護衛して歩いた。兵たちは顔を上げて行進した。〝英雄部隊〟と讃えられた誇りを胸に、彼らは勝者のように堂々と歩いた。

「日本軍は強い。しかも停戦の命令が下されると、軍紀厳正、きわめて立派に終戦処理をしてくれた。私は、こんなすばらしい軍隊を見たことがない」

ソ軍の師団長は、感服したように高野参謀に語りかけた。このソ連の将軍の顔には、バツのわるそうな、敗者の苦渋が浮かんでいた。

勝鬨の山上には、なおも白旗がひらめいていた。夕映えに照らされた絹の白旗は、ひときわ美しくキラキラと輝いた。

山を下りた部隊は、黒い一団となって石門子への道路上にさしかかった。彼らは、自分たちが踏み出す一歩一歩が、確実に故国に向かって近づいていることを感じていた。五日間の行軍のあとには、日本に向かう列車に乗っているのだ。そう思うと、彼らの足どりは軽く、そして力強かった。

だが、故国への道と信じて歩きつづける将兵の前途には、暗く冷たい、苛酷なシベリアの抑留地が待っていたのである。

単行本　昭和五十一年四月　白金書房刊

解説――関東軍の終焉

藤井非三四

◆常に日本劣勢だった北辺の戦力比

昭和六年の満州事変によって日本は、中国東北部一三〇万平方キロを制圧し、四〇〇〇キロの国境で極東ソ連軍と対峙することとなった。そして昭和二十年、終戦のその日まで日ソの戦力比は日本劣勢のままだった。

日ソ戦力格差が最大となったのは、昭和十一年末で次のような数字が残っている（日本／ソ連）。一般師団数五／一六、航空機数二三〇／一二〇〇、総兵力八万／二九万。日本軍は朝鮮軍を含めたものだったから、極東ソ連軍はすぐにも攻勢作戦を発起する態勢にあったことになる。

このような危機的な情勢の改善策が講じられ始めた昭和十二年七月、支那事変が勃発した。たちまち戦線は拡大し、昭和十三年末には中国戦線に二四個師団が展開し、関東軍に八個師団、朝鮮軍に一個師団、内地に一個師団という態勢になっていた。

関東軍の対ソ戦構想は、時代によって変遷を重ねたが、基本的にはウラジオストクを中心とする沿海州の航空基地の覆滅が主眼だった。沿海州から東京まで一二〇〇キロ、当時でもこれを往復できる長距離爆撃機はソ連にはあった。日ソ開戦となれば、迅速に航空基地を一掃しないと、帝都東京は焼け野原になりかねない。

まず、トーチカを連ねた国境陣地帯を迅速に突破しなければならないが、浜綏線（ハルピン～綏芬河）正面に六個師団、その南の綏寧線（綏西～東寧）正面に六個師団必要と見積もられていたのだから、朝鮮軍を含めても国境突破の所要に至らない。

さらには量的な面ばかりか、質的にも日本軍が劣勢であることが、昭和十四年五月からのノモンハン事件で立証された。絶望的なまでの戦車の性能格差、そしてソ連軍の重厚な砲兵火力に関東軍は圧倒された。また、ソ連軍はシベリア鉄道のボルジャからハルハ川までの飲料水すら入手できない広漠地に六五〇キロの補給幹線を設定して維持し続けた。

東京空襲の悪夢に脅えながら対応策を練っていたが、国際情勢の激変が先行した。昭和十四年九月に第二次世界大戦が勃発、翌十五年六月にフランス降伏、そして独ソ関係の緊迫化だ。独ソ開戦となって極東ソ連軍の西送が始まれば、日ソ戦力比が逆転して関東軍の進攻作戦が可能になると期待された。

すなわち、三〇個師団基幹の極東ソ連軍が一五個師団基幹にまで減り、戦車や航空機が三分の一にまで落ち込み、関東軍を二五個師団基幹もしくは二二個師団基幹にまで増強すれば、勝機を掴めると見積もった。その増強の準備や受け入れ態勢の整備などを進めるため「関特演（関東軍特種演習）」が発令されたのは、独ソ開戦の四日後の昭和十六年六月二十五日だった。

ところが予想に反して、極東ソ連軍の西送はごく限られたものだった。そして昭和十六年八月、アメリカは対日石油輸出を全面停止した。燃料事情で海軍が悲鳴を上げ、対ソ戦を決心できなくなった。そこで十六年九月の御前会議で南方先行という国策が決定し、対ソ進攻作戦は未発に終わった。

◆痩せ細った関東軍

太平洋戦争の緒戦が大成功のうちに一段落した昭和十七年六月、陸軍は南方戦線を整理して対ソ戦備の強化を図る「軍容刷新計画」を策定した。これによって十七年夏から秋にかけて関東軍は最盛期を迎えることとなる。その陣容は方面軍司令部二個、軍司令部八個、一般師団一四個、戦車師団二個となっていた。特に軍砲兵が充実しており、野戦重砲兵連隊一〇個を基幹とし、砲兵司令部四個、砲兵情報連隊三個があった。

昭和十七年八月のガダルカナル上陸に始まる連合軍の反攻は急で、十八年十月には第二方面軍と第二軍の司令部が豪北正面に向かい、関東軍の南方転用が本格的に始まった。そして二十年三月までに最盛期にあった一般師団一四個と戦車師団二個、野戦重砲兵連隊七個が関東軍から去った。

次々と戦略単位を抽出された関東軍には補充の当てもなく、自力更生の道しかなかった。

海運も逼迫しており、抽出される部隊は縮小編制にせざるを得ないので、相当な数の残留者が生まれた。これに廃止した国境守備隊などの要員とを合体させて新たな師団を編成した。こうして生まれた師団は、昭和二十年二月までに一四個だった。

昭和二十年五月、関東軍の戦闘序列が発令され、朝鮮軍を改組した第一七方面軍がこれに加わったこともあり、さらなる戦略単位が求められた。そこで行なわれたのが同年七月の「満州根こそぎ動員」だった。当時、満州に居住する日系成年男子（一七歳から四五歳まで）は三五万人だった。このうち行政機関、鉄道、重要産業などの従事者を除く二〇万人を動員することとなった。本籍地などは無視、現地徴集の現地入隊だった。

これによって終戦までに八個師団を新編した。こうして関東軍は二五個師団基幹、七五万人態勢となった。さてその実態だが、関東軍の最盛期の八・五個師団相当と試算された。これでは満州国の防衛も成り立たない。

◆ソ連の戦略構想

日本軍の総後衛となっている関東軍を電撃的に殲滅し、それによって日本の継戦意志そのものを喪失させる、それがソ連の構想だ。そして第二次世界大戦に終止符を打ち、世界の平和をもたらしたのはソ連の軍事力だと世界にアピールする、それが戦略目的となる。

大戦中の極東ソ連軍は、西部国境沿いにザバイカル方面軍、黒龍江（アムール川）沿いに極東方面軍、そして沿海州に防衛軍を配置しており、その総兵力は四〇個師団を越えることはなかった。これではいくら弱体化した関東軍が相手でも、世界を驚かせる迅速な圧勝は望めない。そこでシベリア鉄道とウラジオストクを使った海運とで戦力の東送が大規模に行なわれた。

まず、チェコスロバキアまで進出していた第二ウクライナ方面軍とフィンランド国境部にあったカレリア方面軍の司令部を送り込んで第一極東方面軍、第二極東方面軍、ザバイカル方面軍の司令部を充実させた。軍では、ケーニヒスベルク（現カリーニングラード）を攻略した第三九軍、プラハに達していた第六親衛戦車軍と第五三軍、東プロイセンの要塞地帯を突破した第五軍が極東ソ連軍に送り込まれた。そしてこれら東送された部隊が主攻を担当することになる。

この戦力東送は早くも昭和十九年二月下旬から始まり、最盛期は二十年五月から七月にかけてであった。このソ連軍の戦力東送によって、極東ソ連軍と関東軍の戦力を対比すると次のようになった（極東ソ連軍／関東軍）。

各種師団八〇／二四　火砲・迫撃砲三万／一〇〇〇　戦車・自走砲五〇〇〇／二〇〇　航空機五〇〇〇／二〇〇　兵員一七四万／七〇万

当時のソ連軍のドクトリンによれば、主攻正面では敵の六倍以上の戦力を集中することになっていたが、それ以上の戦力格差をもって関東軍の覆滅を目指したことになる。東部戦線、綏芬河正面六〇キロには関東軍第一二四師団、火砲一〇〇門が配備されていたが、そこに第一極東軍は最強とされた第五軍を投入した。その戦力は一二個師団基幹、火砲・迫撃砲三〇

○○門、戦車・自走砲七〇〇両、多連装ロケット四〇〇基だった。

この圧倒的な戦力格差を十二分に活用した極東ソ連軍は、総延長五〇〇〇キロの戦線で押し出し、各方面軍の予定進攻深度は六〇〇〜八〇〇キロという放胆な作戦を立案した。東西からの挟撃が連京線（大連〜新京）、京浜線（新京〜ハルピン）で連携して作戦完了となる。これに与えられた作戦日数は二〇〜二三日とされ、日本が連合国に無条件降伏する前に作戦を終わらせるのがソ連政府の強い要請だった。

◆最後の任務「皇土朝鮮の保衛」

昭和十九年十一月の革命記念日に行なわれた演説でスターリンは、「日本は侵略国」と決めつけた。二十年二月下旬から戦力の東送が始まったことも、日本は察知していた。そして同年五月上旬にナチス・ドイツが崩壊し、日本もいよいよ最後の関頭に立たされたことを実感せざるを得なくなった。

そこで昭和二十年五月三十日、大本営陸軍部は大陸命第一三三八号をもって関東軍の戦闘序列を下令した。そして同日、対ソ作戦準備を命じ、別冊「満鮮方面対ソ作戦計画要領」で作戦の準拠を示した。その概要だが、日ソ開戦後の八月九日に発令され、事実上関東軍に対する最後の命令となる大陸命第一三七四号では、「関東軍は主作戦を対ソ作戦に指向し皇土朝鮮を保衛する如く作戦す」とある。

具体的には、満州全土の四分の三を放棄し、通化を中心とする新京（長春）〜大連〜図們の三角地帯で持久し、鴨緑江と豆満江の河川障害を活用してソ連軍の朝鮮半島進出を阻止するということだった。西側の戦線には連京線、東側には京図線（新京～図們）が通っており、通化は平梅線（四平～梅河口）と梅輯線（梅河口～輯安）で連京線に連絡している。さらに輯安で鴨緑江を渡って満浦線（満浦～新安州）、京義線（新義州～京城）、さらに京釜線で釜山に至る。

この戦略構想の転換によって、部隊の配置を抜本的に変更しなければならなくなった。満州国政府と関東軍総司令部は、共に新京から通化に移る。第一方面軍は牡丹江から敦化へ、第三方面軍はチチハルから奉天へ、第三軍は牡丹江付近の掖河から延吉へ、第四軍は孫呉からチチハルへ、第五軍は東安から掖河へ、それぞれ司令部が移動した。奉天にあった関東防衛軍は、鄭家屯へ移動して第四四軍に改組された。この高級司令部の移動に応じて隷下部隊の配備も変更となるが、それが未完のまま八月九日の奇襲に遭い、大混乱に陥った。

圧倒的な戦力格差、しかも戦略的な奇襲に成功した極東ソ連軍だったが、その作戦のテンポは刮目に値するものではなかった。ソ連軍は八月十八日から二十二日にかけてハルピン、吉林、新京、奉天、さらには大連、旅順に入ったが、それは地上部隊ではなく、空挺部隊による進出であり、十四日のポツダム宣言受諾の申し入れ、十六日の即時戦闘停止命令後のことだった。それだけを取り上げれば、関東軍を殲滅し、それによって日本の無条件降伏を導き出すというソ連の政戦略は達成できなかったことになる。

なんであれ、戦闘がごく短期間で終わったことは望ましいことにせよ、日本の損害は大きく、しかも戦後長らく問題になった。この満州、樺太、千島での日ソ戦中に日本は軍人と民間人の死者合わせて六万五〇〇〇人、停戦後に二八万人という数字が残っている。停戦後の死者が大きく上回っていることは、終戦時から引き揚げまでの悲惨な混乱を物語るものであり、さらにはシベリア抑留という深刻な問題もからんでいる。ソ連軍は死者八〇〇〇人、負傷者二万二〇〇〇人と公表されている。

参考文献
『戦史叢書』大本営陸軍部〔1〕、〔2〕、関東軍〔2〕朝雲新聞
ロジオン・マリノフスキー著『関東軍壊滅す』徳馬書店
中山隆志著『ソ連軍進攻と日本軍』国書刊行会

ＮＦ文庫

最後の関東軍　新装解説版
二〇二二年七月二十二日　第一刷発行
著　者　佐藤和正
発行者　皆川豪志
発行所　株式会社　潮書房光人新社
〒100-8077　東京都千代田区大手町一-七-二
電話／〇三-六二八一-九八九一(代)
印刷・製本　凸版印刷株式会社
定価はカバーに表示してあります
乱丁・落丁のものはお取りかえ致します。本文は中性紙を使用
ISBN978-4-7698-3271-3　C0195
http://www.kojinsha.co.jp

NF文庫

刊行のことば

第二次世界大戦の戦火が熄《や》んで五〇年——その間、小社は夥しい数の戦争の記録を渉猟し、発掘し、常に公正なる立場を貫いて書誌とし、大方の絶讃を博して今日に及ぶが、その源は、散華された世代への熱き思い入れであり、同時に、その記録を誌して平和の礎とし、後世に伝えんとするにある。

小社の出版物は、戦記、伝記、文学、エッセイ、写真集、その他、すでに一、〇〇〇点を越え、加えて戦後五〇年になんなんとするを契機として、「光人社NF（ノンフィクション）文庫」を創刊して、読者諸賢の熱烈要望におこたえする次第である。人生のバイブルとして、心弱きときの活性の糧《かて》として、散華の世代からの感動の肉声に、あなたもぜひ、耳を傾けて下さい。